秦琼

唐朝开国名将，瓦岗英雄

程咬金

唐朝开国名将，瓦岗英雄

单雄信

绿林领袖，瓦岗英雄

勇安公主

夏国公主，名叫窦线娘
罗成之妻，窦建德之女

[中国古典名著]
青少年版无障碍读本

Sui tang Yingxiong Yanyi

隋唐英雄演义

【清】褚人获 ◎ 原著

新开明 ◎ 改编

广东旅游出版社
GUANGDONG TRAVEL & TOURISM PRESS
悦读书·悦旅行·悦享人生

中国·广州

图书在版编目（CIP）数据

隋唐英雄演义：青少年版/（清）褚人获原著；新开明改编.—广州：广东旅游出版社，2016.3
ISBN 978 - 7 - 5570 - 0224 - 4

Ⅰ.①隋⋯ Ⅱ.①褚⋯ ②新⋯ Ⅲ.①章回小说—中国—清代 Ⅳ.①I242.4

中国版本图书馆 CIP 数据核字（2015）第 242787 号

出 版 人：刘志松
策划编辑：方银萍
责任编辑：方银萍
封面设计：回归线视觉传达
内文设计：邓传志
内文插图：邓晓萍等
责任技编：刘振华
责任校对：李瑞苑

广东旅游出版社出版发行

（广州市天河区五山路 483 号华南农业大学公共管理学院 14 号楼三楼　邮编：510640）
邮购电话：020 - 87348243
广东旅游出版社图书网
www.tourpress.cn
广东省农垦总局印刷厂印刷
（广州市天河区棠东横岭三路11-13号）
850 毫米×1168 毫米　32 开　10.5 印张　240 千字
2016 年 3 月第 1 版第 1 次印刷
定价：28.00 元

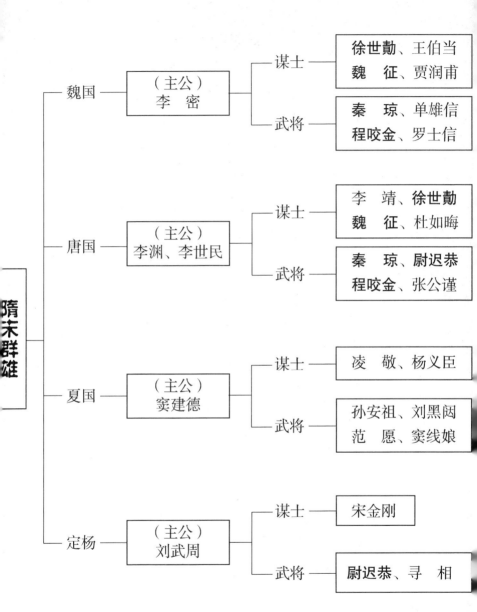

隋末群雄	魏国	（主公） 李　密	谋士	**徐世勣**、王伯当 **魏　征**、贾润甫
			武将	**秦　琼**、单雄信 **程咬金**、罗士信
	唐国	（主公） 李渊、李世民	谋士	李　靖、**徐世勣** **魏　征**、杜如晦
			武将	**秦　琼**、**尉迟恭** **程咬金**、张公谨
	夏国	（主公） 窦建德	谋士	凌　敬、杨义臣
			武将	孙安祖、刘黑闼 范　愿、窦线娘
	定杨	（主公） 刘武周	谋士	宋金刚
			武将	**尉迟恭**、寻　相

注：徐世勣、秦琼等人原本是魏国瓦岗名将，后归唐；尉迟恭是从定杨归唐。
图中黑体人名都是更换过主公的重要人物。

凌烟阁功臣
（本书出现部分）

侯君集…陈国公

张公谨…郯国公

程咬金…卢国公

徐世勣…英国公

秦　琼…胡国公

屈突通…蒋国公

刘弘基…夔国公

段志玄…褒国公

杜如晦…莱国公

魏　征…郑国公

殷开山…勋国公

柴　绍…谯国公

李　靖…卫国公

尉迟恭…鄂国公

[目录]

[目录]

第一回 李渊杀美埋祸胎

[中国古典名著]
青少年趣评版

南北朝时期，有个奇人叫杨坚，生得目如星辰，相貌特异，是北周武帝的大臣。他篡夺了周朝，建立隋朝，史称隋文帝。隋文帝不近女色，励精图治，朝廷上人才济济，隋国实力日渐强大。

此时南方的陈国有个君主，名叫陈叔宝。陈叔宝是个很有天赋的人，只不过他的天赋都在写诗作词，而不是打理朝政上。陈朝从君主到臣下，整天都在饮酒作诗，只晓得及时取乐，丝毫不关心百姓疾苦。

陈叔宝身边聚集了一批文人骚客，还宠幸了一个绝色美人，名叫张丽华。外有风流才子做宠臣，内有佳丽做妃子，陈叔宝过得好不快活。

陈国君臣无道的消息传入隋朝，隋文帝便生起了攻占的念头。正在与大臣们商讨时，杨坚的儿子——晋王杨广忽然走进来，请求带兵讨伐陈国。

原来杨广是杨坚次子，太子之位为他哥哥杨勇所得，杨广很不甘心，常常想："我跟哥哥一样是皇后生的，以后他却能当皇帝，见到他我还要下跪叩拜。俗话说，伴君如伴虎，要是哪天我做错了事，哥哥说不定还要杀了我。"想到这里，杨广便起了恶念，想要除掉太子杨勇，以后自己当皇帝。

听到父亲要征伐陈国的消息，杨广觉得机不可失，如果能够带兵出征，不但可以掌握兵权，还可以结交大将，以后当作自己的羽翼，真是两全其美，因此赶紧站出来请命。

隋文帝是个疑心很重的人，最怕臣下夺了兵权，威胁到自己，听到儿子请求带兵出征，十分高兴，立刻答应，于是封杨广为兵马大元帅，带领杨素、高颍、李渊、贺若弼、韩擒虎等人出征。

高颍足智多谋，懂兵法；李渊是大将，箭无虚发，是个神射手。

隋国大军杀入陈国，陈国皇帝还被蒙在鼓里。边关守将告急的消息不断传来，但陈国的宠臣们都压住不奏。

隋朝兵马分道而来，大将贺若弼带兵悄悄渡过了长江，其他将领也包抄而来，攻城略地，势如破竹，很快就来到了都城。

此时陈叔宝连忙跳下御座要走，大臣劝他说："您是皇帝，要有尊严，应该端坐等着他们，他们来了也不敢加害您。"但陈叔宝不听，赶紧跑进后宫，一手拉了一个妃子，准备逃走。

三人来到一个井边，听到外边人声鼎沸，隋兵已经围住了宫殿，只好说："逃不出去了，我们还是一起跳井吧，不求同日生，但求同日死！"

此时冬尽春来，井中水干了，跳进去之后，竟然没事。三人在里面躲了很久，只听得上边十分喧闹，隋兵正在寻找珠宝、抓捕宫女。

陈国皇后和太子都端坐着等敌兵来，只有皇帝陈叔宝不见。隋兵到处寻找，听说跳井了，便来到井边，放下挠钩去抓他们。陈叔宝躲过挠钩，就是不上来，隋兵没办法，便往里面投石头，陈叔宝只好大喊："不要扔了，放绳子下来吧。"

隋兵放进了一根长绳，准备拉他上来，谁知道绳子很重，四个人都拉不动。大家笑道："不管怎么说，他还是个皇帝，所以骨头这么重。"于是一齐用力，拉上来一看，原来不是陈叔宝一个人，而是两个妃子都在一起，三个人凑成一团上来，难怪这么重。众人看见这滑稽情形，都大笑起来。

晋王杨广带兵进入陈国，听说陈国都城已夺取，立刻派人去找张丽华。张丽华是陈叔宝最宠爱的妃子，长得花容月貌，发长及腰，此时正在都城，已被隋朝大将监禁。

大将高颎的儿子高德弘奉命来接张丽华，高颎却不让带走，说道："晋王身为元帅，应该伐暴救民，怎么可以看重女色？"

李渊赞同道："这些女人狐媚迷君，导致陈国覆灭，是红颜祸水，干脆杀掉，不能留下来祸害隋朝。"

高颎点头同意，命令士兵将张丽华等美人杀了，以断绝晋王杨广的念头。高德弘苦苦相劝，父亲就是不听，只好扫兴而归。

杨广看到他回来了，高兴地问道："美人接来了么？"

高德弘不想父亲被连累，便说道："张贵妃被李渊杀了，我和父亲再三阻拦，他就是不听，还说我们设美人局愚弄您。"

杨广勃然大怒，恨恨地说道："他一定是自己看上了美人，嫉妒起来，才把美人杀了！"说完又叹息，"我虽不杀丽华，丽华却因我而死。我一定要杀了李渊，为她报仇！"

陈国的美人被杀了，晋王无可奈何，只好勉强当个好人，除掉扰乱陈国的佞臣，释放忠臣，平息民怨。同时上奏说了李渊许多不是。

这时全国并未统一，隋国派遣军队分头征服各地政权，川蜀、荆楚、吴赵、云贵等地先后降服，天下重新统一。

这年四月，晋王杨广督领大军，押着陈叔宝等人回到长安。

张丽华长得花容月貌，是陈叔宝最宠爱的妃子，很多人认为她是导致陈国灭亡的"红颜祸水"

晋王被封为太尉，高颎被封齐公，只有李渊得罪了晋王，封赏很少。

隋朝统一了全国，国势强大。晋王杨广威权日盛，名望日增，他每天千方百计寻找太子杨勇的不是，誓要文帝废掉哥哥，立自己为太子。

杨广不仅想尽办法讨得皇后的好感，还到处结交内外大臣，许诺他们荣华富贵，让这些人帮自己上位。安州总管宇文述足智多谋，常给他出主意；越公杨素地位尊贵，但贪图享乐，也被杨广笼络。

这些人日日在文帝面前诽谤太子，称赞晋王的贤德，久而久之，文帝也就相信了。终于有一天，文帝下旨废掉了太子杨勇，另立杨广为太子。

话说文帝的皇后姓独孤，十分善妒，不许文帝亲近其他女人。有一天，独孤皇后得了小病，在宫里调养，文帝得了空，便到各处宫禁逛逛。走到仁寿宫的时候，文帝凑巧看见一个年轻宫女正在卷珠帘。仔细一看，这宫女生得花容月貌，百媚千娇。文帝惊喜不已，当晚便在仁寿宫过夜，宠幸了这名宫女。

第二天，独孤皇后便得知了这个消息，怒气冲天地带着宫人们来到仁寿宫，把那宫女拖出来，竟活活打死了。

文帝上完早朝，满心欢喜地来到仁寿宫，却发现那美貌宫女早已被打死，只有独孤皇后满面怒容地站在那里。文帝心中大怒，一声不吭地往外便走。他来到外面，看见一名宫人牵马而过，立刻骑上马，一心只想抛弃天下，躲到深山老林里去好了。

幸好大臣们看见了，连忙将他拦住，请问发生了什么事情。文帝告诉大臣们皇后的所作所为，扬言要废掉皇后。

独孤皇后尚未病好，听到这个消息，又气又恼，竟然病死了。

独孤皇后一死，文帝少了管束，乐得自在起来。他找遍六宫，挑选到两个绝色美女，一个封为宣华夫人，一个封为容华夫人，自此以后，文帝日日与两位美人饮酒作乐，比独孤皇后在世时不知快活了几百倍。

幸好文帝虽然宠幸美人，但并未荒废政事，对朝廷内外的事依然很关心，常常忙到夜深才睡。

一天晚上，文帝在灯下看奏章，不知不觉就睡着了，梦见自己独自站在京城上，四面一望，江山绵远，大地苍茫。文帝转头一看，发现城上长了三棵大树，树上结着很多果子。正看时，忽然耳边传来流水声。低头一看，只见下面水流汹汹，波涛滚滚，水面直往上涌，几乎要淹没京城。文帝十分惊慌，大喊一声，猛然惊醒。

● **人物点睛**

杨广

隋朝第二位皇帝，后称隋炀帝。隋炀帝是个有才华的人，即位之前屡立战功，在位期间又开创科举制度等。但他大兴土木，滥用民力，既修大运河，又营建东都洛阳，耽于酒色，造成天下大乱，最后身死国灭。

● **名家点睛**

亡国之主，多有才艺，考之梁、陈及隋，信非虚论。
（唐·魏征）

大意：亡国之主，大多很有才艺。看看梁朝、陈朝和隋朝，就知道这话不是虚言。

● **网友点睛**

陈后主本是一个风流文人，却当上了皇帝。才艺多了，便容易移情，以一国之富供一人玩乐，果真是"其乐无穷"，只可惜离国家灭亡也就不远了。

"门外韩擒虎，楼头张丽华"，如此典型的亡国之君，难怪成为文人的"最爱"，天天拿来入诗作词。可怜人家张丽华大美人，明明是聪颖过人，有才又有貌的一个人，结果也不免沦为"红颜祸水"，成为炮灰一个。（网友：紫燕风来）

第二回 李靖行雨得天书

文帝是个多疑的人，做了恶梦后便开始疑这疑那。他想到大臣中有个叫李浑的，"李"字拆出来是"木子"，自己梦中见到树木上结了果子，正应了"李"字。浑字带水又带军，正应了梦中的流水景象。文帝不禁怀疑李浑会威胁到隋朝江山。

左右随从告诉他，李浑已经年老，又不掌兵权，不可能干出什么事来了。

文帝便问："他有几个儿子，叫什么名字？"

左右人回答："李浑长子已去世，只有小儿子，小名叫洪儿。"

听到"洪"字，文帝更加怀疑，竟立刻命人前往李浑家，将洪儿赐死了。

隋文帝疑心李姓之人要篡夺天下的事很快传了开来，三原人李靖听说此事之后，不禁冷笑一声。原来李靖自幼失去父母，在舅舅韩擒虎那里长大。韩擒虎时常跟他谈论兵法，对他的才华赞赏不已。

李靖此时年方二十岁左右，他看隋朝用法太过严峻，觉得不会长久，听说隋文帝做了个梦之后便乱杀人，不禁觉得好笑。他想到自己也姓李，心中就猜测起来，难道自己竟是真命天子么？

一天，李靖经过华山，便去西岳庙里参拜，顺便卜卦，谁知卦象不清不楚。李靖勃然大怒，挺立在神像前，敲着桌子厉声问道："我如果不能当天子，那生来干什么？神灵有问必答，为何这样不清不楚？我再卜一次，如果还不明示，我就斩了你的头，焚了你的庙！"说完又卜一次，这次得了吉兆，李靖便作了个揖，走了。庙里的人看见他如此疯狂，都吓呆了。

这天晚上，李靖梦见一个神人，自称是西岳判官，前来送给他一首词，又劝他选择真主来辅佐，成就功名。李靖醒来之后想道："如此看来，我当不了天子，只好做个辅佐真主的人了。"从此便留心观察各路英雄。

一天，李靖傍晚时经过一个林子，看里面有高楼大宅，便去投宿。守门人说道："我家郎君出去了，只有老夫人在家。"李靖随他进去见过老夫人，只见她大约五十多岁，举止端雅。旁边是几名丫鬟，有的拿着毛巾，有的托着香炉，有的捧着如意，有的拿着拂子。

老夫人说道："这是龙家，我与儿子居住在此。今晚儿子不在，我本来不应该收留客人，但天色已晚，你又无处可去，就暂且留下吧。"说完命人安排酒席，款待李靖。

李靖见老夫人十分端庄，怕自己酒后失礼，只喝了几杯便起身告退，仆人带他去卧室。

李靖看卧室也十分华美，心里暗想："这龙氏不知是什么贵族，她家儿子如果回来，听说有客人在，或许会要求相见，我先不要睡。"于是坐着等待。他看旁边书架上堆满书，便随手拿了几本来看，发现书上记载的都是河神、水族怪异之事，闻所未闻。

李靖看书看到半夜，忽然听见大门外一片喧哗，有人喊道："有行雨天符到。"大宅里面有人回应："老夫人迎接天符。"

李靖大吃一惊，想道："行雨天符为何会到这里，难道此处不是人间？"正在疑惑，仆人忽然敲门，请他去见老夫人。

李靖连忙到了大堂。老夫人对他说道："公子不要怕，这里其实是龙宫，我是龙母。我两个儿子都是天曹，有行雨之责。刚刚行雨天符来到，但两个儿子都不在，家里没人能去。公子是贵人，不知可否代替我们去行雨？"

李靖少年英锐，胆气粗豪，听了这话毫不犹豫地答应了。老夫人说道："门外已备下龙马，公子乘上去，任由它腾空而起。马鞍上有个小琉璃瓶，瓶中注满清水。瓶口边悬着一个小金匙，遇到龙马跳跃的地方，公子便用金匙到瓶中取一滴水，滴在马鬃上，不可多，不可少，千万要记住！"

李靖一一答应，随即出门上马。龙马极为高大，李靖坐上去后，龙马立刻腾空而起，御风而驰，十分平稳。一时间，雷声电光都在马足下生起。

李靖毫不畏惧，按照老夫人的吩咐，每遇到龙马跳跃的地方，就把一滴水滴在马鬃上。也不知滴过了几处，天色渐明，李靖来到一个地方，龙马又跳跃起来。李靖正要取水滴下，忽然从曙光中看明白了，此处正是白天自己经过的地方，那儿十分干旱，农夫们都很辛苦。李靖心里可怜农夫们，想道："一滴水哪里够？为何不广施雨露？"于是一连滴下二十多滴。

行雨完毕，龙马便带李靖回去了。李靖下马入门，却看见老夫人满面愁惨。老夫人看李靖回来了，立刻说道："公子误了我的事啊！这瓶中的水一滴是人间一尺雨，你怎么能在一个地方连滴二十滴？现在那儿水高二丈，庄稼、屋子、百姓都被淹没了。我和儿子都遭了天谴啊！"

李靖大惊失色，惭愧得无地自容。老夫人说道："这也是天数，我不敢怨你。你辛苦一场，我还是应该酬谢。"于是唤来两名青衣女子，都十分美貌，但一个满面笑容，一个脸有怒色。

　　李靖路过一个村子时曾见到当地十分干旱，因此行雨时一连滴下二十多滴，结果竟酿成了水灾

老夫人说道："她们一个是文婢，一个是武婢，公子可以挑选一个，也可以两个都带走。"

李靖谦虚地拒绝："我有负所托，十分惭愧，夫人不怪我，我就知足了，怎么还敢要回报？"老夫人坚持，李靖便想道："我如果两个都要了，似乎太过贪心。如果要文婢，又好像太过怯懦。"于是要了脸有怒色的武婢，老夫人答应了。

李靖谢过夫人，出门上马，与武婢同行。走了几步，回头一看，那所宅院已经不见了。又走了几里路，武婢开口说道："刚才公子如果两个都要了，便可文武全备，以后就能出将入相。如今只取了武婢，以后只能当一位名将了！"于是从袖子中取出一本书交给李靖，说道："熟读此书便可临敌制胜，辅主成功。"

武婢又举鞭指着前面，说道："不远处便是你的住处了，公子前途保重。老夫人让我随行，不是真的要把我赠送给公子，只是为了让我送书。"

李靖正要挽留，那女子拨转马头，马立刻腾空而起，转眼就不见了。李靖十分惊疑，策马前行，只见昨天所过之处，已经是一派大水汪洋，绝无人迹，心里十分懊悔。

那些被大雨淹没的地方，官员都上奏了朝廷。隋文帝一面派人去治水，一面赈济灾民。他心里想道："我梦见洪水，如今近京的地方果然有水患，我的梦灵验了！"从此倒是放心些了。

话说文帝第三子名叫杨秀，被封为蜀王。他听闻文帝立了杨广为太子，心中不服。杨广怕他妨碍自己，便悄悄叮嘱杨素诽谤蜀王。

杨素便上奏称蜀王杨秀残暴害民，文帝信以为真，把杨秀废为平民，幽禁起来。大臣李渊看不过去，便劝谏文帝，文帝不听，但也不怪罪。谁知太子杨广看在眼里，十分生气，立刻跟追随自己的大臣商量，要找办法除掉李渊。

宇文述说道："皇上知道李渊忠直，恐怕一时拿他没办法。"

张衡却说道："这事有什么难的！皇上生性最猜疑，梦见洪水淹没都城后，便杀了李浑的儿子洪儿，李渊的渊字也有水旁，只要散布谣言，说李渊威胁隋朝江山，李渊便性命不保了。"太子点头称妙。

张衡赶紧暗地里传播谣言，宣扬李姓之人将要夺取天下。谣言盛传，文帝十分不安，但疑心都放到李浑身上去了，最后竟把李浑一家都杀了，这才放了心。

张衡见计策不奏效，又请一个方士去告诉文帝，李氏将要拥有天下，还不如把天下姓李的人都杀了。文帝便与大臣们商讨是否要杀尽李姓之人，大臣高颖连忙出来劝阻说："谣言有真有假，有可能是别有用心的人故意散播的。"

越公杨素本来是杨广党羽，这时候却站出来赞同高颖的说法。原来杨素有一个好友，名叫李密，为保全李密，杨素也不赞成杀尽李姓。

此事之后，朝中姓李的人大多借故辞官了。李渊也称病请求回太原。文帝准奏，命他当太原郡守。

太子杨广听说李渊辞任，便对宇文述说："张衡的计策很好，但只害死了李浑，李渊反倒保全了身家回去了。"

宇文述说道："太子，您想放过李渊就算了，如果不想放过，计策还多着呢。"

杨广忙问有何妙计，誓要除掉李渊才好。

● **人物点睛**

李靖

唐代名将，后来被封为卫国公，世称李卫公，是凌烟阁二十四功臣之一。李靖精通兵法，谋略过人，是博古通今的军事大家。他为唐王朝立下赫赫战功，南定江南，北灭东突厥，西破吐谷浑，从未失败。唐太宗李世民称赞他的武功"古今所未有"。

● **名家点睛**

汉唐以来善兵者率多书生，若张良……诸葛孔明、周瑜……李靖、虞允文之流……翩翩文雅，其出奇制胜如风雨之飘忽，如鬼神之变怪。（明·屈大均）

● **网友点睛**

李靖一出来就是开挂模式，神人、天书，传奇将相的标配啊。托塔天王也叫李靖，不知此李靖是否那李靖？看来大家对李靖钟爱得很，不仅为他设计一段美人私奔的传奇，还为他安排了个当上神仙的好结局，人生大赢家啊，羡慕羡慕。（网友：烟烟晏焰）

第三回　秦琼侠义救李渊

[中国古典名著]
青少年趣评版

隋朝统一全国之前十几年，北方还有一个北齐国，北齐国有个将领叫秦彝。秦彝的妻子宁夫人生下了一个男孩，小名叫太平郎。

太平郎三岁时，父亲秦彝战死了，宁夫人为保护孩子，带着他逃出官衙。此时敌兵已经满街都是，百姓十分惊慌。

宁夫人转到一条偏僻小巷，发现家家都紧闭大门，没人敢露面。正没办法，忽然听见一户人家里面传来小孩哭声。宁夫人便过去敲门。

一名妇女出来开门，身边是一个两三岁的小孩，正在啼哭。原来这里是程家，只有一个寡妇带着小孩过日，孩子名叫一郎。宁夫人恳求程家收留，那妇女答应了。

过了些日子，战乱平息，宁夫人拿出随身钱财，在程家附近买了所宅子，带着孩子住了下来。自此秦家和程家经常来往。程一郎和太平郎都十分顽皮，两人又年纪相当，十分要好。长到十二三岁时，两个孩子便经常在街巷里闹事，无拘无束。

好景不长，某年程家因年荒无法度日，只得带了孩子到老家去了。

太平郎大名叫秦琼，字叔宝。秦叔宝长大后十分英伟，眼大嘴大，身材魁梧。他不喜欢读书，只喜欢抢枪弄棒，爱打抱不平。

宁夫人十分担心，常常哭着跟他说："秦氏三代只剩下你一个人了，你本来就是将门之子，喜欢抢枪弄棒，我不禁止你，但你不可以只顾义气，尽做危险的事帮人出头，万一有不测之事，秦家的血脉就断了。"

秦琼听了教训，从此在街坊里无论做什么事，只要一听到母亲呼唤，立刻就丢下回家。众人见他勇武仗义，又孝顺母亲，都很敬佩。

后来秦琼娶了个妻子姓张，张夫人嫁妆丰厚，而且性格豪迈，秦琼便散财结客，济弱扶危。渐渐地，江北之人都听闻秦琼大名，知道他不单武艺过人，而且为人豪爽仗义。

一天，齐州捕盗都头樊虎前来找秦琼，说道："最近齐鲁地区年荒，盗贼众多。刺史让我招募几个武艺高强的人，一起缉捕。我提起了大哥，刺史十分高兴，让我请你去当都头，我情愿当副都头，与你一起做事。"

秦琼说道："兄弟，我家几代都是战将，人生若得意，应该带领兵马为国家出力，驰骋沙场，建功立业。不得志时，就应该归隐乡野，奉养老母，抚育妻儿，与知己相伴便可。何必去官府看人脸色呢？哪天官府不开心了，我们还要被诬蔑成勾结盗贼。"

正说的时候，秦琼母亲忽然走了出来，劝道："孩子，我知道你志气很高，但樊家哥哥是一番好意。你终日无拘无束也不好，进了公门还有些约束，不会胡来。如果捕盗立了功，也算有点出息。"

秦琼向来听母亲的话，只好答应去当捕盗都头。

齐州的刘刺史很高兴，让秦琼和樊虎都当都头，负责抓捕盗贼。捕盗需要一匹好马，于是樊虎跟秦琼一起去挑马。两人来到开骡马行的友人贾润甫家，问他有没有好马。

本地盗贼众多，樊虎前来请秦琼去当捕盗都头

贾润甫说道："你们来得真巧，昨天刚来了一批。"这批马品种多样，青骢、紫骝、赤兔、乌骓、黄骠等等都有。樊虎看了很高兴，立刻挑了一匹高大肥壮的枣骝马。秦琼却挑了一匹黄骠。

两人都出外来试马。樊虎的枣骝去势极猛，黄骠好像漫不经心。但过了一阵子，枣骝马走起来有点不灵活了，扬起了尘土。黄骠却很快，而且脚下无尘，性格又驯良。

贾润甫赞道："秦兄好眼力。"于是秦琼买了黄骠马，樊虎买了枣骝马。买定后，三人便去喝酒了。

过了些日子，官府抓了一批强盗，应该发去充军。刘刺史怕有闪失，便派樊虎押送一批犯人去泽州，秦琼押送另一批去潞州。

两个地方都属山西，于是两人结伴而走，先去京都长安的兵部挂号，再往山西。

话说唐公李渊被任命为太原郡守，可以离开京都长安了。他好像得了赦书一样，赶紧收拾，准备上路。

李渊的妻子窦夫人已经身怀六甲，劝道："我即将分娩了，长途跋涉恐怕受不了，不如推迟半个月起程。"

李渊却迫不及待，说道："圣上多疑，奸人又不断造谣，我们每时每刻都有杀身之祸，如今能回故乡，已经是万幸。就算要死也死在故乡。"

窦夫人听了这话，无可奈何，只得准备起程。

这天，李渊带着窦夫人、十六岁的女儿、长子李建成，还有族弟李道宗，以及四十多个关西大汉当家丁，离开了长安。

众人走了二十多里路，接近一个叫植树岗的地方。此处树木丛丛，人烟全无。李道宗和李建成骑着马，先走进林子里去。

忽然一队人马冲了出来，马上的人个个头缠白布，面孔涂黑。每个人都拿着长枪大刀，气势汹汹地大喊："留下买路钱！"

李建成大吃一惊，连忙拨转马头就跑。李道宗虽然也吓了一跳，但还是鼓起胆子骂道："你们吃了豹子胆了么？知不知道这是唐公的家眷，竟敢来要买路钱？"

这批人等的正是唐公李渊，听李道宗自报家门，立马扬起大刀，冲杀过来。原来这些人正是太子杨广派来的杀手，想在路上除掉李渊。

李建成狼狈而逃，跑到李渊轿子旁，惊慌地喊道："不好了，不好了，前面有强盗！叔叔已经被困在林子里了！"

李渊心里奇怪：怎么皇城脚下也有强盗？但来不及多想，赶紧下了轿，骑上白龙马，带领一半家丁去救援。

进入林子，只见四五十个骁勇大汉正围住李道宗厮杀，李家人马已经抵挡不住了。李渊纵马赶上去，大喝一声："哪里来的强盗，不知死活，竟敢拦截官员？"说完冲进了包围圈，挺着方天戟厮杀起来。

双方战了一个小时，天色渐晚了，强盗们还不退散。原来他们得了太子杨广的命令，杀不了李渊便不好回去。

李渊武艺高强，但寡不敌众，敌人虽然杀不了他，但他也冲不出包围圈。保护家眷的那帮家丁又不敢丢下窦夫人等人，赶来相救。

眼看十分危急，幸好忽然来了个救星。

原来秦琼和樊虎刚往长安兵部挂号回来，恰好此时路过植树岗。两人听到林中喊杀声连天，连忙跑上高岗一望，只见几十个强盗围住一队官兵，正在厮杀。

秦琼叹道："天下大荒，山东、河南等地盗贼众多也就算了，怎么皇城脚下，盗贼也如此猖狂？"

樊虎问道："秦兄在家乡一向爱打抱不平，现在路见不平之事，难道因为不是自己家乡，就不管了么？"

秦琼回答："我正想去救人，但需要你成全。"

樊虎惊讶道："这种事我怎么会不成全呢？"

原来秦琼生性谨慎，怕犯人趁机逃跑，便说道："我一个人足够应付这干强盗了。你先把犯人们押走，找好歇脚的地方等我来。"樊虎答应了，于是领了军犯去了。

秦琼跨上黄骠马，从山岗上直冲下去，大喊一声："大胆盗贼，我来了！"这喊声好像平地生雷，众人吃了一惊，回头一看，原来只是一人一马，于是根本不放在心上。秦琼飞奔过去，一下打落两人，强徒们这才大惊，连忙来战。

秦琼抡起两条一百三十多斤的银铜，如同蟒蛇飞舞，雪花坠地，强徒们遭遇里外夹攻，被杀得东躲西藏，落荒而逃。有的躲入深山，有的躲入林子，纷纷不见了。最后只剩一个被打落马下的强徒，因为受伤跑不掉，被揪到李渊面前来。

李渊怒骂道："你竟敢当强盗，拦截过路官员，给我杀了！"那人惊慌不已，赶紧说："小人不是强盗，其实是东宫护卫，奉命来劫杀大人的。"

李渊不相信，说道："太子与我何仇，竟要斩尽杀绝？你别找这种借口，企图逃过性命！"但他毕竟是个善人，还是说道：

"可怜你也是贫民，就饶过你吧。"

李渊看见秦琼还在找人厮杀，连忙派人去请他过来相见。家丁来到面前，秦琼问道："你家老爷是谁?"家丁回答："是唐公李爷。您救了我们，李爷必有重谢!"

秦琼听见一个"谢"字，笑道："我只是路见不平，拔刀相助，不为你家爷，也不图你家谢。"说完策马便走。

唐公看见秦琼打马走了，连忙也骑上马追来。他大声喊道："壮士，你救了我全家，请受李渊一礼。"秦琼不愿别人谢他，并没有停步。李渊连喊几次，秦琼就是不理。

两人骑马走了十余里了，秦琼不停下，李渊也不肯放弃。

秦琼想道："樊虎就在前面，要是让他追到那儿去，还是会问出我的姓名来，不如跟他说了，免得追个不停。"于是回头喊道："李爷不用追赶了! 我姓秦名琼。"说完摆了两下手，快马加鞭，如飞而去了。

李渊想要继续追赶，但怕后面还有强盗余党在，威胁到自己的家眷，只得停住了。因为两人离得远，秦琼说的话听不清楚，李渊只听到一个"琼"字，看见秦琼摆手，以为是"五"的意思，便把"琼五"这个名字记住了。

● **人物点睛**

李渊

　　唐朝开国皇帝，世称唐高祖。李渊出身于北周的贵族家庭，七岁袭封唐国公，后来成为隋朝大将，母亲是独孤皇后的姐姐。太原起兵之后，建立唐朝。李渊为人洒脱，待人宽容。

● 名家点睛

　　唐高祖是中国一切史书中最受贬低的一位君主……他的统治时期很短，而且是夹在中国历史上两个最突出的人物的统治期的中间：他前面的统治者是大坏蛋隋炀帝，他后面的则是被后世史家视为政治完人的唐太宗……他建立唐王朝的功绩被他的接班人精心地掩盖了。(《剑桥中国隋唐史》)

● 网友点睛

　　开国皇帝中最"窝囊"的一位，唐高祖李渊大人，此时真是小心谨慎、宅心仁厚啊。这样宅心仁厚的一个人，当了皇帝之后，被称为"古今杀投降的人最多的一位，项羽和白起都不能跟他相比"。白起可是坑杀了四十万赵兵，让人胆寒的那位呢。李渊的多面性，就像他的名誉一样，多多少少是被世人误读了。(网友：糖果软糖)

第四回 李小姐偶结良缘

[中国古典名著]
青少年趣评版

李渊骑马返回，路上只见尘头起处，一马飞来。李渊大惊失色，暗想："不好！强徒又来了！"连忙拿起雕弓，一箭射去，来人翻身落马。

李渊来到家眷旁边，告诉众人李家受了琼五的大恩，众人十分感激。正说的时候，只见几个村庄农夫来到马前，哭哭啼啼地说："不知我家主人因为何事触犯老爷，竟被您一箭射死？"

李渊十分惊讶："我不曾射死你家什么主人啊！"

众人哭着说道："射死我家主人的箭上，正刻着您的名字。"

李渊这才明白，原来刚才被射死那人不是强徒，而是他们主人。但人已经死了，他也无可奈何，只好说道："这是我误伤了。但人死不能复生，只能给些钱财安葬他了。"说完问他们主人的名字。

农夫们回答："我家主人是潞州二贤庄上的人，叫作单道，字雄忠，刚从长安贩卖绸缎回来，路过此处，没想到死于非命。我家还有个二员外叫单通，字雄信。"

李渊说道："你们回家跟二员外说，李渊误伤你家主人，是我的错。如今我给你们五十两银子厚殓，送你们主人的遗体回乡去。等我回到家乡后，会派人专门到潞州去登堂吊孝。"

李渊好歹是个官员，众人无可奈何，只好收拾回乡，要找二员外单雄信报告噩耗。

李渊误伤无辜，心里毕竟过意不去，便有点心灰意懒。眼看耽搁久了，出不了关，便在路上找了一座大寺借住一晚，寺名叫作永福寺。

李渊怕太子又派人来追杀，不敢马虎，晚上也不睡，带剑坐在灯下看书。到了二更时分，忽然闻到异香扑鼻。

李渊觉得惊讶，便出来看看香气从哪儿来。走到天井，仰头看时，只见星辰灿然，忽闻有人来报："夫人分娩二世子了。"李渊忙去看情况，幸好母子平安。

窦夫人刚生完孩子，不能长途跋涉，因此李渊带领家眷暂住寺中，等待满月再起程。

话说唐公李渊的女儿今年十六岁了，个性就像三国时孙权的妹子、刘备的夫人孙尚香一样，喜欢开弓舞剑，不像寻常女子。李渊是虎将，颇为欣赏女儿，想要为她找一门好亲事，很多庸俗公子前来求亲，都被李渊回绝了。

这天，李渊在寺庙中闲坐无事，便出去走走。走到一个清静的所在，只见庭院深深，廊道洁净。李渊问住持这是什么地方，住持回答："这是小僧的房子，请老爷进来喝杯茶。"

李渊进去一看，原来不是卧房，而是一个净室，窗明几净，一尘不染。住持献过茶，推开窗，只见正对着舍利塔，光芒耀目。李渊转身一看，发现屋内屏风上写着一副应景的对联："宝塔凌云一目江天这般清净，金灯代月十方世界何等虚明。"对联落款写明是柴绍题写。

李渊看词气高朗，笔法雄劲，便问住持："这个柴绍是什么人？"

住持回答："是汾河县礼部柴老爷的公子。"唐公点了点头，告辞回去。

这天晚上，月明如昼，李渊心里有事，无法安睡，便请住持带自己去寺旁走走。两人来到一个土岗上，只见明月当空，片云不染。四周十分安静，忽然传来吟诵的声音。李渊往下走去，看到有几间宽敞的房子，吟诵的声音从里面传来。

李渊惊讶地问："这是什么所在？"

住持回答："这是柴公子读书的地方。"

李渊轻轻走到房子旁，从窗缝里悄悄看了一下，只见灯下坐着一个美少年，桌上横放着宝剑。少年正在诵读，手中的书却不是儒家经典，而是兵书。

李渊高兴地想道："这人能文能武，如今世道不平，正需要这种人才。我女儿要找的，正是这样的丈夫。"于是，李渊立刻跟住持表明心思，想请他当媒人。

第二天一早，住持便去找柴绍。柴绍久闻唐公大名，听说李渊的美意，十分高兴，忙跟随住持前来相见。李渊看柴绍言谈举止十分得体，家世清白，欣喜不已，回头便跟窦夫人商量此事。

窦夫人却谨慎地说道："我俩虽然中意，但婚姻大事，要征求女儿的意见。"

李渊不满地说："婚姻之事，父母做主，她一个女孩儿怎么能做主呢？"

窦夫人摇头说："知女莫若母。我们这个女儿不是寻常女儿，她做事有自己的见识。如果她不同意，那还是过些日子再说吧。"

李渊只好回答："那你去问她的意思，我先出去走走。"

窦夫人便进屋去，把事情跟女儿说了。李小姐怕自己所托非人，一定要亲自见见这位公子。

柴公子回去之后，因为不知道李家小姐的才貌，也有点担

　　李渊想把女儿嫁给柴绍，夫人知道女儿很有见识，于是进屋去
征求她的意见

心。这天晚上，他照旧在灯下看书，忽然"呀"的一声，门被推开了，一个上了年纪的妇人走了进来。

原来这妇人正是李小姐悄悄派来见柴绍的，姓许。许氏说道："如果公子有心于这门亲事，请到观音阁后，小姐在那儿排一个战阵，公子认得这个阵，亲事便可成。"

柴绍欣然答应，带了下人柴豹一起去。

观音阁后有一块很大的空地，尽头处是一个土山。从观音阁有一个小门可以进入空地。柴公子看见小门便想迈过去，许氏却拦住他，说道："公子站在此处等着便可。"柴绍答应了。只见前面走出一个女子来，头发挽得高高的，头上悬着珠翠，穿着窄袖衣服。女子拿着一面小小的令旗，站在尽头的土山上。

柴绍问："这就是小姐么？"

许氏回答："小姐是轻易能见的么？这是小姐身边的女教师。"

正说的时候，只见那女子令旗一招，引出一队女子来，红白青黄相间，共有二十来人。这队女子向左盘一下，向右旋一下。

柴绍便说道："这是长蛇阵。"

土山上的女子令旗一翻，女子们四方兜转，变成五堆，持刀相背而立。

柴绍说道："这是五花阵。"

许氏笑道："公子既然认得这个阵，敢进去破阵么？"

柴绍满不在乎："这有何难！"说完拿了宝剑便杀进去。

女兵们看见柴绍进来，一齐举刀砍去。柴绍往东，女兵们便围成一团跟到东边；柴绍往西，她们又裹住他往西。队中还有一个女子拿着红绳，专门看柴绍退的时候，便兜头罩下绳索来，差点把他拖翻。柴绍竟然只有招架的份，根本冲不出去。

柴绍定了定神，站定一看，只见观音阁窗下挂着两盏红灯，中间站着一位美人，只露出半身，正是李家小姐在观战。

土山上的女子还是一个劲地挥动令旗。柴绍往土山上冲去，只见那女子将令旗往后一招，后边竟钻出四五个黑衣女子，持刀直冲而来，五花阵变成了六花阵。柴绍连忙舞剑护住身子，一边往竹林退去。另外五堆女子飞速地又围了过来，四五条红绳套了下来，竟要把柴绍套住。

正在危急处，柴绍大叫一声："柴豹在哪里？"

柴豹连忙从袖中取出一个花炮，点着了火，向女兵们头上抛去。众女兵只听头上一声炮响，星火满天。此时阁上"嗖"的一声，一支箭射来，正中柴绍头巾。柴绍取下头巾，发现是一支去掉了箭头的花翎箭，系着一个小小的彩珠。他朝阁内看去，没想到阁上美人已去，回头一看，女兵们也踪影全无了。

第二天鸡声唱晓，柴绍睡得正好，忽然传来叩门声。开门一看，原来是住持。住持对柴公子说道："唐公李爷已经叫我去择吉日，准备为公子和小姐完婚。"

柴绍很高兴。他父母早亡，无牵无挂，于是独自随李渊到太原，跟李小姐成了亲。后来李渊起兵，建立唐朝，柴绍和李小姐曾带领娘子军助战，便是这次考验柴绍的女兵。

● **人物点睛**

李小姐（平阳公主）

唐高祖李渊女儿、唐太宗李世民姐姐，是一个巾帼奇女子，才识胆略不输于兄弟们。李渊起义后，平阳公主招募义军，令出必行，军纪严明。这支军队有七万多人，号称"娘子军"。平阳公主为唐王朝东征西讨，功盖天下。

● **名家点睛**

公主……亲执金鼓，有克定之勋……功参佐命，非常妇人之所匹也。（唐·李渊）

大意：公主亲自擂鼓鸣金，建立了平乱的大功。她一向亲自参与军务，辅佐成功，不是寻常女子能比的。

● **网友点睛**

原来唐高祖还有个英雄女儿，这位传奇的平阳公主下葬时，是按照军礼来的，如此独一无二，因此还在史书上留下了传奇的一笔。也难怪，毕竟平阳公主可是创造了"娘子军"的人物，一代奇女子啊。（网友：霜爽爽）

第五回　秦英雄落难他乡

[中国古典名著]
青少年趣评版

秦琼救了李渊后，找到了樊虎，把情况告诉他。第二天一早，秦琼要往潞州去，樊虎则要去泽州，两人匆匆分了行李，各自领了犯人上路。

秦琼来到潞州，找了个叫"太原王店"的地方住下。店主人名为王示，客人们都叫他王小二。王小二知道秦琼是前来公干的，十分热情。

秦琼问他："这边投递公文需要几天？"王小二回答："这里的蔡刺史是个才子，做事有效率，你明天去投文，后天就可以领到回文了。"

秦琼很高兴，第二天一早便去府里投文。蔡刺史看了文书，吩咐把人犯安置好，许诺明日就给回批。

次日，秦琼一早便去州府领回批。谁知等到日上三竿，衙门还不开，一个出入的人都没有，街道各处也静悄悄的。

秦琼很讶异，明明昨天酒肆店家还热热闹闹的，今日怎么都关了？好不容易看见一个门半开着，便进去看看。只见几名少年正在玩耍。秦琼便问蔡刺史为何还不升堂。

一个少年回答他："你不知道蔡爷到太原去了么？"

秦琼大吃一惊，问道："为何到太原去？多久才回来？"

少年回答："唐公李渊奉旨回乡当官，河北州县都归他管。今天夜里有文书传来，通知属下官员。蔡爷收到通知，一早就前往太原，祝贺李渊大人去了。这一去多则二十日，少的话也要半个月。"

秦琼听了这话，只好回店里住下。

王小二的店是专门接待来往官差的，蔡刺史出门去了，连带他的生意也惨淡了。偏偏秦琼饭量大，住了几日，吃掉了一大堆饭菜。

王小二翻着白眼，对妻子说道："这客人是个白虎星。他刚一进门，这边的大官员就出门了。不如你去跟他要了住店的钱，女人说话他还客气点。"

妻子却不同意，说道："我看这位客人也不是白吃白喝的人，保不准以后还富贵发达。他走之前一定会给钱的。"

王小二又忍了两天，还是忍不下去了，便自己跑去跟秦琼要钱。秦琼倒觉得不好意思，说道："是我忽略了，早该给你钱的。我这就去拿银子。"说完拿来随身箱子，伸手取银子。

王小二欢天喜地地等着。谁知秦琼一只手伸进去好久，就是没有拿银子出来。

原来当初跟樊虎分行李时太过匆忙，银子竟然都落在樊虎那边了。秦琼这时候才发现身边没钱，脸都红了。王小二看他把手放在箱内摸来摸去，心里疑惑："难道银子都是大块头，他要弄碎了才能给我么？"

正想着，秦琼终于取了一包银子出来了。这救命的银子是秦琼母亲给他的，要他买点潞州绸回去，还好没放在樊虎那边。秦琼无可奈何，只能先用这钱，拿了四两交给王小二。王小二得了银子，笑容满面，之后便依旧热情。

秦琼心里却十分焦虑。批文还没领到，蔡刺史再不回来，他不仅没钱回家去，要是王小二再来算账，还会没钱给他，那时怎么办？

还好又等了几天后，听说蔡刺史即将回来了。本州的差人们收到了命令，全都出城去迎接，秦琼也跟着大家去。到了十里长亭，大小官员们相见，蔡刺史坐轿子进城。

秦琼跟进城门，心里一着急，在街上便跪下来喊道："小人是山东押送犯人的差官，等候老爷回批。"

蔡刺史在轿子内都快睡着了，哪会去理一个领批文的人？差人们狐假虎威，大声喝道："快起来！老爷没有衙门的么，你要在这里领批文？"

秦琼只好起来，眼睁睁看着那轿子迅速地离开了。他暗自想："多住一日就要多花一日的银子，我又没钱了。这官员刚从远方回来，恐怕还要休息几日，我怎么等得了？"于是一个大步迈上前去，本来只是要请轿子停一下，没想到力气大得出乎意料，左手在轿杠上一拉，竟把轿子拖向一侧，八个轿夫都支撑不住。

蔡刺史正睡在轿子里，差点被秦琼摇出去，立刻勃然大怒，命人抓住秦琼大打一顿。秦琼无话可说，被当街重重地打了十板，皮开肉绽，鲜血横流。

这情形刚好让王小二看见了，他便回去跟妻子说："秦客人太不靠谱，在咱们店住了个把月了，身上衣服都没见换过。还说是个官差，礼节都不懂，今天被官府打板子了。"

正说着，秦琼回来了。王小二没了好脸色，讥笑了几句。秦琼一肚子气，洗了伤口睡觉。

第二天，秦琼忍痛去州府，还好蔡刺史升堂办事了。秦琼想起自己家乡的刘爷是蔡刺史的同学，便说道："小人是齐州刘爷派来的差人，等候老爷给回批。"

蔡刺史一听脸色就变好了，说道："你是刘爷派来的人？昨天你太鲁莽了，所以才责打你。"秦琼说道："小人鲁莽，老爷打得对。"

蔡刺史心想，刘同学派来的人被我打了，不知他会不会怪我。想想还是命人取了三两公费，赏给秦琼当路费。

秦琼接了批文，拿了赏银，出府回店。王小二在柜上结账，看见他回来，开口便问："领好批文了？有空算算账吧。"

秦琼便跟他算账，总共二十一两，给过四两，还差十七两。秦琼把赏银给了他，说道："我还不回去，在这里等个朋友。银子都在他那边，他来了才有钱给你。"

王小二口里说："你老人家住一年，我还多赚点钱呢。"心里却想：这人没钱，行李又不值钱，还有一匹马，他要是骑了便跑，我哪里拦得住？我看他最要紧的是那批文，拿了那东西才是上策。

想到这里，小二便叫妻子过来，说道："秦爷的文书是要紧的东西，我们帮秦爷收好，免得他放在房里丢失了。"

秦琼明白他的小肚鸡肠，但人在屋檐下，不能不低头，便说道："这样最好。"

王小二又吩咐手下："秦爷不回去，你们上便饭吧。"

手下知道"便饭"二字的意思，于是随便给点饭菜，面汤都是冷的，收拾盘碗的人还要粗声粗气，给秦琼脸色看。

秦琼觉得没趣，只好到官路上，巴望着樊虎会突然出现。等到夕阳下山时分，只见树叶飘黄，河桥官路上车马来往，却根本没有樊虎的影子。

秦琼在树林中急得跳脚，叫道："樊虎，樊虎！你再不来，我也不要去店里受小人的气了！"其实樊虎根本没跟秦琼约好要来，不过是秦琼自己痴心妄想而已，自然是左等右等也等不到。

第二天一早，秦琼又去等，想着樊虎今天再不出现，晚上就自我了断算了。等到傍晚，樊虎果然还是连个影子都没有。秦琼想要去寻短见，忽然想起家中还有老母亲，只得走回来。他一步一叹地往店里走去，进门一看，房内竟然点着灯。

秦琼觉得奇怪，忙进去一看，原来自己的房间已经住了别人。王小二从房内跑了出来，叫道："秦爷，不是我故意得罪你。今天刚好来了这批珠宝客人，看见你的房门开着，便走了进来，硬是要住下不肯走。只好委屈你到僻静些的房间去，我已经把行李搬过去了。"

秦琼一个英雄好汉，今日落到这种处境，只得忍气吞声。

王小二点灯引路，把秦琼带到后面去。只见是一间靠厨房的破屋，半边都见天日了，地上堆着柴草。地铺也是柴草铺成。四面风来，灯都没地方挂，直接放地上。

小二带上门便走了。秦琼坐在草铺上，不禁慨叹英雄末路。正在愁叹，忽然外面传来了脚步声，那人走到门口，停下来倒扣了门。秦琼心里大怒，问道："是谁在外面？你这小人，我秦琼又不会私自跑了，你何必如此？"

门外那人轻声说道："我是王小二的媳妇。"

秦琼问道："听说你是个贤惠的人，天晚了，你来这里干什么？"

王妻回答："我丈夫是个小人，只图几个钱，竟做出这样的事来。我劝过他多次，反被他骂。秦爷是大丈夫，请不要跟他计较。刚才我丈夫睡了，我才能到这里来，给秦爷送来晚饭。"

秦琼多日受人冷眼，听到这席话，感动得落泪。王妻又告诉他，这几天看见他衣服破了没缝补，自己在饭盘里放了针线，明天可以缝一下。盘子内还有点钱，请秦琼拿去明天可以买早餐，不必在店里受气，讲完这些便走了。

秦琼开门拿了饭，果然看见盘子内有针线和钱，还有一碗热的肉粥，正是他早前最喜欢吃的东西。秦琼本来不想吃，但肚子确实饿了，最后还是把粥喝了。

第二天，秦琼还是去官道上等樊虎。人没等到，倒是遇到一个好心的老妇人。老妇人看秦琼衣衫单薄，便叫他进屋去烤火，又端了面饭来给他吃。她看秦琼十分忧虑，便劝道："你将来不是默默无闻的人，不用英雄气短。"

这时天已经黑了，秦琼便告别回去，一边暗自想自己出了一趟门，没遇到一个朋友，碰见的女子却有见识，也是奇怪了。

王小二见秦琼一直没回来吃饭，怀疑道："难道他成仙了不成？没钱还我，却有钱在外面吃饭？"妻子说道："说不定他遇见朋友了呢？"小二便说："既然这样，我明天就跟他要钱。"

第二天，秦琼刚要出门，外边进来两个少年把他拦住，问道："这位就是秦爷么？"秦琼不知怎么回事，便随他们坐下。一问之下才明白，这两人是本州的小差使，王小二请他们帮自己要钱来了。

秦琼说道："我的银子都在朋友身边，要等他来，才能给钱。"两人说道："要是你朋友一年不来，难道也要等一年么？凡事要灵活变通才行啊。"

秦琼恍然大悟，说道："我明白了，我手上有两根金装锏，就将它们卖了还钱吧。"两人听了这话，便举手作别而去。

秦琼独自去取金装锏。谁知王小二听到"金装锏"三字，以为是宝贵东西，又起了坏心，想道："这人真是奸诈，有金装锏不拿出来，硬是等到这时候。"连忙跟到他房里去。

秦琼坐在草铺上，正抚摸着那两根金装锏。这金装锏并不是金子做的，只是上面有熟铜鎏金，从祖上传下来，已经是三代，连锏棱上的金都磨掉了。秦琼拿了把草，将铜青擦掉，又变得耀目生光。

王小二眼睛一亮，以为上面有很多金子，忙说："秦爷，这锏不要卖。这里有家当铺，先把它拿去当了，等你朋友来了再赎回，不是更好吗？"

原来王小二暗想："等他当了这锏，还了我银子，我便催他走，然后再加些利钱把锏赎回来，剥了金子打首饰给老婆戴，多余的金子拿去换钱，夫妻从此发迹，岂不是好？"

秦琼没有察觉他的用意，也觉得当了好，于是两人一起来到当铺。

秦琼把金装锏往桌上重重一放，差点打坏了桌子，当铺主人不高兴地叫了起来。秦琼便说："这锏要当银子。"

主人回答："这种东西只能叫作废铜。"

秦琼不满地问："这是我的兵器，怎么叫作废铜呢？"

主人说道："拿得动它的人，才把它叫作兵器。我们拿不动它的，只能将它拿来熔了，不是废铜是什么？"

秦琼便问道："废铜就废铜，多少钱？"

主人拿大称来称，两根锏重一百二十八斤，算出来只能当四五两银子。秦琼心想：四五两银子，没几天又吃进肚子了，当来做什么？于是不当了。

王小二知道发财大计不成，大失所望，面色更加难看了。

回到店里，王小二催命般讨钱，秦琼没办法，只好打算将自己的黄骠马卖了。

● 人物点睛

秦琼

瓦岗大将、唐初名将，字叔宝，是凌烟阁二十四功臣之一。秦琼从小勇武过人，志向远大，十分重情重义，结交四方豪杰，深受尊敬。后来随李世民南征北战，被封为胡国公。秦琼是民间所贴的两位门神之一，执锏的那位是秦琼，执鞭的是尉迟恭。

● 名家点睛

叔宝善用马槊，拔贼垒则以寡敌众，可谓勇矣……识唐代之霸图，可谓见几君子矣。（五代·刘昫）

大意：秦叔宝善用马槊，攻打别人营垒时，以寡敌众，真是勇武……看出了唐代图霸的雄心，可谓具有先知的君子。

● 网友点睛

几两银子差点害死一个英雄汉，也真是雷死人。英雄末路，往往只是不能建功立业，竟有英雄因为给不起店钱差点想不开，真真是世上最"窝囊"的英雄了。如此接地气的名将，难怪可以用来当门神，震鬼不震人呀。（网友：风那个吹）

隋唐英雄演义

第六回　秦琼卖马遇雄信

秦琼打听得五更天开始马市，一夜睡不着，就怕错过了。第二天起来，王小二牵了马来，秦琼一看，"哎呀"叫了一声。

原来黄骠马已经饿得皮包骨头，根本不成样子了。秦琼牵了这瘦马往外走，王小二把门一关说："马卖不出去，就不要回来了！"

此时马市已开，买马、卖马的王孙公子往来不绝，马匹不计其数。秦琼来到市场，就有几个人嘲笑起来："大家赶紧给让让，有一匹病马来了，小心撞倒了它！"

秦琼也不理会，在市场里走了几圈，一个询问的人都没有，不禁叹道："马啊马，你在山东捕盗的时候，多么剽悍！现在怎么垂头丧气成这样！都怪我少了人家店账，要看人脸色。人尚且这样，何况是马。"

天色已亮，马市也快散了。秦琼又累又饿，反倒被马带着走。只见城门大开，乡下农夫挑柴进城来卖了。黄骠马饿极了，看见一捆柴木上残留着青叶，扑过去就啃，把一个老汉一下扑倒在地。秦琼清醒过来，连忙去扶，幸好那老汉身体没事。他翻身跳起来，看马嚼青叶的样子，说道："这马虽然瘦，但看样子是匹好马。"

秦琼听了十分开心，便问道："您认识买马的主顾么？"

老人回答："这里出西门十五里，有个二贤庄，主人叫单雄信，排行第二，我们都称呼他二员外。他喜欢结交豪杰，常买好马送朋友。"

秦琼如梦方醒，后悔不已："我怎么忘了这个人？这人大名鼎鼎，我早就应该去拜访他。现在弄得衣衫褴褛，反倒不能去见了。但如果不去二贤庄，这马也卖不出去。算了算了，就单纯卖马，不要说出姓名来。"

于是秦琼请老汉带路，去了二贤庄。

两人来到二贤庄，单雄信正坐在厅前。他得知有人卖马，便出来看。

秦琼看来人身材高大，相貌不凡，穿戴华丽，不禁自惭形秽。单雄信来到身边，只看马不看人。他用力按了一下马匹，黄骠马虽然瘦骨嶙峋，却纹丝不动。单雄信心里知道是匹好马，便问秦琼："这马怎么卖？"

他以为秦琼是马贩子，不跟他客套。秦琼说要五十两。单雄信随口说"三十两"，装作不在意的样子，转身就走。秦琼只好追上去，说道："员外给多少就是多少吧。"

单雄信便捧了三十两银子出来，秦琼看见银子，心想可以回家见老母亲了，暗地里十分高兴。

单雄信得了好马，心里也很高兴。他先不把银子交给秦琼，问道："兄台是山东人，不知属哪一州？"秦琼回答："齐州。"单雄信把银子往袖里一放，先不给了。秦琼大惊，不知发生了什么事。

原来单雄信一听"齐州"二字，顿时想起一个人来。他请秦琼坐下喝茶，问道："贵地有个叫秦琼的人，字叔宝，盛名远播，不知兄台认识么？"

秦琼衣衫褴褛，不敢认名，便说道："是小弟同衙门朋友。"单雄信说道："失敬了，原来是叔宝的同袍。请问贵姓？"

秦琼心里想着欠了王小二的钱，便随口说了："在下姓王。"

单雄信写了封信，请他帮忙交给秦琼，另外又送了三两银子、两匹丝绸当礼物。秦琼看他如此客气，怕坐久了露出马脚，赶紧告辞。

秦琼卖了马回去，路上看到店家都开门了。他肚里饿极，看见一家新开的酒店饭菜丰盛，便走了进去。

走堂的人看见进来一个衣衫褴褛的人，便出来拦住。秦琼双手一挥，四五个人都跌倒在地。他责问道："我买酒喝，你们为何阻拦？"

里面一个人跳起身来，说道："你要买酒？先到柜台给钱。这是我们的新规矩。"

秦琼便到柜台去，说道："先给钱就先给钱。如果别的客人进来，不是这个规矩，那我可就不客气了。"

老板赶紧出来赔礼，说道："下人们不识好歹，请您不要见怪。店家没有先算账的理，您坐下，我马上叫人上酒。"

秦琼好脾气，听了这话便高兴起来，走进厅里。只见厅上摆着条桌、交椅，屏风上是诗画，十分风雅。秦琼顿时觉得自己坐在这儿格格不入，便离开厅上，到旁边厢房去。

喝了一碗酒，吃了些冷牛肉后，外面忽然喧嚷起来，店主人赶紧出去迎客。只见门外来了两个英雄，随从甚众。秦琼抬头一看，吃了一惊，只见两人中有一个是他结交过的朋友，名叫王伯当。

店主人在厅上放好桌椅，请两位贵客上席。秦琼怕被王伯当看见，便拿了东西起身要走。王伯当和同伴就坐在厅中央，秦琼没办法走出，只好背着他俩又坐下了。没想到这一起一转身，反倒引起了注意，王伯当对同伴说道："你看那人像谁？"

同伴看了一眼，回答："看样子像秦爷。"王伯当却说道："不是他，叔宝是人中之龙，不可能沦落成这样。"

同伴便转身盯着秦琼看，吓得秦琼赶紧低下头，不敢动弹。同伴少年眼快，越看越觉得像，便说道："天下哪有人一动不动喝酒的？我看他就是秦爷，等我过去看看。"

秦琼看他要走过来，心想等他认出来更加没意思，只好站起来坦白："两位兄弟，正是秦琼落难在此。"

王伯当见果然是秦琼，连忙起身走过去，解开身上外套给秦琼披上，拉他到厅上坐，抱着他哭起来。

王伯当想不到秦琼堂堂英雄，落难成这样，伤感不已。秦琼反倒劝慰他："我虽然落难，但并没有遇到什么大事，不必如此。"说完问旁边的朋友是谁。

王伯当回答："这位是我的朋友李密，因为圣上怀疑李姓之人，因此弃官同游。"

王伯当又问："你来此地，为何不去单二哥处？"

秦琼便告诉他卖马的情况。王伯当问道："你把黄骠马卖给单二哥了？得了多少银子？"

秦琼回答："得了三十两。"

王伯当又惊又好笑，说道："单二哥如此英雄，却贪你的便宜？我们回头一起去见他，我要好好嘲笑他几句。"

秦琼连忙说："我不去。来了潞州不去拜会他，是我失礼在先。刚才他问我姓名，我又谎称姓王，现在怎么能去见他？二位到二贤庄去，替我把落难的实情说了，告诉他卖马的就是秦琼。以后秦琼再来潞州，一定登堂拜谢。"

两人说不过秦琼，只好问他住在哪儿。秦琼照实说了。三人一直饮酒到傍晚，告别时，王伯当说道："秦兄落难至此，我们怎能就这样告别？明日一定要来拜会。"

秦琼含糊回答，然后与他们告别，回到店里。

王小二猜测他卖不了马，早已把门锁了。秦琼大怒，本想一脚踹开店门，痛打他一顿，但转念一想："小不忍则乱大谋，既然熬到此刻，也没必要跟这小人计较了。"于是告诉王小二他有银子了。王小二立马开了门。

两人算清了账，秦琼一刻也不想停留，取了行李和公文，徒步走了。

王伯当和李密告别秦琼后，飞奔出城，来到二贤庄。单雄信见二友来访，欣喜不已，赶紧命人端茶摆酒。

王伯当开口问道："听说大哥今天得了一匹好马？"

单雄信心满意足地回答："不错，今天我只花了三十两银子，就得了一匹千里马。"

王伯当说道："我们知道马是好马，但为人最好不要贪小便宜，否则就要吃大亏。"

单雄信惊讶地问："难道这匹马是偷来的？"

王伯当回答："马不是偷来的，但你知道卖马的人是谁么？"

"是个姓王的人，"单雄信疑惑道，"难道是你朋友？"

王伯当回答："姓王的不是朋友，但卖马的却是我们朋友。实话告诉你吧，卖马的人就是秦叔宝。"

单雄信大吃一惊，回想卖马人欲言又止的模样，这才醒悟过来。王伯当告诉他秦琼的下落，三人准备天亮立刻去找他。

第二天，三人各自骑着马，又带了一匹空马，一起去找秦

　　秦琼在潞州落难，连朋友都不敢见，更加不敢去见
单雄信，于是连夜徒步走了

49

琼。到了王小二店前，才发现秦琼昨晚就走了。三人正准备追赶，忽然单雄信家中传来噩耗：他哥哥在回家途中被唐公李渊射死了。

单雄信急于回家奔丧，追赶秦琼的事便搁下了。

- **人物点睛**

单雄信

绿林首领，人称单二员外、单二哥。单雄信扶危济困，结交众多豪杰，侠义之名天下皆知。他还是个知名猛将，勇武过人，一条马槊使得出神入化，号称"飞将"。因为哥哥被李渊误杀，单雄信跟大唐一直是仇敌。

- **名家点睛**

雄信骁捷，善用马槊，名冠诸军，军中号曰"飞将"。（宋·司马光）

大意：单雄信骁勇敏捷，善用马槊，在瓦岗军中十分有名，军中称他为"飞将"。

- **网友点睛**

自哥哥被李渊射死的那一刻起，已经注定了单雄信以后不可能成为大唐的功臣，现在的英雄好汉，只怕是为了作为劲敌来刻画。单雄信是个侠义的人，后来他结交的英雄好汉大多投降了大唐，成为开国功臣，唯有他这个首领，从一开始就注定了会是个悲剧，也是命运作弄人啊。（网友：胡桃夹子棒棒糖）

第七回 二贤庄豪杰相交

[中国古典名著]
青少年趣评版

話说秦琼连夜赶路，走到天亮居然才走了五里路。原来他黑暗里迷了路，兜了个大圈，天亮时才上了官路，回头一看，潞州城墙居然还在背后，只有五里之遥。

祸不单行，这些日子秦琼既受气又挨饿，如今连夜赶路，受了风寒，竟然生了一场大病。走到城外十里的地方，他已经耳红面热，浑身似火，头重眼昏。

此处有个寺庙是东岳行宫，秦琼支撑不下去了，便走进庙里去。好不容易来到殿前，脚都抬不起来了，一阵晕眩，结果被门槛绊倒，重重地摔倒在地，背后的两根金装铜竟将地面都打碎了。

守庙的人看见这情形，连忙报告观主。

观主名叫魏征，穷人出身，却不肯好好想谋生之道，就喜欢读书。魏征无书不读，诸子百家、天文地理等等，全都精熟。隋朝重视出身和武力，大臣们都是武将。魏征出身寒门，又是文人，只好自叹生不逢时，隐居华山。

这天，他正在看书，守庙的人来报：有个醉汉跌倒在地，随身兵器打坏了地面。

魏征忙去看看，只见秦琼一只手放在脑袋下当枕头，一只手用袖子盖住了脸。行李都落在一边，无人照管。魏征过去移开衣袖，只见秦琼满脸通红，正睁着一双大眼。

魏征点头叹道："兄台不该这样酗酒。"

秦琼心里明白，却开不了口，只好伸出一只手，在地上写了"有病"二字。魏征恍然大悟，于是盘膝坐下，给秦琼把了脉，知道是内伤饮食，外感风寒，还好不致命。

52

魏征安排秦琼在房间里住下，行李公文等给他保管好，双锏反正别人也拿不动，便拖到殿角放着就好。魏征亲自给秦琼开了药方，煎药照顾，这病渐渐调理得轻了。

不知不觉又过了半个月，这天是三元寿诞，附近居民都前来庙里做会。天刚亮大门便开了，殿上撞钟擂鼓。

秦琼身子还没恢复好，受不了这种热闹，蓬头垢面地躲在房里，觉得气息不顺。做会的人看到他这副样子，都嫌他脏。

魏征虽然是观主，但心气高傲，不肯巴结富户，众人本来就都觉得他可恶，如今见他收留不明来路的人，弄脏殿堂，大家更加看不顺眼了。

这天，单雄信带着随从，到东岳庙里来给亡兄做法事。各位会首迎出门外，说道："单员外来得正好。"

单雄信便问："你们有什么事，请说。"

众人讲道："东岳庙是求福之地，魏观主却容留不知哪儿来的病汉，弄脏圣殿，请员外做主。"

单雄信是个有城府的人，凡事不会轻易出头，便笑道："我跟他讲讲，再看看怎么办吧。"说完让人去请魏征来见面，自己则走到两旁看看。只见钟架后头，黑暗里有铜光射出，单雄信上前一看，原来是一对金装锏。

他默默无语地看了很久，这才问大家："这兵器是哪里来的？"

众道人齐声回答："就是那个患病的无赖背来的。"

单雄信正想再问，魏征已经满面笑容地走出来。单雄信便说道："魏先生，众人都在谈论东岳庙是个求福之地，听说你收留了不明来历的人住在庙中，众人都很不高兴。不知究竟是什么人？"

魏征回答："这病人不是平凡人，而且旅途中患病，我们怎能催他离开？还要请各位有点恻隐之心。"

单雄信听见这样讲，忙问道："殿角的双锏就是那人的兵器么？他是哪里人？"

魏征回答："正是。客人是山东齐州人。"

听见"山东齐州"四字，单雄信又吓了一跳，急忙问："姓什么？"

魏征回答："名叫秦琼，字叔宝，是北齐大将后代。"

单雄信赶紧问秦琼在哪里，请魏征带他前往拜见。两人来到房中，因为房间太暗，一时看不到秦琼，单雄信以为他躺在床上，忙命人扶他起来。手下三四个人在床上摸了一通，影儿都没一个。

单雄信很焦躁，想道："难道他知道我来，又故意躲起来么？"

还好庙里有个人说刚才看见秦琼出去了。单雄信连忙出去寻找。

话说秦琼在庙里住了这么久，知道众人有意见，一直于心不安。今日天气暖和，何况庙里太过热闹，他便到外头走走，避开众人眼光。

正坐着，一个火工从面前走过，衣兜里放了几升米，手里托着几束干菜。秦琼便问道："你拿这东西到哪儿去？"

火工回答："关你什么事？我老娘身子不好，我向管库房的人要来的，要给老娘熬粥喝，要你管么？"

秦琼听了这话，猛然想起很久没见到自己母亲了，不禁眼中落泪。他看见旁边桌上有一支笔，便拿到手里，立刻写了首词自叹穷途坎坷。

刚刚写完，只见闹哄哄一堆人过来，仔细一看，里面还有单雄信。秦琼大吃一惊，赶紧低下头，脸埋在栏杆上。只听魏征喊道："原来在这里！"

单雄信几个大步抢过来，双手拉住秦琼就跪下，说道："秦大哥在潞州落难，单雄信竟然不知道，真是没脸见天下豪杰了！"秦琼不好再否认，连忙扶起他。

此时外边众人才知道秦琼是单员外朋友，只好默默地散开了。秦琼跟着单雄信回到二贤庄住下，自此魏征、秦琼、单雄信三人都成了知己。

秦琼的母亲在山东家里，日夜等待儿子归来，结果等出了一场大病，卧床不起。

这天，秦琼结交的朋友一齐来看望秦母。秦母看见众人都在，唯独儿子踪影全无，不禁泪流满面，说道："诸位特地来看我，有心了。但不知我儿子有下落了么？"

众人回答："大哥一去不回，是有些奇怪，但他吉人自有天相，应该没事。"

秦母看见樊虎也在，便说："我儿子六月跟你一同出门，你九月就回来了。现在已是隆冬时节，他还音信全无，只怕不在人世了。"

众人看她如此伤心，便想出了一个主意，让樊虎带着秦母的书信，前往潞州寻找一番。

这天，樊虎来到潞州府前，找到了王小二店里。王小二告诉他，秦琼十月初一的时候便卖了马做路费，连夜赶回家去了。

樊虎听了这话，只怕秦琼真的出事了，不禁叹息流泪，闷闷地出了东门，准备赶回山东。

天寒风大，一场大雪刚好落了下来。樊虎冒雪冲风，来到了十里村，天色晚了，附近又没有旅店，只得赶往东岳庙借宿。

东岳庙的守门人正要关门，只见一人赶进来，便报告魏观主。魏征将樊虎迎进去，问他来历。樊虎说道："小弟姓樊，是山东齐州人，到潞州来找朋友。"

话刚说完，魏征便问："你就是樊虎吧?"樊虎吓了一跳，问道："您怎么知道小弟的名字?"魏征便把秦琼一路坎坷的情况告诉他，请他暂住一晚，第二天又把前往二贤庄的路指示给他。

樊虎来到二贤庄，看到秦琼果然在里面，忙把秦母的家信取出来给他。秦琼看了家信后，立刻就要回去。

单雄信思虑长远，说道："秦兄着急回家侍候母亲，是出于孝心。但是一来你大病刚好，如果现在赶回去，万一旧病复发，以后还怎么奉养母亲?二来秦兄是将门之后，独存一脉，天下即将大乱，正需要你这样的英雄，不应该轻易冒险，要想着建功立业的大事才是。"

一席话，讲得大家都心服口服。秦琼问道："这么说，我不回家去反倒是孝子么?"

单雄信笑道："秦兄回家只是早晚的事。如今伯母每日忧虑，只是因为不知儿子下落。你可以写封信托樊兄带回家去，告知下落，让母亲安心。伯母是贤明的人，自然明白秦兄的心思。"

秦琼觉得有道理，连忙写好了书信。单雄信封了大礼，托樊虎带给秦母，确保秦琼的母亲和妻子生活无忧。樊虎带了书信和礼物，赶回山东去了。

第二年，秦琼告辞回家，单雄信让人把黄骠马牵出来还给他。众朋友都来送别，单雄信命人大摆宴席。

席上，单雄信叮嘱秦琼："求荣不在朱门下。秦兄要记住这句话。"

魏征也对秦琼说道："在公门中低头受气，容易磨灭英雄气概。如今天下即将换主，秦兄如此英雄，何愁不能建功立业？小弟隐居在东岳庙，也是要待时而动。秦兄应该听单大哥的话，天生我材，不可轻易沦落。"

秦琼心里想："魏征这话有道理。但单大哥小看我了，我虽身在公门，也是朋友满天下，不是官府走狗。"

秦琼归心似箭，与众人告别后，一路骑马往山东而去。黄骠马见了旧主人，来了劲头，跑得飞快。

前往山东的路上有个皂角林，夜间常有响马割客人的包。秦琼经过皂角林时，下马住店。店主张奇是这里的保正，此刻正带着人到潞州府投递失物状子，还没回来，只剩妻子一人在招呼客人。

张奇因为没抓到响马，被蔡太守责打了十板。太守怀疑店家跟响马相互勾结，下令捕盗差人押了张奇，一起到店里来观察动静。

秦琼正在房中，听见外面吵吵闹闹，以为是住宿的人，也不在意。他把房门闩好，打开从二贤庄带来的铺盖，准备睡觉。谁知铺盖又重又硬，好像藏了东西。拆了线一看，居然是一大堆银子。秦琼大惊，想道："单大哥叫我不要当差，原来已经作了安排，送我如此厚礼。他怕我推辞，还特意藏在铺盖里，真是有心人。"

恰在此时，张奇已经回到了店里，妻子看他狼狈的样子，忙问发生了什么事。张奇埋怨了几句，说道："响马夺了银子早就跑了，太守不分青红皂白，硬要我负责捉拿，我去哪儿给他找到响马？店里有什么情况么？"

张妻回答："店里住了个魁梧大汉，来历不明。"

捕盗人一路监视着他们夫妻俩，听见这话，立刻追问是什么情况。张妻回答："这人浑身都是新衣服，铺盖齐整，随身有兵器，骑的是高头大马。如果是武官，应该有随从；如果是客商，也有伙计跟着。他独来独往，比较可疑。"

众人觉得有理，便来到秦琼房外，偷偷往里窥看。这一看可把他们吓住了。只见秦琼面前堆满了大块大块的银子，正拿着一个个掂量，显得非常开心。

众人心想，连随身带了多少银子都不知道，不是响马是什么？连忙拿出绳子，在秦琼房外布好圈套。

大家正准备叫一个胆量较大的人引秦琼出来，张奇却自告奋勇，说道："我熟悉房间，还是让我进去吧。"

原来他看见一桌子的银子，想道：这东西是没处查考的，我先进房去拿它几块，也没人会知道。

张奇一口气喝了两三碗热酒，用脚将门一踢。门闩日夜开闭，年深月久，一踢就滑到一边，门开了。张奇冲进房，直奔银子而去。秦琼以为是强盗抢银子，怒火直冲脑门，动手就打。一掌下去，"呃"的一声，张奇的脑袋撞到墙上，脑浆喷出，顿时气绝身亡。

外面众人齐声喊起来："响马拒捕伤人！"

秦琼这才知道误伤了人，连忙放开脚步，往外就走，结果被门外的绳子绊倒在地。众人蜂拥而上，把他绑住了。秦琼大声辩解，哪有人听他讲话。

张妻写了状子，众人押了秦琼，到潞州府去。

蔡刺史吩咐将人犯押去参军那里，让参军仔细盘查。参军名叫斛斯宽，喝完酒正睡觉，被人从梦中唤起，酒还没醒呢，于是糊里糊涂判了秦琼拒捕杀人之罪，押去监禁。

第二天，斛参军去见蔡刺史，告诉他抓住了响马，名叫秦琼，自称是山东的差人。蔡刺史说道："这事挺大，你细心查查。"

斛参军便发令牌，把秦琼提到的王小二、魏征、单雄信等人传来。

单雄信来到潞州府，找了相熟的捕盗差人童佩之、金国俊，这才把秦琼的罪状改作误伤，发去幽州充军。银子、马匹、兵器则被官府收去，不还了。

● **人物点睛**

魏征

　　瓦岗寨英雄、大唐名相，凌烟阁二十四功臣之一。魏征字玄成，博学多才，早年因为家贫当了道士，后来成为大唐相国，忠心辅国，敢于直谏，是久负盛名的谏官代表，被封为郑国公。唐太宗李世民把他当作观察得失的镜子，魏征去世后，李世民痛哭不已。

● **名家点睛**

　　以铜为镜，可以正衣冠；以史为镜，可以知兴替；以人为镜，可以明得失。（唐·李世民）

● **网友点睛**

　　秦琼小心谨慎又躲躲闪闪，脾气还特好，身为能从万军中取敌将首级、关公一般的神将，却不能对付一干小人，也是可叹。（网友：月光光夜深深）

第八回　擂台赛英雄相会

单雄信怕秦琼路上有闪失，请童佩之、金国俊亲自押解，一路伴他到幽州。

临别时，单雄信取出一封书信，对童佩之说道："秦兄在山东、河南大名鼎鼎，朋友众多。幽州是我们河北地盘，他反倒没有朋友。我写了封信给顺义村的张公谨，你到了那里就去找他，烦请他告知公门中的朋友，请他们多多关照。"

童佩之答应了。三人辞别单雄信，上路而去。

数日之后，一行人来到顺义村。只见一条街道有四五百户人家，街头第二家就是一个饭店。三人觉得饿着肚子去投书不好，便在饭店中先吃顿饭，歇一歇再走。刚吃完饭，只见外面街坊上热闹起来，很多少年拿着短棍，一路排列过去。

三人忙出去看看。只听鼓乐声响，队列中间走过一个骑马的人，相貌英伟，戴包巾，插金花，衣装华丽。马后有许多人举着刀枪簇拥着。

秦琼问店家："这好汉是什么人？"主人回答："是我们顺义村今日迎接的太岁爷。"

秦琼惊讶道："怎么起这样凶狠的名字？"店主回答："这位爷名叫史大奈，最近才来到幽州罗老爷处，罗老爷准备让他当旗牌官，但不知他真实本领如何，便让他在顺义村打三个月擂台。三个月没有敌手，就让他当旗牌官。现在已经是最后一日了。史大爷打了几十场了，不要说赢他的，连稍微打平手的都没有，现在又要到擂台上去了。"

秦琼问道："我们可以去看么？"店主笑道："不要说看看，有本事上去打一打都可以。"

三人听了这话，一时兴起，便放下行李，去擂台旁观战。

附近百姓络绎不绝而来，台下聚集了数千人围看打擂台。一会儿，史大奈走上了擂台。

秦琼看到擂台旁边用栏杆围起一个角落，里面设置了柜台，几名少年在掌银柜。他过去一问才知道，这擂台为了减少上去打的人数，是要收五两银子的。但如果打中史大奈一拳，就可得五十两银子；踢中他一脚，可得一百两银子；摔他一跤可得一百五十两银子。秦琼听了介绍，笑道："这像是豪杰干的事。"

童佩之怂恿秦琼上去打一场，秦琼生性谨慎，不愿惹事。童佩之和金国俊在潞州府也算两个豪杰，秦琼与他俩不熟，不知他们功底如何，他看童佩之有兴致，便说道："贤弟不妨上去打一场，我替你给五两银子。"

秦琼交了银子，童佩之便上擂台去了。

擂台有九尺高，方圆二十四丈。童佩之刚走到上面，下面围看的几千人同时发一声喝彩，竟把他吓得腿都软了。他心里害怕，又不好意思回去，只得硬着头皮上。

童佩之心里没底，却装出凶神恶煞的样子，咬牙切齿，怒目圆睁，卷起袖子，掀开外衣，冲了过去。众人大声赞道："好汉发狠了!"

史大奈在擂台上三月都没碰到敌手，一见童佩之脚步虚浮，已经知道他有几斤几两。见他扑来，史大奈气定神闲地防备好上中下三路。童佩之轻身一纵，从上往下踢对方脸庞，史大奈一把将他的脚拿住，压到擂台上。童佩之站好，摆开架势又来扑他，史大奈从右肋下穿过，揪住童佩之背后衣带，手一甩，将他从擂台上直扔下去。童佩之跌了一脸泥沙，羞愧不已地站起来。

秦琼忍不住了，大喝一声："等我上来!"只见他从平地上一跳，直接纵上擂台，直奔史大奈。史大奈连忙招架，两个人龙腾虎跃，打得难分难解。

话说张公谨在顺义村是个名人，史大奈正是他在保护着。此时他已经叫人准备好酒菜，就等着向史大奈贺喜了。

张公谨正和好友白显道喝酒，只见两个年轻人慌张地跑进来，说道："不好了，史大爷看来还当不了官！"张公谨惊讶地问："今天是最后一天了，怎么说这样的话？"来人回答："有个大汉上来打擂台，十分厉害，史大爷手脚乱了，只怕打不过这人。"张公谨和白显道赶紧去看。

此时秦琼和史大奈打得正凶，张公谨不敢上去阻拦，便问："这个豪杰是从哪儿冒出来的？"

童佩之被摔下擂台来，正没好气，便回答："从哪儿来关你什么事？"

张公谨说道："只怕是朋友，伤了和气。"

金国俊说道："这位朋友，我们不是没来历的人。出了什么事，我们在顺义村也有朋友的。"

张公谨问道："不知你们在本地的朋友是谁？"

金国俊回答："潞州二贤庄的单雄信大哥，让我们到顺义村找张公谨大哥，我们还没去见。"

张公谨一听便大笑起来。众人问明情况，这才发现都是朋友，彼此客气起来。金国俊告诉张公谨，上面打擂台的是山东的秦琼。

张公谨连忙挥手大叫："史贤弟，不要动手，这是我们经常听说的秦叔宝大哥。"

史大奈连忙停手。张公谨走上擂台，告诉围观众人："各位都散了吧，这是朋友相聚，不是外人前来挑战。"台下数千人纷纷散去。

几位豪杰相互介绍一番，彼此赔过罪，都笑开了怀。大家一起到张公谨家喝酒，拜为异姓兄弟。

第二天一早，秦琼一行要去幽州府交接，史大奈也要去帅府回话。几个人一起上了马，往幽州飞驰而去。

顺义村到幽州有三十里路，没多久就到了。张公谨带大家在帅府西边先停下来，一边安排吃饭，一边让人请帅府的尉迟兄弟出来相见。尉迟兄弟大的叫尉迟南，小的叫尉迟北，两人都在帅府罗老爷手下当旗牌官，与张公谨相熟。

尉迟兄弟前来相见，只见张公谨、史大奈、白显道三人正等待着。张公谨告诉两兄弟，单雄信大哥有书信来，请两位关照一位叫秦琼的朋友。兄弟二人看完书信，问秦琼如今在哪儿。张公谨便喊道："秦大哥出来吧！"只听"哐啷哐啷"的声音响起，秦琼戴着镣铐，被带了出来。

尉迟兄弟勃然大怒，说道："张大哥，你这是什么意思？单二哥的书信在此，大家都是朋友，怎么这样对待秦朋友？"

张公谨忙笑道："这刑具是装样子的，两位是官府中人，我怕你们责备才这样做。既然说是朋友，那就取掉吧。"

尉迟兄弟亲自替秦琼拿下刑具，说道："久闻大哥名字，只恨不能相见。今日大哥到此，是我们的荣幸。"

秦琼连忙回礼。两兄弟取过文书看了一遍后，仍然封好。张公谨看尉迟南沉默不语，便问怎么回事。尉迟南回答："单二哥英雄仗义，只是这件事却做得对不起朋友。"

秦琼对单雄信的救命之恩十分感激，一听这话连忙分辩。

尉迟南说道："秦大哥不用着急，我的意思是，单二哥能把重罪改为轻罪，怎么就不帮大哥找个好的地方，偏偏要让大哥发配到这里来？这里的罗公原本是北齐大将，名叫罗艺，北齐国破后，他不肯投降隋国，便带兵杀到幽州，联合突厥可汗一起对抗隋国。隋国皇帝屡次派兵来攻打，都无法攻克，只好颁布诏书招安，将幽州割给罗老爷，让他统领十万雄兵镇守幽州。罗老爷武勇过人，为人任性，凡是发来充军的人，都要先打一百棍，称为杀威棒，好让他们以后服从命令。一百棍打下来，很少人能扛得住，真是九死一生。"

众人听了这话，都目瞪口呆，不知如何是好。尉迟南想了想，出了个主意："秦大哥装作有病在身，罗老爷让人查看时，我帮忙应付，也许能蒙混过关。"

商量完毕，一行人去帅府挂号。只听奏乐三次，中军官进辕门扯旗放炮，帅府大门开了。中军官、领班、旗鼓官、旗牌官、听用官、令旗手、捆绑手、刀斧手，一排排都进帅府参见，然后各归各位。

秦琼被带进帅府，两旁刀枪林立，走几步气都喘不过来。秦琼本来高大魁梧，被两旁武官夹在中间，顿时觉得自己变小了。他抬头看看上面坐着的官员，只见那人须发斑白，端坐如泰山，正是罗艺。

中军官下去取了文书，呈给罗公。罗公看见是潞州刺史发来的文书，倒留心了一下。原来潞州刺史蔡建德是罗公门生。当年蔡建德押送幽州军粮误了日期，本来该重罚，但罗公看他是青年进士，一时仁慈，没有怪罪。蔡建德十分感激，便拜在

秦琼误杀张奇，被发配幽州

罗公门下。

罗公将文书看了一遍，想瞧瞧蔡建德才思怎样，处事是否合情合理。看到军犯名叫秦琼，山东历城人，顿时吃了一惊。他沉思了一下，将文书放到一旁，然后吩咐中军官："将人犯带回，午堂后听审。"

张公谨等人在外等着，听说"午堂后听审"，都不明白怎么回事。尉迟南说道："从来没有这种事发生，都是打或不打，直接发落。不知罗公想审问什么。"

67

张公谨问了午堂的时间，听说还早，便带着秦琼等人先回去休息。

● 人物点睛

张公谨

隋末豪杰，后来成为唐朝将领，是凌烟阁二十四功臣之一，被封为郯国公。张公谨后来辅佐李世民发动玄武门之变，又随李靖征讨东突厥，是大唐有名的功臣。

● 名家点睛

······无宇文述、杨素，则杨广不能夺嫡；无张公谨、尉迟敬德，则太宗不能杀兄。（明末清初·王夫之）

● 网友点睛

每本草莽英雄传奇，都有个打擂台的戏码，似乎好汉们要让人惊叹，总是要闪亮登台，大打一番才够过瘾。拳脚功夫跟血性，好汉的标配嘛。其实秦琼不是草莽好汉，人家是英雄将相类别啦，怎么也不给安排些高大上一点的呢？（网友：飞鹰）

第九回 罗成神箭助秦琼

[中国古典名著]
青少年趣评版

罗公退了堂，换了衣服，让人将文书拿来，又从头看了一遍。他放下文书后，便让家将开宅门，请夫人秦氏前来。

秦夫人带领十一岁的公子罗成来到后堂，问发生了什么事。罗公叹息着问："夫人，当年北齐国破，你兄长殉国，不知他有后人传下来么？"

秦夫人见提起这事，顿时眼中落泪，说道："我哥哥秦彝在山东战死，当时有个儿子叫太平郎，才三岁，刚好跟在身旁。如今十多年了，一直没有消息，也不知道那孩子是生是死。不知老爷怎么突然提起这个？"

罗公回答："刚才河东送来一名军犯，与夫人同姓。"

秦夫人问道："河东就是山东么？"

罗公笑道："真是妇人家说的话，河东与山东有千里之遥，河东怎么会是山东？"

秦夫人便说："既然不是山东，天下同姓的大有人在，肯定不是我侄儿了。"

罗公却说道："文书上说这个姓秦的是山东人，到河东的潞州公干的。"

秦夫人便说道："既然是山东人，说不定就是太平郎。他的面貌我虽然记不得了，但可以问问他的家世。我要见见这个人，亲眼看一看。"

罗公便叫家将把帘子放下，传令出去，唤秦琼来见。

此时秦琼正和朋友们喝酒压惊，等着午后放炮开门才进去听审，没想到监旗官忽然惊天动地大喊："老爷叫带军犯秦琼听审！"

大家都大吃一惊，童佩之和金国俊连忙带秦琼进去。还没走到后堂，只见家将出来，对童佩之和金国俊说道："你们不要进来了。"说着接了铁绳，带秦琼进后堂跪下。

秦琼偷偷往上看，只见罗公素衣打扮，后面站着六个穿戴青衣大帽的人，都垂着手，又有家将八人，都是包巾扎袖。秦琼看不是刀斧林立的样子，稍稍放心些了。

罗公问道："山东齐州跟你一样姓秦的有多少户？"秦琼回答："姓秦的很多，军丁只有秦琼一户。"罗公便问："你既然是军丁，怎么又在齐州当差？"

秦琼解释："小人原本是军丁，因捕盗有功，刘刺史让我当兵马捕盗都头，到潞州公干，没想到误伤人命，发到老爷这里。"

罗公又问："当年北齐有个武卫将军秦彝，据说家属流落在山东，你知道这件事么？"

秦琼听到父亲名字，流泪说道："武卫将军就是秦琼的父亲，请老爷看在先人分上，放秦琼一条生路。"

罗公一听这话便站了起来。秦夫人在帘子后等不及了，大声问了出来："你母亲姓什么？"

秦琼回答："小人母亲是宁氏。"秦夫人又问："你知道太平郎是谁吗？"秦琼忙回答："太平郎就是小人的乳名。"

秦夫人听了这话，一把揭开帘子走了出来，抱着秦琼大哭起来。秦琼看这情形，十分困惑。罗公便对他说道："夫人是你亲姑母，起来相见吧！"

家将们忙将刑具取走，出去告知众人情况。秦琼的几位朋友虚惊一场，听了此事，个个高兴起来。

罗公吩咐公子罗成："你陪表兄到书房沐浴更衣，拿我的衣服给秦大哥换上。"秦琼便随表弟进去，收拾完毕，写了书信给单雄信等人。

罗公召来秦琼，说道："我看你相貌堂堂，应该有过人之勇。但你父亲早逝，母亲又寡居异乡，不知你是否学过武艺？"

秦琼回答："小侄会用双锏。"

罗公便问："你祖传的金装锏可曾带到幽州来？"秦琼只好告诉他，金装锏被官府没收了。罗公立刻派人去潞州取来。

罗公又对秦琼说："我镇守幽州，有十余万雄兵、千员官将，但都是论功行赏。明天你跟我去演武厅，当面比试武艺，如果武艺过人，就在我旗下当官，众将也服气。"

秦琼连忙答应了。

第二天，罗公命令放炮开门，将士都戎装随罗公出门，前往校军场。秦琼也打扮成家将模样，一同前去。

罗公子带着四名家将，兴致冲冲地想去看个热闹，却被守门的旗牌官拦住。罗成叩头哀求，旗牌官却怎么也不肯放他出去。

原来罗公下过将令，不许罗成出门。罗成虽然才十一岁，但体力过人，喜欢骑烈马，扯硬弓，带领家将去郊外打猎。罗公为官廉洁，怕罗成公子气，踩坏百姓庄稼，于是下令守门官不许放他出帅府。

罗成只得回后堂找母亲，像个孩子一样哭闹起来，说要去演武厅看表兄比试，守门官不肯放出。秦夫人也想知道秦琼武艺如何，于是唤来四个老家将。四人都须发皆白，从北齐时起就一直跟随罗公，与罗家同生共死，被尊称为掌家。

夫人对四名掌家说："你们四人跟公子一起去演武厅看秦公子比试。守门官如果拦阻，就说是我叫公子去的，只是要瞒着老爷。"四人答应了。

罗成看母亲安排好了，十分高兴，连忙回房里拿了一张花哨的小弓箭，带个锦囊装了几十支竹箭，准备等表兄比试完回家，就去荒郊野外射飞禽走兽玩。

五人上马，出了帅府，来到校军场。此时校场中已放炮升旗。众人下马看比试，四名掌家怕罗公看见公子，便两个在前，两个在后，将罗公子夹在中间。

此时校军场上军将整肃，秦琼看见兵威盛大，十分感叹。罗公一直在留意他，看见他点头慨叹，便大声叫道："秦琼。"秦琼连忙应道："在。"

罗公问："你会什么武艺?"

秦琼回答："会用双锏。"

罗公便吩咐取自己的银锏给他用。罗公两条锏重六十余斤，比秦琼的双锏轻了不少。

秦琼用惯重锏，接过银锏后觉得十分轻松，立刻便舞动起来，仿佛银龙护体，玉蛇缠腰。众人大声喝彩。

罗公子爬到掌家肩上，看到表兄舞起锏来，好像一道月光罩住，心里十分高兴。

秦琼舞过双锏，罗公又问："你还会什么武艺?"

秦琼回答："枪也会用。"

罗公便叫人取枪。官将们挑了最好的枪过来。枪杆有一二十斤重，绕着铁条牛筋。秦琼接过去一击打，顿时粉碎了。他跪下说道："小将用的是浑铁枪。"

秦琼被罗公带到校军场，展示了多项武艺

罗公点头想道："真是将门之子。"于是命家将取自己的缠杆矛给他。缠杆矛重一百二十斤。秦琼接在手中，一个转身，把枪收回来。

罗公看他动作有些拖沓，暗想："枪法不怎么样，但这孩子还可以教教。"心里这样想着，口里却称赞几声。

原来罗家善于使枪，秦琼并没有得到传授，学的只是江湖上的把式，怎么入得了罗公的法眼呢？众人只看到秦琼拿着重枪，舞得天花乱坠，哪里知道好歹，当然也随着罗公喝彩。就连秦琼自己也以为使得非常好呢。

秦琼舞完枪，罗公又问道："你可会射箭？"

秦琼心中正得意，当即回答："会射箭。"

罗公手下一千名官将，只有三百名弓箭手，其中又挑了六十名最好的当骑射官员，这些人都是神射手，如果只能射枪杆，都算不会射箭了。秦琼不知高低，竟夸口会射。

罗公怕秦琼出丑，吩咐射枪杆。罗公手下的将官哪里将枪杆放在眼里，六七个人射去，一箭都不曾落地。秦琼这才惊慌起来，心里真希望刚才回答的是"不会"。

罗公一看秦琼的神情，便知道他弓箭是弱项，于是唤他过去，说道："我下面这些将官都是奇射，你看到了吧？"

原来罗公也是个怪人，想要秦琼谦让，这才免去射箭一项。谁知秦琼不明白他的心思，而且又年轻气盛，竟回答："枪杆是死物，众将能射中也不足为奇。"

罗公便问："那你还会什么奇射？"

秦琼回答："小侄会射天边的飞鸟。"

罗公心里知道他射不了枪杆，看他口出狂言，便故意要他射个飞鸟看看，还吩咐大家都停下来，一起观看秦琼射空中飞鸟。

秦琼张弓搭箭，站在月台上，等候天边飞鸟。此时青天白日，十万雄兵摇旗擂鼓在操练，怎么会有飞鸟敢飞过？罗公便吩咐："取两大块生牛肉挂在大旗上。"血淋淋的牛肉挂在空中晃荡，山中的饿鹰很快飞了几只过来。

罗公子在一旁看见这情形，担心不已："看来表兄今天要出丑了。其他什么鸟都好射，就是飞鹰射不得。鹰飞天空之上，山坡下草中有颗豆子滚动都看得见，怎么可能轻易射中？"

他想来想去，觉得应该帮表兄一个忙，于是悄悄取出自己的小弓箭，把弦拽满，又从锦囊中取一支竹箭放在弩上。

大家都在等着看秦琼射鹰，连跟随罗公子的四个掌家也没发现罗成的小把戏。前边两个自然是不知道，后边两个向西站立，日光射目，正用手搭凉棚遮挡阳光，往上看秦琼射鸟。罗成的弓箭又小又没有声音，因此一时没有发现。

罗成搭好箭，等着秦琼，谁知秦琼一直不发箭。原来秦琼弓箭确实不怎么样，每次见飞鹰下来叼肉，刚要扯弓，那鹰又飞开了。他不发箭，罗成便不好射，只能一直等着。

众人催促秦琼，他只好扯满弓弦，发出一箭。弓弦一响动，飞鹰马上就发觉了，看见箭飞来，一个翻身，把这支箭裹在翅膀下，毫发无伤。秦琼心里正慌张，只见那只鹰摇摇晃晃，竟裹着秦琼那支箭落了下来。成千上万的观众立刻大声喝彩。秦琼莫名其妙，想不清那鹰到底怎么射下来的。

罗公子急忙藏好弓箭，带领四名掌家上马，先回帅府去了。他回到府里，跟母亲说表兄武艺过人，并不说出帮忙射箭一事，免得秦琼丢脸。

罗公回府后，欣喜地告诉夫人："秦琼双铜绝伦，弓箭妙绝，只是枪法欠传授。"夫人十分开心。

罗公又对秦琼说道："以后你跟表弟一起学枪法吧。"秦琼连忙答应。自此表兄弟两人日日一起练习枪法，罗公有空也亲自教导，教他们使独门枪。

第九回　罗成神箭助秦琼

- **人物点睛**

罗成

罗艺儿子、秦琼表弟，精通枪法，是个神射手。罗成长得极为英俊，十分孩子气。罗成是虚构的人物，历史上并没有这个人。在民间传说中，罗成一直是"冷面神枪俏罗成"的形象，十分聪明，十分勇猛，但后来被人陷害，死得十分惨烈。

- **名家点睛**

顽愚不似江陵石，雄武原称幽冀军。（清·褚人获）

- **网友点睛**

一连串雷人的倒霉事过后，秦英雄终于启动了开挂模式，难得啊！充军还能遇到姑父，校场练武竟有十一岁的神箭手相助，好吧，开挂的不是奇缘就是奇遇。"冷面神枪俏罗成"可是民间戏文的宠儿，绝对是用来演绎沙场情缘的好人选，可不，后来果然有段公子佳人的好戏。不过和英雄表哥的"亲密时光"也不错啊。（网友：云中雁）

第十回 秦琼三年始归家

光阴荏苒，转眼大半年过去了。秦琼想念母亲，很想回山东去。他想到自己是被发配到幽州来的，不可以说走就走，因此不敢向罗公提出。

　　秦琼央求表弟罗成帮自己，谁知罗成性格古怪，如果是他不喜欢的人，早就被他赶走了，现在遇到这位表哥心里喜欢，哪里肯放他走？

　　罗成不愿意帮忙，秦琼自己又不敢说，只好继续住下来，就这样又过了两年。

　　一天，罗公来到书房中，看见墙上题着四句诗，正是秦琼的笔迹。诗中说："一日离家一日深，犹如孤鸟宿寒林。纵然此地风光好，还有思乡一片心。"表达的正是秦琼想回老家的心思。

　　罗公看了诗句，心里很不高兴，于是转入后堂。秦夫人看他闷闷不乐，便问发生了什么事，罗公告诉了她。

　　秦夫人眼中落泪，说道："这也怪不得他。嫂子寡居，无依无靠，是应该让叔宝早点回家去。"罗公听了这话，便说道："你不要伤感，我今天就打发他回去。"

　　秦琼听到消息，十分欢喜，连忙准备起程。罗公写了两封书信让他带着，说道："我本来想让你在这里立下战功，好衣锦还乡，没想到边疆一直没事，没有机会让你立功。你母亲年纪已大，还是应该回乡侍奉。这里有两封信，一封给潞州的蔡建德，你到他那里取回鞍马行李；一封给山东大行台兼齐州总管来护儿，我是他父辈。来护儿如今镇守一方，我推荐你到他手下去做个旗牌官。日后有功，也能安慰先人。"

　　秦琼哭拜在地，又与姑母作别，然后离开了幽州。他归心似箭，马不停蹄，两三日就到了潞州。入城没多久，王小二便看见了，连忙往家里飞奔，口里大叫："不好了！"

妻子忙问出了什么事。王小二惊慌地说道："你还记得当初在我们这里住的秦客人吗？他犯了人命官司，被发配到幽州去，现在居然当官回来了！我当初那样对待他，如今怎么办？"

妻子骂道："古人说了：'去时留人情，转来好相见。'当初我叫你不要学那些世态炎凉，你不听。现在还能怎样，你赶紧躲起来吧。"

王小二却说道："我不能躲啊！咱们开的是饭店，他如果住下来，我能躲到什么时候？你还是告诉他我死了吧。"

秦琼去见潞州刺史蔡建德，取回行李，这才到王小二店里住下。进了店门，只见王妻正在哭泣，秦琼忙问发生了什么事。王妻便告诉他王小二病死了，又向他道歉。

秦琼十分感叹，说道："以前的事跟你丈夫无关，你对我有恩，我至今铭记在心。"说完拿出了蔡刺史赠送的一百两银子，转送给了她。

安置完毕后，秦琼又去城门外寻找先前碰到的那位老人家，不想那老妇人半年前就到别处去了。

单雄信自从上次送秦琼回乡时赠送钱财给他，反倒害他获罪后被发配幽州，自己又帮不上忙，心里一直很不安。现在听说秦琼回潞州取行李来了，单雄信十分高兴，想道："这次他一定会来看我！"于是取了酒，倚门而待。

一直等到月上东山，花枝乱影，忽然林中传来马嘶声。单雄信高声问道："是叔宝兄来了么？"秦琼大声回答："正是！"

单雄信鼓掌大笑:"真是月明千里故人来。"

两人到庄上相见,十分欢喜。单雄信问道:"你在姑父府中两年多,不知都做了些什么事?"秦琼放下酒杯,说道:"小弟有千言万语要跟你讲,等到见面了,却一句也说不出。晚上我再跟你慢慢讲。"

单雄信也放下杯子,说道:"不是我赶你走,但是等你喝完酒后,我希望你马上回去。"

秦琼惊讶地问怎么回事。单雄信回答:"你去幽州这两年,你母亲有十三封信寄到我这里,前面十二封都是亲笔写的,最近这个月寄来第十三封信,却是你夫人写的,信中提到你母亲身体不适,不能写信。如今你应该尽早回去,尽天伦之情。"

秦琼听到这话,心中悲痛,泪如雨下,说道:"这样说来,我一刻都不能待了。只是我的马被骑坏了,心急马行迟,怎么办才好?"

单雄信赶紧说:"自从你去了幽州之后,潞州府将黄骠马发出来卖。我用三十两银子买来养在府中,每当我想念你的时候,就会去马槽看它,睹物思人。昨天去的时候,看见黄骠马嘶喊踢踏,原来是故主回来了。如今物归原主。"说完叫手下把黄骠马牵来。

秦琼拜谢单雄信,骑上黄骠马,飞驰而去。黄骠马四蹄奋发,逢州过县,很快来到山东齐州。

秦琼在外三年未归,如今看见家乡的城墙,心里竟然焦躁起来。进入街道后,他下马牵着走,又把帽子压下脸来,从朋友家门前经过时,都是低着头急走。

秦琼绕到自己住宅后门,一手牵马,一手敲门。此时妻子

　　秦琼到潞州取行李，顺道拜访单雄信。两人喝酒交谈，十
分欢喜

的声音在门内响起："我丈夫出门几年未回，是什么人敲我家门呀？"

秦琼听见妻子的话，心里发酸，流着泪喊道："娘子，是我。母亲病好了么？我回来了！"

娘子听见丈夫回来，急忙飞奔来开门，一见秦琼的样子，又悲又喜。秦琼母亲刚刚吃过药睡着了，秦琼悄声走进去，只见旁边两个小丫头三年不见，已经长大了。秦琼伏在床边低喊了一声，母亲从梦中醒来，一见秦琼喜出望外，病立刻就好了一半。

第二天，众亲友来访。热闹了一场后，秦琼收拾好去见来护儿。来护儿因为当初征伐陈国有功，被封为山东大行台兼齐州总管。这天他正命令放炮开门，升帐坐下，秦琼就带着书信前来。

来护儿看了罗公的推荐信，叫秦琼上来。秦琼答应一声，好像平地起了春雷，来护儿抬头一看，只见秦琼身材高大，相貌堂堂，目如寒星，眉黑如漆，是一个好汉，心里很高兴，于是让秦琼当旗牌官，日后有功再晋升。

秦琼做了三个月旗牌官，一天，来护儿叫他到后堂，说道："明年正月十五是长安越公的六旬生日。现在要派人送礼去贺寿，但天下荒乱，盗贼众多，恐怕中途有差错，你有过人之勇，我想派你前去，你能担当此任么？"

秦琼立刻说："老爷养军千日，用在一时，秦琼不敢辞劳。"

来护儿很高兴，吩咐家将把礼物取出来，有锦服、白玉、明珠、金银、画卷等众多物件，价值不菲。

原来越公杨素曾是大将，后来当了丞相，隋文帝对他言听计从。杨素帮助废了太子杨勇，囚禁了蜀王，拥护杨广上位，自此满朝文武大臣竟有一半是他的亲信。一到杨素的寿诞，天下官员纷纷讨好他，唯恐去晚了。

● **人物点睛**

来护儿

隋朝名将，自幼便与众不同，胸有大志。他参与平定江南、征讨叛军、出征高句丽等战事，多立功绩。来护儿善于治政，深受百姓爱戴和皇帝的嘉奖，后来被封为右翊卫大将军、荣国公。

● **名家点睛**

（来护儿）雄略秀出，志气英进……行军用兵，特多谋算，善抚士卒，部分严明，故咸得其死力。（唐·李延寿）

大意：来护儿雄才伟略，十分出众，志气英迈……行军用兵时，他多谋善算，善于安抚士兵，约束严明，因此士兵都愿意效死力。

● **网友点睛**

单雄信老大一个英雄，还要养着秦琼的马，睹物思人，说不定想念极了，还要滴两滴泪，想想也是好笑。大概那时候的英雄相惜，就是这样的情况吧，如果秦琼不走，估计还要来个"抵足而眠"，表达一下朋友情深。好吧，不笑话他们了，毕竟是古人嘛。（网友：西秦风，荆楚歌）

第十一回　秦琼送礼进长安

[中国古典名著]
青少年趣评版

秦琼带着两名健步，上马往长安而去。离了山东，过了河南，进潼关、渭南三县，到了华州境内的少华山。秦琼抬头看见地势险恶，吩咐两名健步："你们慢点走，让我在前面。"

三人正走出谷口，只见前面一堆喽啰，当中一人横刀跃马，拦住去路，大叫："留下买路钱来！"

秦琼见到这么多喽啰，反而付之一笑，心想："在山东河南，绿林响马知道我姓名后都抱头鼠窜，今日进了关中地方，盗贼居然来问我要买路钱？我不要通名道姓，免得吓走了这个强人。"想着便纵马飞奔过去，照对方头顶直打下来，对方赶紧举起金背刀招架，双铜打在刀背上，火星乱迸。两人刀来铜架，铜去刀迎，斗了三十余回合，对方渐渐刀法散乱。

秦琼正打得起劲，忽然山上传来叫停声，转眼间又来了两名好汉。其中一人叫道："原来是叔宝兄！"秦琼抬头一看，居然是王伯当。

原来这山头有三个好汉，除了王伯当之外，还有一个李如珪，与秦琼大战的是齐国远。此时两人放下兵器，相互赔罪。

众人邀请秦琼同上少华山，一问方知秦琼是要往长安拜寿。王伯当高兴地说道："我本来已经写信给单二哥，要去他那里过节。今天却碰见你要往长安，我也想去凑凑热闹，就不到单二哥那里了，陪兄长到长安看灯吧。"

秦琼是个爽快人，高兴地答应了。齐国远、李如珪立刻说道："伯当兄要去，我们也去。"

秦琼却有点为难起来，心想："王伯当只是偶然藏身绿林中，其实是个斯文人，进长安没有问题。这齐国远、李如珪却是两个鲁莽人，如果一起去长安，一定会惹出事来，到时一定波及于我。"

但他又不能当面说出来，只得说道："二位贤弟不要去。王兄是不爱功名富贵的人，可以弃了前程，浪游湖海。我看此山地势险要，房屋殿宇雄伟，粮食又富足，二兄本领高强，人丁又壮健，隋朝即将大乱，到时你们以少华山为基地起兵，可以划土分疆。与我同进长安看灯不过是儿戏的小事，而且一去要一个月，那时山上众人都散去了，二位回来后怎么办？"

齐国远听了这话，犹豫起来了。李如珪却大笑说："秦兄，你也太小看我们了。你以为我们自幼练习武艺，就是为了落草为寇？只是因为奸臣当道，我们没奈何，才啸聚山林，待时而动。我知道你是怕我们二人打家劫舍，性子太野，怕我们进长安惹出祸来。"

秦琼被他当面说出了心里话，心中一惊，赶紧说："二位贤弟不要多心，大家同去就是了。"

齐国远高兴地说："同去同去。"于是吩咐喽啰收拾战马，选了二十名喽啰背行李，带上盘费银两。又吩咐山上其余喽啰，不许擅自下山。

秦琼也吩咐两个健步不可泄露此事，否则大家都有祸。

三更时分，众人离了少华山，起程往长安去。离长安还有六十里时，正好是日落时分，王伯当与李如珪走在前面，望见一座旧寺翻了新，顶上被夕阳照射得金光闪闪。

王伯当说道："李贤弟，你看世事真是忽成忽败。当年我进长安的时候，这座永福寺已颓败不堪了。如今突然又修得这么夺目，不知是什么人发的佛心？"李如珪便建议去瞻仰瞻仰。

秦琼自从下了少华山后，不敢离齐国远、李如珪二人左右，就怕他们两个兴起，放个箭抢个枪，惹出事来。如今看大家想去瞻仰寺庙，忽然有了主意，便开口说道："各位贤弟，今年长安城住宿可贵哩！"

齐国远大笑道："秦兄也不像个大丈夫，住宿贵也好拿出来说。"

秦琼说道："贤弟有所不知，现在我们一行就有二三十人，其他前来拜寿的，难道没有带朋友来？这些人一齐拥来长安，必然人多屋少，到时要挤在一块，有钱还找不到住处呢。"

齐国远和李如珪最怕的就是约束，连忙问怎么办。秦琼便说："我们不如在前边新修的寺里借僧房住。这里荒郊野外，走马射箭，舞剑抢枪，无拘无束，多么快活。等到过了年，我进城送礼，你们就可顺道去看灯。"

王伯当心里知道秦琼的担忧，赶紧附和。说话之间，众人已经来到山门前。四人一齐下马，命手下看着行囊马匹，自己则整衣进了山寺，走南道上大雄宝殿。

这寺庙还没完全修好，佛殿的屋脊画了画，檐前却还没收拾。月台下搭了高架，匠人们正在工作。架木外设了一张公座，打着黄罗伞。伞下公座上坐着一位紫衣少年。旁边站着五六人，个个青衣大帽，垂手侍立，十分有规矩。月台下竖两面虎头硬牌，用朱笔标点，还有刑具排列。这官儿不知是何人，众人一时不知进还是不进。

王伯当眼空四海，看见那紫衣少年，还没放在眼里。齐国远、李如珪习惯放火杀人，也不屑什么尊贵的官员。秦琼委身公门，却怕得罪官人，于是拦住三友，说道："贤弟们不要过去，那黄伞底下坐的少年，就是修寺的施主。"

王伯当惊讶道："施主便施主，怎么就不能过去?"秦琼回答："不是这样说，他还是个现任的官员。"

李如珪问道："兄长怎么知道?"秦琼回答："用这两面虎头硬牌的，应该是现任官员。现在我们兄弟四人走过去，是要与他见礼好，还是不见礼好? 不如避开。"

王伯当听了这话，便赞同了。于是四人齐走小南道，至大雄宝殿，见许多匠人正在那里做工。秦琼喊了一声，众人便过来问："老爷们有什么话吩咐?"

秦琼说道："借问一声，这寺院是何人在修建?"匠人回答："是太原府唐公李老爷修的。"秦琼又问道："他留守太原，怎么又到这儿来做功德?"

匠人回答："李老爷奉圣恩回乡时，曾在此寺内暂住，夫人分娩了第二位公子，李老爷便许诺重修山寺。那殿上坐着打黄伞的，就是他的郡马，名叫柴绍。"

秦琼顿时明白就是当年遇到的那个李渊，但也不出声。四人进了东角门，见东边新起一座门楼，红牌金字写着"报德祠"三字。王伯当便说："我们进去看看报什么德。"

四人齐进，见三间殿宇中间设置一座神龛，高有丈余，里边塑了一尊立像，戴一顶毡笠，挂着刀，穿着战靴。立像前面竖一面红牌，写六个大字"恩公琼五生位"，旁边又是几个小字，写明是李渊立的。

原来当年秦琼在植树岗打败假强盗，救了李渊，李渊追了十余里路问他姓名，因为路远风大，听不明白，李渊只听了个"琼"字，又见秦琼摇手，以为他叫"琼五"，因此误写在此。

秦琼暗暗点头，想道："难怪我那一年在潞州颠沛成那样，原来是李老爷把我捧得太高，折杀我了。我是个布衣，怎么当得起他如此塑像，又被人焚香作拜？"于是暗自感叹一番。

其他三人也看着那立像，齐国远连那六个字都不认得，开口问："伯当兄，这是韦驮天尊么？"王伯当笑道："这个叫作生位，意思是那个人还活着。唐公曾受这人恩惠，因此建这个报德祠。"

众人听见王伯当说"还活着"，都惊诧起来，看看这塑像，又瞧瞧秦琼的脸。神龛左右塑着四个人，左首二人带一匹黄骠马，右首二人捧两根金装锏。

王伯当凑近秦琼耳边低声问："往年兄长出外远行，就是这等打扮？"秦琼暗暗摇手，说道："这就是我，不要声张。"

王伯当问明情况，开玩笑道："唐公把你认作琼将军，所以折得将军在潞州那样穷了。"两人悄悄说笑，没想到柴绍先前见到四人雄赳赳地进去，不知是什么人，吩咐家将暗暗打听，家将躲在旁边，将两人的话都听了去。

家将连忙报告郡马，柴绍听说里面有岳父的恩人，连忙进报德祠去，鞠躬问道："请问哪位是妻父的恩公？"

四人连忙答礼，王伯当指着秦琼说道："这位就是李老大人的故人，姓秦名琼，李大人当年错记为琼五。"

柴绍连忙行礼，吩咐随从摆酒，为他们接风洗尘。当夜柴绍就修书派人送往太原，告知唐公情况，一边挽留四人在寺内住下。

转眼新年过了，元宵灯节将近。秦琼与王伯当商议："明天就是正月十四了，进长安还要收拾表章和礼物，十五日一早进礼。"

柴绍听说他要进城，心里着急，暗想："叔宝进长安送了寿礼，到时径直回去了，决不肯再到寺中来。如果岳父有回书来请，此人却走了，我岂不是谎报么？还是跟他一起进长安去，等他办完公事，再邀他到寺里来，等候岳父的回书。"

于是柴绍跟秦琼说："小生也要回长安看灯，陪恩公一起如何？"

秦琼看他是个文人，连声道好。

第二天，众人离了永福寺，一起进长安去。秦琼怕出入不便，便在离明德门还有八里路的陶家店住下。众人饮酒，秦琼则准备去越公府进礼。

● **人物点睛**

王伯当

隋末瓦岗军将领，外号"勇三郎"，谋略过人，为人忠义，十分重情。王伯当是李密的心腹，后来一路追随李密，至死不悔。李密后来自称魏公，建立魏国，王伯当被封为琅琊公。

● **名家点睛**

侠士不矜功，仁人岂昧德。（清·褚人获）

大意：侠士不会自以为有功，而仁德之人也不会忘记别人的恩德。

● **网友点睛**

秦琼果然是小心谨慎，人在公门下，果真是容易磨灭志气么？王伯当应该是个智慧之人，淡泊名利，不媚事权贵。这样的人出来建功立业，本该是很有作为的奇人，最后却被李密这家伙"害死"了。好吧，是王伯当自己选择忠臣不事二主的，也算是心甘情愿吧，只是青史留名这事，只好留给其他英雄好汉了。（网友：往事如烟）

第十二回 红拂女夜会李靖

越公杨素是隋朝元辅，当初隋文帝对他十分恩宠。陈国灭亡时，隋文帝将陈朝的宫妃、公主等一百来人赐给杨素。

一天，杨素宴请幕僚们，众人阿谀奉承，只有李密说道："越公您名震天下，但还欠缺一颗老君丹。"杨素知道李密是暗示他宠妾众多，恐怕不能长久，于是说道："老君丹用不着，我自有办法。"

第二天，杨素派人去向众姬妾宣布："老爷怕耽误了你们的青春，现在放你们出去。愿意出去的站在左边，不愿去的站在右边。"

众女子听了此话，蜂拥到内院，一大半跪到了左边。杨素转头一看，见剩下两个美人：一个是捧剑的乐昌公主，是陈后主的妹妹；一个是执拂的美人，名叫张出尘，也称红拂，姿色过人，是个奇女子。

杨素对她们两个说："你们两个是左是右，也要作个选择。"

两人听了这话，都走下来跪在面前。乐昌公主哭着不说话，红拂却开口说："老爷放我们出去，是一件大好事。但婢子在府中承蒙恩典，怎么甘心出去配给凡夫俗子？古人说过：'受恩深处便为家。'婢子不但无家，看天下也没有人可以托付。"

杨素看她这么说，也就不勉强了。他转头又问乐昌公主："你为何只顾哭泣？"

乐昌公主出身皇家，才色双绝，后来下嫁给江南才子徐德言。陈国灭亡时，乐昌公主打破一面圆镜，与丈夫各取一半，约定每年正月十五拿着铜镜到长安街市上叫卖，直至找到对方下落为止，以便夫妻破镜重圆。

杨素听了这话，便叫她起来，吩咐总管带两人进内宅，作为女官，从此对她俩另眼相看。站在左边的四五十人则都放出去，让她们自择夫婿。

光阴荏苒，转眼到了这一年的正月十五，又是杨素的寿诞，天下大小官员无不上表送礼，到府称贺。

当时奇士李靖也在长安，他听说正月十五是越公寿诞，便准备前来献上奇策。到达的时候，越公府尚未开门，李靖只得走进班房里等候。

班房西边坐着一个大汉，虎背熊腰、仪表不凡，李靖举手问道："兄台是哪里人？"

大汉起身举手回答："小弟是山东人秦琼。"

原来秦琼也一大早前来投表送礼。两人相互介绍一番，相谈甚欢。谈得正兴起，忽然一个官吏前来请李靖进去。李靖忙对秦琼说道："小弟要进府去了，不及奉陪，但有一句要紧话必须跟你说。请你办完事后，一定要到小弟住处细谈片刻。"

秦琼连忙答应，于是李靖进府去了。

李靖到了西厅院子，抬头一看，只见杨素坐在胡床上，仪容庄严，手拿如意。床后站着十二名穿戴华丽的女官，还有无数侍妾，仿佛组成了一面锦屏。

李靖昂然向前，作揖说道："天下正乱，英雄竞起。您是皇帝重臣，应该有收罗豪杰的心，不应该如此倨傲地见客人。"

杨素吃了一惊，连忙站了起来，与李靖谈论一番。李靖随问随答，才思敏捷，杨素十分高兴。此时红拂恰好站在杨素身边，多次偷偷注视李靖。但李靖是个豪迈的英雄，根本不在意美人的关注。

时近中午，李靖拜辞而出，杨素便让红拂送他。红拂送到外边后，让下人问明李靖的住处，这才回内室去。

秦琼献礼时，刚好碰上了旧交李密，原来李密是越公府的记室，负责接收山东官员礼物。两人相见，李密赶紧接待，有了这层关系，秦琼得以顺利交差，并未受到盘剥。

李密约秦琼一起去喝酒，秦琼却说道："刚才遇见李靖，我看他是个气度不凡的人，与他谈了一阵，竟像多年好友。我要到他住所一见，不能久待。"

李密便命人斟酒，自己则在案旁挥笔写回书回批，顷刻而就，交给了秦琼。秦琼作别李密，找到西明巷的李靖寓所来。

李靖见他果然来了，十分开心。两人坐下，李靖便问秦琼年纪多大了。秦琼回答："二十四。"李靖又问："兄长进入长安时，有同伴么？"秦琼不便说自己有四个朋友同来，便回答："只有两名健步，并无他人。兄长为何问起？"

李靖回答："兄长以后必定能成为国家栋梁，但眼下凡事还需小心。如果同朋友一起到京，切不可贪玩，既然拿到回批，不如早点回山东。"

秦琼听了这番话，心中大惊。他想起齐国远还在外头，不知会不会惹出事来，连忙作别李靖，往回赶去。

话说那个红拂美人问明李靖住处后，一边往内室走去，一边想着："我在府中见过无数人才，从未有如此少年出众的。此人他日功名，一定不在越公之下。刚才听他言语，尚未有家室。

我在越公身边奉侍，终非了局，而如果错过李靖，要想找到第二个，恐怕全天下也找不到了。不如私自到他寓所一会。"

主意已定，红拂便把室中箱笼封锁了，开了一份细账，又写一个禀帖放在桌子上。她怕街上有巡兵拦阻，于是转到内院去，把兵符偷了。

红拂打扮成后堂的官儿，提了个灯笼，大模大样地走出府门。刚走了一会儿，忽然遇到三四个巡兵，红拂巧妙地应付过去了。又走了一会儿，来到府前的西明巷口，她数着第三家，只见有个大门楼，于是敲了敲门。

店主人走了出来，红拂便说明是来见李靖的。主人说道："进门东边那间房就是。"红拂连忙走过去。

此时李靖吃过饭，正坐在灯下看书，听见敲门，忙出来看，原来是个少年官员。红拂走进房里，将兵符放在桌上，坐下来与李靖叙谈。

李靖问道："兄台何处来的，到此何干？"红拂回答："小弟是越公府中的内官，姓张，奉命而来。"

李靖问有何见教。红拂回答："刚才越公传小弟进去，叮嘱许多话。先生是有高才识见的人，不妨猜一猜来意。如果猜得到，才显得出先生是个奇男子、真豪杰。"

李靖疑惑地说："这就奇怪了，怎么反而要我猜测？莫非越公要小弟去当幕僚么？"

红拂摇头道："越公府幕僚有一二十人，都是多才多艺的人，不需要其他人了。即使越公有这意思，先生也一定不肯去当幕宾。请再猜猜。"

李靖又猜疑地问："莫非越公要小弟去别处做说客，为国家

红拂女见李靖少年英才，心中爱慕，偷偷去见他打探
心意，两人终成眷属，一起云游天下

未雨绸缪？"

红拂又摇头："不对。我实话对先生说了吧。越公有一个继女，才貌双绝。越公见先生是个英才，想要小弟前来做媒。"

李靖立刻回答："这是从哪里说起！小弟一身四海为家，如同飘萍，而且志愿未遂，哪有闲暇谈及成家之事？此事断然不可，请为我婉言谢绝。"

红拂反驳说："先生何其迂腐，越公是皇家重臣，先生与豪门结亲，将来富贵不可限量，何必断然拒绝？"

李靖正色说道："富贵人所自有，如再相逼，小弟立刻起身，四处浪游去了！"

红拂也正色说道："先生不要把这事看轻了，如果小弟回去将你的意思转达，越公一时震怒，只怕先生虽有双翅，也不能飞出长安，那时就有性命之忧了。"

李靖脸色一变，站起身来说道："我李靖岂是怕人的！越公声高势重，在我看来却如同傀儡。此事头可断，决不敢从！"

两人正在房里乱吼乱叫，只听隔壁寓所的一个人推门进来，问道："哪位是李靖？"

李靖气得呆了，随口应道："小弟便是。"

红拂却连忙举手问道："兄台贵姓？"

来人回答："我姓张。"

红拂脱口而出："小女也……"说了三个字，连忙缩住了，改口说，"小弟也姓张，如若不嫌弃，愿与您结为兄弟。"

那人仔细看了看红拂，哈哈大笑道："你要与我结为兄弟？好事，好事。"

李靖这才问他是何人。原来此人外号"虬髯公"，原名张仲坚，是个有名的侠客。虬髯公说道："你们刚才的话我都听到了。这位贤弟并不是来为兄长做媒的。不如我为二位做媒如何？"

红拂爽快地说道："既然被张兄识破了，那我也不隐瞒了。"于是走去把房门闩上，除下男装外衣，脱下乌纱帽，这才对李靖说道："我是越公府中的女子，白天见先生眉宇不凡，愿托终身，因此半夜前来。"

虬髯公大笑称好。李靖十分意外，问道："莫非你就是今天那位红拂女么？有此美意，何不早早明言，免去我许多猜测。"

红拂笑道："郎君法眼不精，如果是张兄，恐怕早已认出，不用我多费口舌了。"

虬髯公笑道："你夫妇都不是等闲之人，快快拜了天地，我去取现成的酒肴来，畅饮三杯如何？"两人都是爽快人，便对天拜谢了。

红拂把外衣重新穿好，戴上乌纱帽。李靖惊讶地问："为何还要这样打扮？"红拂解释："刚才进店来是官差打扮，如果现在出去是个女子，反倒容易引起注意。"李靖见她如此聪明，十分赞赏。

虬髯公叫手下送了酒肴进来，大家举杯畅谈。酒过三杯，红拂忽然起身说："李郎陪张哥畅饮，我到一个地方去，很快回来。"

李靖疑惑她要到哪儿，红拂说道："郎君不必猜疑，一会儿便知。"说完竟点灯出房去了。李靖还是狐疑不定，张仲坚却说："这女子行止非常，也是人中龙虎，一会儿一定回来。"

两人谈了一会儿，忽然门外马嘶声响，不久红拂便重新出现了。虬髯公问道："贤妹去了哪儿？"

红拂回答："我遇到李郎，终身有托，绝不是为了贪男女之乐。今夜趁兵符在手，刚才到中军厅里去，牵了三匹好马。喝过了酒，大家就收拾上马。有兵符在此，城门上不敢拦阻，我们骑马远游，岂不是好？"

两人听了这话，都称奇赞叹。喝过酒后，三人收拾行装，上马扬长而去了。

第二天，杨素不见张美人来伺候，便让人去查看。来人回复："房门封锁，人影俱无。"杨素猛然醒悟："我一时疏忽，此女必定去找李靖了！"

杨素叫人开了房门，只见室中衣饰财物丝毫未动，账目明白，桌上还有一个帖子，写明事情原委。

杨素看了帖子，心里明白。他料定李靖是个英雄，于是吩咐下人不许声扬此事，也不去追赶，就让他们悄然离开好了。

秦琼告别李靖之后，连忙赶回住处。众人见他来了，非常高兴，于是安排进城去玩耍。

众豪杰一共七骑马，三十多人，来到城门口就下了马，让手下人找了个店家住下，把马牵去河边饮水。豪杰们则徒步进城去，以便慢慢游玩。

众人临走时，秦琼吩咐下人们黄昏时要整理好马鞍，等候大家出城。原来秦琼想起李靖的警告，怕有意外发生，因此作好尽快逃跑的准备。

安排完毕，众人带上随身兵器，领着两员家将进城。只见家家结彩，户户铺毡，黎民百姓与官员贵族一起庆祝元宵佳节。

秦琼一行走到兵部尚书宇文述的衙门前。宇文述的公子宇文惠及正在球场看踢球。

宇文述有四个儿子，长子宇文化及是侍御史，次子宇文士及是晋阳公主的驸马，三子宇文智及是一名将作少监，小儿子宇文惠及目不识丁，胸无点墨，但也当了官，整日跟一帮游荡子弟寻欢作乐。

● **人物点睛**

红拂

隋唐女侠，名叫张出尘，和李靖、虬髯客是著名的"风尘三侠"。红拂原本是杨素的侍女，后来成为李靖妻子。她慧眼识珠，在李靖还是布衣时便看出了他的不凡，果断地半夜私奔到他身边，堪称一代奇女子。

● **名家点睛**

昔虬髯客志在天下，一旦见文皇，自惭不逮，甘心逊避。（清·和邦额）

大意：以前虬髯客志在争夺天下，有一天见到了唐太宗李世民，自觉不如他，心甘情愿地退避了。

● **网友点睛**

英姿勃勃的布衣青年前来见权倾天下的越公，长揖不拜，开口畅谈天下大势，见解惊人，神态从容。这样的青年，恐怕一辈子只能见到一位了，那种瞬间的心动，是世间最美妙的事情之一。一见倾心容易，一见便私奔才不容易。男子夜会美人容易，佳人半夜私奔意中人，那才不容易。所谓的奇女子，便是如此吧。（网友：金风玉露）

101

第十三回　众豪杰打死权贵

[中国古典名著]
青少年趣评版

此时天下善于踢球的人都赶来宇文惠及门下，宇文惠及便把父亲的射圃改成了一个球场，从正月初一踢到元宵灯节，凡是踢过彩门的就送彩缎、银牌。

秦琼随朋友们走到这个热闹的球场，想起李靖的话来，便叮嘱大家不要与人争强斗胜。齐国远、李如珪两个粗人却不听警告，用力一推把别人都推倒，自己挤了进去大饱眼福。

李如珪出身富贵人家，知道踢球的规矩。齐国远却自幼落草为寇，只晓得风高放火，月黑杀人，哪里知道这种玩耍的法子。他瞪大两眼，看不出门道来，只好问李如珪："这圆骨碌的东西到底是什么？"

李如珪故意耍他，说道："这是皮包铅，灌了六十四斤冷铅做成。"

齐国远惊讶不已："这些人力气好大！那么重的球，一踢就踢那么高。"

此时踢球的人问谁要下场。李如珪拍着齐国远的背，说道："这位爷要逢场作戏。"说完把齐国远推出去了。

齐国远十分慌张，他怕自己踢不动那球，于是想道："我要尽力踢才好。"此时球飞了过来，齐国远用尽平生力气，上前一脚，兀的一声，球飞上天，消失不见了。

宇文惠及的人看球被踢飞了，就要来问罪。李如珪见势不妙，拉了齐国远就跑了。两人往外挤，刚好见到秦琼三人，于是会合到一起。

众人一起往城内走去，一路看灯。齐国远自幼落草，从来没到过帝都，现在看见京城灯明月灿，锣鼓喧天，乐得一句话也不说了，只管扭着粗笨身子，在人群中挤来挤去，头摇眼转，乱叫乱跳，根本控制不住。

此时长安的男女老少都出来街上凑热闹，往来游玩。只见张家妹子搭了李店姨婆，赵氏亲娘约了钱铺妈妈，嘻嘻哈哈，一派风流活泼。长安城中的王孙公子和游侠少年，发现女孩们出来了，赶紧寻香觅影，紧紧跟随。

话说长安有个王寡妇，带着十八岁的女儿婉儿度日，这天一时高兴，也出来看灯。王婉儿长得脸如二月桃花，腰似三月杨柳，冰肌玉骨，十分好看。母女俩刚走出大门，便有一班游荡子弟跟随在后，紧紧盯着婉儿看。

一到大街，两人更加被人群困住，不由自主地被推向前。婉儿十分惊慌，母女俩都很后悔不该出门。

正不知如何是好，宇文惠及看到了婉儿，顿时神魂颠倒。他走近婉儿身边，不时碰碰她的背，擦擦她的肩膀，婉儿吓得不敢出声，又躲避不了。

王寡妇不认得宇文惠及，看他调戏自己女儿，便出声斥责。宇文惠及顺势大叫："这老妇人这么无礼，敢骂我，锁她回去！"话刚说出，众家人齐声答应，轰的一阵，把母女拉向府门去了。

王寡妇与婉儿看这阵势，吓得一身冷汗，叫都叫不出来。街市上旁观的人个个知道这是宇文公子，根本无人敢来阻拦劝解。

宇文惠及命人把王寡妇锁在班房里，将婉儿带去书房。家人们都退出房外，只剩几个丫鬟。宇文惠及上前搂住婉儿，婉儿没好气，身子向他脸上撞去，手也向他脸上打去。宇文惠及按她不住，生起气来，便将她锁在房内，自己又出去猎艳了。

宇文惠及刚走出府门，王寡妇看见，顿时捶胸顿足，呼天抢地，要讨回女儿。宇文惠及很不耐烦，命人将她赶走。

此时秦琼一行人正到处玩耍，忽然来到一个地方，只见数百人围着一个趴在地上哭喊的老妇人。王伯当便询问旁观的人，这老妇人发生了什么事。旁人回答："这老妇人有个女儿，本来准备出嫁了，今天带出来街上看灯，却碰见宇文公子，被抢了去了。"

秦琼问道："是今天在球场看踢球的那位？"众人回答："就是他。"秦琼听了这话，自己都把李靖的警告忘到爪哇国去了。众人一个个义愤填膺，对那老妇人说道："你先回去，我们去赎你女儿回来。"老妇人叩拜一番，哭着回家去了。

秦琼这才问各位旁观百姓："宇文公子抢她的女儿，真有此事么？"

众人回答："不是今天才抢，十二日就开始抢了。长安的风俗，每逢元宵赏灯，百姓人家的妇女都出来走桥踏月，或在院中看灯。宇文公子一看见长得好的，就抢回家去。有些女孩乖巧会奉承，宇文公子第二日便叫她们父母丈夫来领回去了。那些不顺从奉承的，冲撞了他，都被打死了丢在夹墙里。十三、十四两日，他已经抢了几个，今晚轮到这个老妇人的女儿。"

秦琼本来还想着要拿钱赎回王婉儿，听到众人这样说，立刻改变了念头，便问宇文惠及在哪儿。众人说道："他有一所私院，蓄养着许多亡命之徒。这种时候，他骑着马在街上游荡，门下的亡命之徒每人拿着一条短棍，一二百人在前边开路，后边是会武艺的家将。长安城里武官们的家将，元宵时会扮社火（注：一种杂耍般的节日庆典活动），遇见他便舞过去，舞得好就有赏，舞得不好则被乱棍打散。"

众人了解过情况后，向众人道谢，寻找宇文惠及去了。

三更时候，月明如昼。众人正在寻找，宇文公子出现了。果然有一两百人拿着短棍，宇文惠及穿了礼服，坐在马上，后边簇拥着家丁。

众人走到他面前，站住报告："夏国公窦爷府中家将，有社火献上。"宇文惠及便问："是什么故事？"

众人答道："是虎牢关三战吕布。"说完舞了起来，舞完后，宇文惠及连声称好，命人打赏。秦琼大声叫道："还有其他社火呢！"五个豪杰齐声说道："我们是五马破曹。"

秦琼拿着两根金装锏，王伯当带两口宝剑，柴绍是一口宝剑，齐国远两柄金锤，李如珪一条竹节钢鞭。鞭锏相撞，叮当之声如火星爆烈。街道虽然宽阔，但众豪杰一舞起来，兵器寒光逼人，两边看热闹的人都退到两头去了。

齐国远心想："此时打死他不难，难的是旁观的人挡住去路，不能脱身。除非放起火来，百姓们要救火，就不会拦我们。"于是往屋上一蹿。宇文惠及以为这是戏中一招，并不在意。齐国远便在屋顶上放起火来。

秦琼看见火起，连忙一个虎跳，跳到宇文惠及马前，举锏往他头上打去。六十四斤重的金装锏打在头上，宇文惠及立刻跌下马去。手下喊道："不好了，打死公子了！"赶紧举起枪刀棍棒，向秦琼打来。秦琼抢起金装锏，齐国远跳下来抢动金锤。五个人在人丛中杀出一条血路，向城门奔去。

此时已是三更之后，城门外的二十多人正在街口等候主人。

秦琼带领众英雄到了长安，路见不平打死了宇文公子，从此秦琼成为宇文家的死对头

原来这些人也分成两批，轮流进去看灯。第二批进去的人看见城里一片慌乱，知道是自己人惹了事，赶紧出来告知。众人留下几个人准备好马匹行李，其他人奔向城门口，几个故意要进城，几个故意要出城，互相扯扭，把看门的军人都推倒了。此时官府听说打死了宇文公子，怕走了人，飞马来传令关门，哪里关得住？

众豪杰恰好打到城门口，见城门没关上，赶紧出去，众随从见了主人，也都一哄而出。众人飞奔上马，奔向潼关道，又来到永福寺前。

柴绍本来要秦琼留下等李渊回书，但秦琼说道："恐怕会有人找来。"于是告别柴绍，还叮嘱要把永福寺里的报德祠赶紧毁了，两根泥铜千万不要被人看见。

众人与柴绍作别，秦琼回齐州，其他三人回少华山。

宇文述正在府中饮宴，忽然听说小儿子被打死，十分悲痛。众家将不敢讲出宇文惠及作恶多端的事，只说是与王婉儿闹着玩，王寡妇求助于响马，响马便把公子打死了。

宇文述听了这话，立刻命令去把王婉儿拖出来打死，又命人去杀了王寡妇全家。

宇文述还是不解恨，叫人把打死宇文惠及的响马画出来，全国缉捕。

众人印象最深刻的是秦琼，便说道："有一个响马身材高大，二十多岁的年纪，舞着双铜。"

一说到双铜，宇文述旁边的东宫护卫头目忙说道："老爷，这个使双铜的人好查。先前我们奉令去植树岗追杀李渊，正是这个人冲了出来，救了他去。"

宇文述气愤地说道："一定是李渊派人来报仇，打死了我儿子。"众人纷纷要去找李渊报仇。

● 人物点睛

柴绍

　　唐高祖女婿、平阳公主驸马。柴绍出身将门，从小英勇有侠气，喜欢抑强扶弱。后来柴绍当了大将军，跟随李世民征战，屡建战功。柴绍是凌烟阁二十四功臣之一，被封为谯国公。

● 名家点睛

　　帝王之将兴，其威灵气焰有以动物悟人者，故士有一概，皆填然跃而附之……各安所施而无遗材。（《新唐书》）

　　大意：帝王将要兴起的时候，他们的威望气势能够吸引大量人才，贤士们纷纷奋然而来依附……发挥才能，没有遗漏的有才之人。

● 网友点睛

　　秦琼的命运，兜兜转转地又跟李渊牵扯上了，果然是大唐家的名将，跑不了的，好歹要与主公家休戚与共嘛！秦琼谨慎而温和，也有义愤填膺、忘记风险的时候，英雄气概毕竟在啊。看他调查事情的细心劲，绝非鲁莽的武夫。众人之中，一下就被记住，可见形象十分出众嘛！（网友：春日花局）

第十四回　隋炀帝弑杀父兄

话说独孤皇后去世后，隋文帝宠幸了宣华夫人、荣华夫人，但两年后就病重了。越公杨素、礼部尚书柳述、黄门侍郎元岩三个人跟随在宫中，太子杨广住在大宝寝宫，常去问安。

一天，杨广清晨入宫，恰好碰见宣华夫人在给文帝调药。太子慌忙下拜，宣华夫人回避不及，只得答拜。

宣华夫人出身皇家，是陈后主的同父异母妹妹。杨广见她貌美动人，态度娴雅，顿时神魂颠倒，站在旁边，目不转睛地看。因为父皇在旁边，杨广一时不敢放肆。

过了些日子，杨广又入宫来，远远望见一个丽人举止雍容，独自缓缓而来，身边没有任何侍女。杨广定睛一看，发现正是宣华夫人，顿时心花怒放，暗想："机会在此！"他立刻吩咐从人不要跟来，自己则尾随着宣华夫人进入了更衣处。

宣华夫人看见太子，吃了一惊，转身就要走，太子却一把将她扯住。宣华夫人极力推拒，太子却紧抱不放，笑道："识时务者为俊杰，夫人没看见父皇的光景么，为何还执迷不悟？今日不肯顺从，到了明日可就迟了。"口里说着，抱得更紧。

两人正在拉扯，忽然宫中一片传呼："圣上宣陈夫人！"太子只得放手，宣华夫人赶紧走开，神色惊惶。

宣华夫人喘息方定，赶紧走进文帝寝殿。隋文帝睁开眼，看见她站在御榻前，神色慌张，便问道："你为何惊慌？"

宣华夫人一惊，张口结舌，说不出话来。文帝又问："朕问你，为何不回答？"宣华夫人只得遮遮掩掩地说："没，没有惊慌。"

文帝看她言行奇怪，仔细一看，发现她脸上还残留着红晕，鼻子喘息未定，而且鬓松发乱，大有可疑，于是追问："究竟发生了什么事？"

宣华夫人回答："没有什么事。"文帝勃然大怒："我看你举止异常，必有隐晦之事，不说就赐死！"

宣华夫人连忙跪下道："太子无礼。"

文帝听了这句，明白发生了什么，立刻怒气填胸，破口骂道："畜生！太子不能托付大事，快宣柳述、元岩前来。"

此时杨广已经出宫，但毕竟心虚，便在宫门外打探消息。忽然听到文帝宣柳述、元岩进见，却不宣杨素，知道大事不妙，急忙去找张衡、宇文述一干人商量。

众人问明缘故，宇文述说道："太子继位是早晚的事了，只是这节骨眼该怎么办？柳述是兰陵公主的驸马，必定不肯为太子周旋，如何是好？"

张衡说道："如今只有一条急计。"

正说着，只见杨素也慌张地走来，问杨广道："殿下不知怎么触怒了圣上？如今圣上叫柳、元两臣进宫，命他俩写诏书召回旧太子，就要出发了。废太子要是前来继位，我们都是他的仇人，如何是好？"

太子回答："张衡已经定了一计。"

张衡便向杨素耳边讲了几句。杨素说道："不得不如此了。这事张衡去做，请宇文先生做一道假圣旨，宣布柳述、元岩二人趁皇上弥留之际，妄想拥戴旧太子，把他俩抓起来投入大理寺，再传旨让宫中卫士暂时解散。郭衍带领东宫兵士，把守各处宫门，不许外边人出入，也不许宫中人出入。还得派一个人去长安把旧太子除掉。"

安排已定，宇文述带了人赶到路上，把柳尚书、元侍郎两人绑起来，抓到大理寺去了。郭衍则将卫士更换一遍，全都变成了东宫的人。

此时文帝半睡不睡的，问道："柳述写完诏书了么？"宣华夫人回答："还未进呈。"文帝嘱咐："写完诏书，立刻飞递过去。"

文帝怒气还没消，外边忽然报告：太子派张衡前来侍疾。张衡不等文帝宣入，径自带了二十多名内监闯入宫来，对内侍们说道："太子有旨：你们连日服侍，十分辛苦，这些内监前来代替你们，宫女们也各自回去。"

众人听了吩咐，纷纷离开了。只有宣华夫人、荣华夫人两个还紧紧站在榻前。张衡见文帝昏昏沉沉的，头也不叩一个，对两位夫人说道："二位暂且回避。"

宣华夫人不肯走，说道："只怕圣上不时要唤我。"张衡说道："有我在此就够了，夫人请退，让皇上静养。"

两位夫人无计可施，只得流着泪离开。此时宫人们都被太子的人看守住了。两位夫人放心不下，只得差宫娥去打听。

不到一个时辰，张衡走了出来，说道："皇上早已升天了，你们这些人还围在这儿，竟不报给太子知道！"说完吩咐嫔妃们不得哭泣。

嫔妃们心里都很猜疑。宣华夫人一下就明白了，想道："太子怕圣上害他，先下手为强了；他连父亲都敢害死，难道会不忍心杀了我？与其遭他毒手，不如先自尽。圣上为我亡，我为圣上死，也是应该的。"

此时杨广与杨素正在等着消息，急得如同热锅上的蚂蚁。忽然张衡匆匆走来，高兴地说道："恭喜！大事已办好，只是太子的心上人恐怕也要随圣上而去。"

杨广一听，顿时变喜为愁，连忙把其他事情交给杨素和张衡，自己匆匆地回东宫去。他命人取来一个黄金小盒，拿了一件东西放进去，紧紧封住，然后派一个内侍捧去赐给宣华夫人，要她亲手开封。

宣华夫人正在宫中大哭，忽然一个内侍双手捧了一个金盒子走进来，说道："新皇赐娘娘一物，就在盒内。请娘娘亲自开封。"说完将金盒放在桌上。

宣华夫人不敢开封，问内侍道："里面是毒药么？"内侍回答："娘娘亲自开封一看，便知道是何物。"

宣华夫人见他这么说，心里认定是毒药。她忽然一阵心酸，想起自己从陈朝公主变成隋朝宫女，如今又要死在隋宫中，不禁泪如泉涌，于是放声大哭道："先帝对我有恩，今日相从于地下，我心甘情愿。但早上的事，我并未触怒太子，为何他要急着赐死我？"

众宫人也都认为是毒药，一齐大哭起来。内侍见大家哭成一团，怕有意外，连忙催促："娘娘哭也没用，请开了封，我好去复旨。"

宣华夫人被催不过，只好擦了擦眼泪，把封条扯掉，将盒盖轻轻揭开。仔细一看，居然是几个同心结子。她看见不是毒药，立刻松了一口气，但发现是同心结子，知道太子不能忘情，又快快不乐起来。

宣华夫人不取同心结，也不谢恩，回身坐到床上，沉吟不语。内侍催道："皇上等久了，奴才要回去复旨，请娘娘快谢恩收了。"

　　宣华夫人正在宫中大哭，隋炀帝派人带来礼物，打开一
看，竟是同心结子

宣华夫人还是低头不语，众宫人一起催促，她只好起来把同心结子取出。内侍连忙捧着空盒去回旨。杨广知道宣华夫人接受了同心结子，十分开心。

杨广很快即位为隋炀帝，把宣华夫人纳为自己的妃子，十分宠幸，可惜红颜薄命，不久宣华夫人就去世了。

隋炀帝失去了一个绝色美人，十分伤心，萧后便劝道："死者不能复生，悲伤有何用？不如在后宫挑选佳丽，以慰圣怀。"

隋炀帝便传旨让宫女们都来听选，但选来选去，哪里找得到宣华夫人那样的天姿国色？隋炀帝更加伤心起来。

萧后见状，又建议到民间去选。但此时朝中还有个杨素位高权重，炀帝不能为所欲为。

这天，炀帝请杨素到太液池垂钓，约定先得鱼者为胜，迟得者罚酒。没多久，炀帝就钓到一条三寸长的小金鱼。

炀帝高兴地对杨素说道："朕钓到一尾了，贤卿罚酒一杯。"杨素怕惊动了鱼，竟不答话，只是点了点头。过了一会儿，杨素把鱼竿扯上来一看，却是一个空钩，只好将钩儿又投下水去。

没过多久，炀帝又钓起一尾小鱼，便说道："朕已钓到二尾，贤卿要罚酒二杯。"杨素不甘心，往上一扯，谁知又是一个空钩。众宫人看了，不觉掩口而笑。

杨素看大家竟敢笑自己，怒形于色，说道："燕雀安知鸿鹄之志。等老臣钓一个金色鲤鱼，为陛下祝万年之寿，如何？"

炀帝见杨素说出这种大话，全无君臣之礼，心中很不高兴，便把竿儿放下，起身进了后宫。

萧后见他满面怒气地回来，忙问道："陛下与杨素钓鱼，为何怒冲冲地回宫?"

炀帝回答:"老贼骄傲无礼,在朕面前十分放肆。朕想叫几个宫人杀了他。"

萧后连忙劝阻:"杨素是先朝老臣,无故杀了,别人必然不服。而且他是个猛将,几个宫人怎么杀得了他?陛下就算要除掉他,也要想好计谋。"

炀帝认为萧后说得对,便换了衣服,依旧到太液池去了。

杨素坐在垂柳之下,风神俊秀,相貌魁梧,几缕白须趁着微风从两边飘起,竟然颇有帝王气象。炀帝看了之后,心中更加忌惮。

这天,两人又是钓鱼,又是饮酒,杨素喝醉了,更加放肆无礼,甚至命人鞭打宫人,全然不顾炀帝的面子。炀帝忍了一肚子气,哪里还能说出到民间选美的事儿来。

杨素又喝了几杯,已是大醉,方才起身谢宴。炀帝叫两名太监将他扶出。

杨素刚走了出去,忽然一阵阴风刮来,他恍惚间看见了宣华夫人,竟忘记了她已经去世,跟她说起话来。忽然隋文帝拿着斧头,照他头上劈来,杨素躲避不及,一跤跌倒在地,鼻中鲜血迸流,太监急忙将他扶回去。

杨素回到家中,半夜竟然死掉了。炀帝听说杨素已死,喜出望外,立刻下令挑选天下美女,务必选出绝色来。

● **人物点睛**

宣华夫人

隋朝妃子、陈国宁远公主、陈叔宝妹妹。陈国灭亡后，宣华夫人进入隋宫当宫女，后来被选为隋文帝的妃子，与容华夫人一起得宠。宣华夫人风华绝代，倾国倾城，但身世可怜，虽然被两代皇帝宠爱，但最终二十九岁便去世了。

● **名家点睛**

此人性至察而心不明……每事皆自决断，虽则劳神苦形，未能尽合于理。（唐·李世民）

大意：隋文帝这人性子苛刻，内心却不能明察秋毫……每件事都要自己决断，劳神费力，而事情也并不能处理得十分合理。

● **网友点睛**

宣华夫人这位"隋炀帝绯闻事件"的女主角，不过是个可怜兮兮的人儿。隋文帝对她根本谈不上宠爱，作为敌国公主，文帝这样多疑的人，怎能放心地加以宠信呢？不过是因为绝代风姿，楚楚可怜，被当作柔顺的玩物罢了。最后竟还要被视为弑君的借口，背负千古骂名，隋炀帝这暴君害人不浅啊。（网友：金蔷薇之谜）

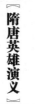

隋唐英雄演义

第十五回 程咬金劫走皇银

[中国古典名著]
青少年趣评版

一天，隋炀帝对萧后说道："朕拥有这样的强盛国家，如果不及时行乐，岂不是白白让江山浪费？洛阳是天下的中心，朕要把洛阳改为东京，建造一所显仁宫，好带美人们逍遥游乐。"

萧后听说可以去洛阳玩，也很开心。隋炀帝立刻召来宇文恺和封德彝，要他们主管此事。这两个人要讨好隋炀帝，便征用大量百姓，寻找天下奇石良材、珍禽异兽，搞得百姓叫苦连天。

百姓们日子都过不下去了，于是天下盗贼四起。

话说兖州的东阿县武南庄有一个豪杰，名叫尤通，字俊达，在绿林中行走多年，家里很有钱，人称尤员外。

此人听说青州有三千两银子要送上京，兖州乃必由之地，就想拦截下来。但这是官府的钱，有官兵护送，所过州县都拨兵防护，打劫起来十分困难。尤员外明知利害，但贪念一起，就是放不下，便想要寻找几个好手来帮忙。

他探听到附近有一个人名叫程咬金，住在斑鸠店，是个好汉，曾贩卖私盐，抗拒官兵，便想找这个人一起去劫皇银。

一天，尤员外到郊外，天寒地冻，便走进酒家喝酒。刚到厅上坐下，只见一个粗汉子衣衫褴褛，脚步仓皇，肩上驮几个柴扒，走进店来。汉子放下柴扒，便要热酒喝，好像与店家十分熟悉。

这人双眉倒竖，脸生横肉，满嘴獠牙，长着淡红胡子，头发粗短。尤员外看他举止古怪，便悄悄问店小二："这人是谁？"小二回答："这人常来喝酒，家在斑鸠店，小名程一郎。"

尤员外顿时怀疑起来，便上前拱手问道："请问老兄贵姓？

是哪里人？"汉子回答："在下姓程，住在斑鸠店。"

尤员外便问："斑鸠店有一位程兄，莫非就是兄台盛族么？"

汉子笑道："哪里有什么盛族！老母只生我一个，不知是有族还是没有族。我叫程咬金，又叫程一郎。"

尤员外听说果然是程咬金，好像拾了活宝一般，连忙与他攀谈起来。原来程咬金带着母亲生活，平日靠编竹箕、做柴扒过活。

两人相谈甚欢，尤通忙邀程咬金回庄，马上结交为兄弟。尤通这才说出要程咬金帮忙，做一桩大生意。程咬金回答："出路是好，但我母亲在家无人看管，如何是好？"

尤通连忙说："我们既然结拜为兄弟，令堂就是我的伯母，应当接过来赡养，今晚就接她来吧。"程咬金却说道："我要是卖了柴扒，有几个钱买米回去，才好见母亲。今天柴扒卖不出去，天色也晚了，要母亲立刻就到这里来，只怕她不相信。"

尤通忙说："这不难，今晚先拿一锭银子去给令堂作搬移费，她自然欢喜起来，就肯来了。"程咬金十分高兴，忙说："这样好，快些拿来！"

尤通从袖中拿出银子，程咬金接了就放进自己袖里，也不说声谢谢。尤通吩咐摆饭，程咬金心中欢喜，酒一倒满就喝干，接连喝了几十碗。尤通敬他一杯，程咬金就喝下三四碗。尤通看这情形，怕他喝得太醉了，反倒催促他快去请老母亲过来。

程咬金只得起身。他虽然醉了，但还惦记着那一锭银子，拼命把破衣裳的袖子捏紧，举手作别出门。没想到袖口虽然捏紧了，袖底却是破的，程咬金举手作别，那锭银子便漏出去了，滚在地上，就在尤家大门口。

庄客们看见银子，忙拿去交给尤通，说道："员外刚才送他银子，竟然落在这里，要赶上去送他么？"

尤通却高兴地说道："我送银子给他，正在懊悔呢。这人看起来不可靠，如果拿了银子回去，说不定母子商量着，不肯来了。如今落下了这锭银子，今晚母子必定同来。"

程咬金一路捏了袖口，走到家中，见了母亲，满脸欢喜。母亲饿得半死，见他吃得脸红耳赤，怒从心头起，骂道："你这畜生，在外边吃喝醉了，竟不管我在家中无柴无米，饿得半僵，还要呆着脸笑些什么！我问你，今日柴扒已卖完，卖的钱却怎么用了？"

程咬金笑道："我的令堂，不要生气，有大生意到了，还问起柴扒做什么！母亲若不肯信，等我从袖里取出银子来给你看。"说完摸了摸袖子，银子却踪影全无，又摸另一只袖，还是没有，不禁跌脚叹道："一锭银子掉到哪里去了？"

母亲不高兴地说："你说的都是醉话，哪里有什么银子！"

程咬金睁大眼睛说："母亲如果不相信孩儿，孩儿就自杀在母亲面前。"说完将遇到尤通的事说了一遍，要母亲跟他同去就知道了。

母亲说道："既然如此，那我就跟你去。"程咬金连忙背了母亲，摸黑走到尤通家去。尤通还没睡，听说程咬金果然来了，赶紧接他们进去。

安置好老母，程咬金又跟尤通去喝酒，尤通要跟他说皇银的事，先试探说："贤弟，你听说过新君即位以来的事么？"

程咬金先前贩卖私盐被抓去充军，隋炀帝即位后大赦天下，他才能回家，因此应道："兄长，这是好皇帝，小弟在外边想念老母，他就放我回来了。"

尤通见这话不对劲，忙又说道："新皇帝大兴土木，每个州县都要出银三千两，实在过分。"

程咬金却说："做他的百姓，自然要纳粮当差。"

尤通连忙又说："青州府太守趁机搜刮民财，贪了无数银子，却只送三千两银子上去。银子上京，兖州是必由之地。我要去劫这三千两银子，当作生意的本钱，贤弟可有什么高见？"

程咬金以前是卖私盐的，比强盗也好不到哪儿去。听尤通这么说，心里动弹起来了，笑道："哥哥，银子要是从这条路经过，小弟一马当先，这项银子就到手了。"

尤通连忙问："贤弟会什么武器？"程咬金回答："小弟会用斧，没人教，自己将劈柴的板斧装了长柄，随便舞舞。"

尤通便送他一柄斧头，重六十斤，名为八卦宣化斧。又给他做了一副青铜盔甲，送他一匹青骢马。

到了官差经过的日子，程咬金先喝酒喝个半醉，五更时分，两人带着手下到长叶林等候。

程咬金提斧上马，走出长叶林官道，横着斧头，好像猛虎盘踞在路上。打前站的官员名叫卢方，当先开路，来到长叶林。程咬金一马冲下来，高叫："留下买路钱！"

卢方举枪招架，骂道："响马，这是解上京城的钱粮，你也敢来夺取！"程咬金说道："天下客商，老爷分毫不取，听说青州有三千两银子，特地来做这桩生意。"

卢方纵马挺枪，程咬金提起手中斧，火速来迎。两马相撞，斧枪并举。斗上数十回合，后面尘头起处，押银官已到。程咬金见后面人来，怕又增帮手，纵马摇斧砍来。卢方招架不住，被砍落马下。二十名官兵赶到，见卢方落马，各举标枪叫道："卢爷被响马伤了！"程咬金乘势砍倒三四人，众人丢枪弃棒，把银子扔在长叶林中就跑了。

户曹参军薛亮收回马，原路逃走，程咬金纵马赶去。尤通这边则带人把皇银搬回家去。

程咬金追薛亮追了十数里，还不放弃。原来他不知道银子已经被丢在长叶林，以为薛亮把银子带回去了。

薛亮回头去看，见他紧追不舍，十分惊慌，于是叫道："响马，我与你无怨无仇，你不过是要银子，如今银子都在长叶林，又来追我干什么！"

程咬金听说银子在长叶林，就不追赶，拨回马走了。薛亮见他不赶来了，又骂两声："响马，银子抢去后要好好看守，我回去禀告刺史，派人来抓你，你是好汉就不要逃走。"

程咬金大怒，叫道："你先不要走，我也不杀你。我不是无名的好汉，我叫程咬金，我朋友叫尤通。是我二人取了这三千两银子。好了，现在你可以走了。"

程咬金报了两人的名，这才收马回去，但在马上就懊悔起来："刚才不该通名，尤员外知道了一定要埋怨我。算了，不要告诉他。"

薛亮回去告诉刺史斛斯平"银子丢了"，刺史大怒，说道："你不小心失去银两，我只把你押到洛阳交给上头处置就是了。"

薛亮吓得魂不附体，连忙叫道："那些响马可以抓捕到，他

　　程咬金拦路截下官差，抢起手中的斧子厮杀，把要送上京的三千两银子抢了

们通了名，叫什么靖山大王陈达、牛金，就在齐州。"

斛刺史便修书给负责监造显仁宫的宇文恺，宇文恺命令齐州府缉捕陈达、牛金，找回银两，否则就要齐州府赔钱。

齐州的刘刺史接到命令，烦躁极了，说道："三千两银子非同小可，怎么赔得起？"于是派捕盗都头樊虎、副都头唐万仞去抓捕响马，找回银子。

过了几个月，根本没有响马的消息。刘刺史把两人叫来，说道："响马有名有姓，可以搜查，为何这么久都没消息？分明是你们勾结响马，瓜分银两，根本没有去缉捕！"

樊虎回答："老爷，哪有强盗如此大胆，敢通姓名，分明就是假名字，所以我们根本找不到。"刘刺史不听，命令把樊虎、唐万仞各打十五板，限三天一报，以后一概三十板。

三天过去，樊虎和唐万仞还是没有盗贼的消息，樊虎便跟唐万仞说道："当初秦大哥在这里捕盗多年，或许听说过这些响马。但他在来总管那里当官，如果能来帮助我们就好了。"

樊虎和唐万仞都是秦琼的好友，说者无心，听者有意，手下五十个士兵听到这话，都叫嚷起来："有这样的办法，为何不早说！明日就求老爷做主，要秦琼来缉捕，就有陈达、牛金了。"

第二天，众人进府，刘刺史听说还是没有盗贼消息，立刻命令拿下去打。樊虎连忙说出秦琼来，手下五十人乱喊乱叫，要刘刺史找秦琼回来。

秦琼自长安回家后，凡事更加谨慎了。这天，他正在府中值班，齐州的刘刺史忽然来了，请见来总管。

刘刺史正是来要秦琼回去捕盗的。来总管拒绝说："秦琼虽有才干，但我不时要派他办事，怎么能去你那里帮忙？"

秦琼也表示不愿去。刘刺史心中不快，便说："我手下的人反映，当初秦琼当捕盗都头，常接受响马的贿赂，如果推辞，这些人恐怕要去上头告状。"

来总管听了这话，也不分青红皂白，立刻改口说道："捕盗也是国家正事，秦琼不要再推辞了，就跟刘刺史回去吧。"

秦琼见来总管不给自己做主，只好跟刘刺史回去了。

唐万仞见到秦琼，连忙说道："秦大哥，我们没办法才牵累到你。你义气深重，如果不愿去抓捕，就告诉我们下落，我们去就好了。"

秦琼回答："我确实不知道什么陈达、牛金。"

刘刺史安慰他说："你是个有前途的人，如果抓到了陈达、牛金，来总管也会嘉奖。这件事就交给你负责了。"于是把他的名字写在批文上。

秦琼只好跟众人一起，尽力缉捕，谁知盗贼踪影全无。日子一长，刘刺史看秦琼也没抓来盗贼，没了好脸色，秦琼因此也经常挨打。

● 人物点睛

程咬金

唐朝开国名将，凌烟阁二十四功臣之一。程咬金小名程一郎，字知节，骁勇善战，为人鲁莽而可爱，心直口快。程咬金的事迹经常出现在民间戏曲中，是百姓喜闻乐见的一个人物。

● **名家点睛**

猛将谋臣，知机识变。有唐之盛，斯实赖焉。（《新唐书》）

大意：猛将谋臣都能洞察先机，识别时局的变化。大唐的兴盛，就是依靠他们得来的。

● **网友点睛**

民间戏说中，程咬金是个十分可爱的人物。他的"三板斧"威力巨大，能够快速放倒对手，但如果三招放不下对手，便会败得落花流水。据说程咬金的"三板斧"就像试金石，顶不住的人就无法进入好汉排名。这么说，倒像程咬金就是好汉里面垫底的，哈哈。大概因为人们过于喜爱这个"混世魔王"，很多戏曲里还给他安排了美满姻缘呢。（网友：喵星人醒醒）

第十六回　众豪杰齐聚山东

[中国古典名著]
青少年趣评版

一天，单雄信正在家中督促秋收之事，王伯当、李密两人忽然结伴来访。单雄信赶紧迎出门去，拉他们一起饮酒长谈。

王伯当说起见到秦琼的事，又讲了一遍在长安打死宇文惠及，差点连累到李渊的经过。单雄信听得吐舌大惊，说道："我听说有五个人在长安作乱，后来说是太原李渊的家将，没想到是你们！"

李密说道："这事也做得欠考虑，差点害了我族兄李渊，幸好找不到五个人踪迹。"

单雄信很佩服秦琼，便要去山东会会他。王伯当忙说："我这次前来，正是要邀请单二哥去山东呢。今年九月二十三日是秦大哥母亲六旬生日，我们结伴去给老夫人祝寿吧。"

单雄信十分高兴，便起了念头，要邀请天下朋友们一同去。他拿出两支自己的令箭，叫两个能干的人过来，吩咐道："你两个备两匹马，一人领一支令箭分头走。一个从河北幽州出发，凡是认识的朋友，都拿着令箭去见，约好同去给老夫人拜寿。一个走东路，请各位朋友在官路会齐，同进山东齐州拜寿。"二人领了令箭，分头去了。

九月中旬，树叶飘黄，众豪杰一起赶往齐州。正走时，只见尘头乱起，打前站的来报："前面有绿林老爷拦住，一名少年在前面厮杀。"

单雄信笑道："也许是哪个兄弟看了我的令箭，在中途等候，顺便找些银两用。哪位愿意前去看看？"童佩之、金国俊不知绿林利害，抢着说："小弟二人愿往。"说完纵马前去。

王伯当看他们走了，摇头说："单二哥，这两位朋友去得不好。"单雄信问道："为何？"

王伯当回答："他二人在潞州当差，一听绿林二字，就像见到仇人。等会厮杀起来，童、金二友如果出了什么差错，你脸上不好看。他两个如果本领好，拦路的朋友出了差错，却是奉兄长令箭来的，你脸上同样不好看。小弟愿去看看。"于是王伯当纵马前去。

只见尘头起处，金、童二人已经败下阵来。王伯当上前一看，竟是程咬金、尤通两人拦住了柴绍抢行李。

原来柴绍带着礼物路过此地，尤通和程咬金看他衣装华贵，行李沉重，眼睛立刻亮了，连忙出来拦路。柴绍战他两个不下，恰好金、童二人赶来，拔刀相助。程咬金撇下柴绍，对着金、童二人没上没下一顿斧头乱挥，砍得金、童两个惊慌而走。

程咬金紧追不放，一直赶来。金、童两个连忙奔回原路，刚好碰上王伯当，脱口说道："好一个狠响马！"王伯当笑一笑，让过二人，举枪高叫："朋友慢来，大家都是道中人。"

程咬金听不懂绿林的话，举斧对着王伯当顶梁门就砍，说道："我又不是吃素的，说什么道中？"王伯当暗笑："好个粗人！"于是转口说，"我和你都是绿林中的朋友。"

程咬金大声说："就是七林中，也要留下买路钱来。"说着斧头如疾风暴雨，照砍不误。

王伯当手中的枪挑来钩去，左右斜避，等程咬金力气用完了，斧法散乱，忽然将左手枪杆一松，右手一串，仿佛银龙出海，朝着程咬金喉头刺去。但他手下留情，刚到对方喉下，枪就收回。程咬金用斧头来钩他的枪，结果连人带马晃动，招架不住，只好拍马落荒而逃。

王伯当紧追着要问他来历，只听程咬金一路大叫："尤员外救我!"

这时尤通被柴绍缠住,脱不了身。王伯当一眼瞧见,连忙叫道:"柴郡马、尤员外,你们两人不要打了,都是一家人。"柴绍和尤通这才停住手,下马相见。程咬金气喘吁吁的,牵着马在一边看。

此时单雄信一行才到,与众人见过了,问道:"刚才的大力朋友呢?"尤通赶紧介绍程咬金,众人大笑,于是一起上路,朝齐州前进。

贾润甫得到众豪杰要来给秦琼母亲拜寿的消息,连忙派人将他们迎到自己家,摆了十来桌酒席,又叫了一班吹鼓手来助兴,十分热闹。

单雄信一见贾润甫,立刻迫不及待地叫道:"润甫兄,今日就将叔宝请到贵府来,先会一会如何?"

贾润甫却想道:"今日是双日,叔宝因为响马的事,应该到府里去。他要是听说雄信到此,一定会来相会,反而把公事耽误了。"于是含糊答应,并没有派人去请,口里却对众人说道:"单二哥一到这里,就叫小弟去请秦大哥,秦大哥很快就来了。"

原来他怕众人吃过饭后出去街坊捣乱,惹出事来,因此故意说秦琼要来了,好让众人安心等候,不要出去乱来。

秦琼被叫到齐州府来抓捕响马,一直没有头绪。樊虎本来以为他本领高强,一定手到擒来,没想到他虽然武艺高强,也要找得到响马踪迹才行。

樊虎后悔了,想请刘刺史放他回去,刘刺史却不肯放,说除非秦琼赔了那三千两银子。

众人拿不出三千两银子，又找不到响马，只好隔三天就挨三十大板。这天又到期限，秦琼带着五十三人进府。

刘刺史一见他们便问："响马可有踪迹？"秦琼回答："没有踪迹。"刘刺史顿时涨红了脸，不由分说，拔签就命人打。五十多人的亲友都到府前来看，大门里外都塞满了。

五十四人每人打三十板，一直打到日落西山，才挨个打完了。只听一声"开门"，外边亲友哭哭啼啼地迎接，把这些人搀的扶的，驮的背的，都接回家去。

秦琼本来只要运一运功把板子震裂，行刑的人虎口都要裂了。但他不想为难这些人，于是不运功，任由他们打了三十板。打完自己出了府，收拾杖疮。

这天，秦琼刚出府门，忽然有个声音叫他，抬头一看，原来是附近一个熟悉的老者。秦琼曾有恩于他，所以这位老人家很殷勤，连忙招呼他去喝酒。

秦琼恭敬地说道："老人家请酒，秦琼不敢推辞。"于是同那老人回家，进了书房。老人给他倒了酒，秦琼刚接过酒杯，眼中忽然落泪。老人忙安慰道："秦旗牌不要悲伤，拿住响马，自有升赏之日；如果饮食伤感，容易酿成疾病。"

秦琼解释道："太公，秦琼不是因为被打落泪，是想起当年去河东，有个好友单雄信曾赠百金给我，叮嘱我'求荣不在朱门下'。我一直记得这句话，只是因为功名心太强，想在来总管门下，凭一刀一枪博个一官半职。不料今日落到这种困境，遭官府责打，没脸见故人。"

两人正说着话，忽然外面喧哗起来，有人在找秦琼。下人带他进来，一看原来是樊虎。秦琼让他坐下喝酒，樊虎却低声对他说道："贾润甫家中来了十五骑人马，举止奇怪，也许有陈达、牛金在内。"

秦琼听了这话，顿时兴奋起来，忙向老者告别。两人径直往贾润甫家走去，只见贾家附近已经围满了人。

众人一见秦琼来到，纷纷喊道："秦爷，如果里面有可疑的人，我们愿意一起帮忙抓捕！"

秦琼连忙答谢，请他们不要散了。他下了吊桥，单身到贾家门前，只见门都关了，招牌也收了。秦琼用手一推，还好门没有闩上，于是回头对樊虎说道："你在外面，我先进去。如果有情况，我打个哨子，你就招呼吊桥和城门口那些人，拦住两头街道，把巷口栅栏挡住，帮忙捉拿。这些人都是亡命之徒，恐怕没那么容易抓捕。"樊虎答应了。

秦琼进了三道门，来到天井，发现天井里的人都挤满了。原来众豪杰吃完饭好久了，又喝起酒来。众鼓手吹吹打打，好汉们的手下又围满桌边，十分热闹。酒店里的闲人都跑来观看，把一个天井全挤满了。

秦琼怕冒冒失失地进去，会吓跑了席上的响马，而且贾润甫认得自己，被他发现了不好做事，于是放低身子，混在人丛中向上面察看。只见一群熊腰虎体的好汉在上面，围绕的随从很多，根本看不清面庞。

秦琼看了半天，才看到里面有一个人站出来，样子好像单雄信。秦琼十分困惑，不敢相信单雄信真的会到这儿来，此时主人刚好在叫："单员外请坐。"秦琼大吃一惊。

王伯当正向外说着话，秦琼一眼瞧见了，心里顿时明白：

"这是王伯当约单二哥来给我母亲拜寿，幸好没被看见。"连忙转身往外就走。

秦琼刚走到门外，樊虎已经带着许多人在门口，连声问道："秦大哥，怎么样了？"秦琼生气地回答："是潞州单二哥，曾经送你路费的，你怎么不认得了？"

樊虎听了这话，连忙叫大家散了。但这些人聚在一起纷纷攘攘，一时也散不了。

● **人物点睛**

贾润甫

　　隋唐好汉之一，性情豪爽，喜欢结交豪杰。贾润甫是开鞭杖行的，四方朋友们都在他家落脚。贾润甫不仅是个联络人，还是个心思缜密、有谋略的人才，后来成为李密的谋士。

● **名家点睛**

　　莫恨无知己，天涯尽弟兄。（明・褚人获）

● **网友点睛**

　　英雄相会，谈的是天下；好汉相聚，看的是义气。隋唐英雄中，秦琼和李靖等人更显得像英雄，而单雄信、程咬金等人更像好汉。这两批人混在一起，英雄就不得不人间烟火化了，而好汉们却依然是好汉，快意恩仇，相逢一笑泯恩仇。好汉可贵，英雄难逢啊。（网友：绿萝小小）

第十七回　秦母生日会英雄

[中国古典名著]
青少年趣评版

众好汉相聚，单雄信坐在首席，忽然问贾润甫："刚才许多人在阶下，我看见一个大汉躲躲藏藏，看了我们一遍往外便走，这边的人也纷纷随他出去了。你去看看是什么人。"

贾润甫急忙出门看，只见外面那些人还拦住秦琼问这问那，连秦琼都走不了。贾润甫连忙唤住他，两人一起回到酒席上。

贾润甫故意叫道："单二哥，小弟派人把秦大哥请来了。"众人顿时欢呼起来。

秦琼拜谢单雄信昔日救命之恩，王伯当、柴绍这帮朋友都是对拜几次；不曾相会的，大家相互介绍，也都拜过了。拜完之后，大家坐下喝酒叙谈，只见灯烛辉煌，轰轰烈烈，飞酒往来，传递不绝。

贾润甫拿着大银杯，每席都去敬上两杯。秦琼说道："各位兄长远来，小弟借花献佛，也敬各位一杯。"说完依次敬酒，故交新友都交谈几句。

到了左手第三席，是尤通、程咬金两个。这些人中，王伯当、柴绍、李密都举止温雅；单雄信、尉迟兄弟、张公谨等，虽然是粗人，却有豪气；童佩之、金国俊是公门中人，也会场面功夫。只有程咬金一派粗鲁，因此秦琼也没有特别热情。

尤通此时喝了几杯酒，有些醉了，就说起程咬金来："贤弟，没想到你也会撒谎。前日单二哥拿令箭来，你说自己跟秦大哥是童年之交，现在他怎么一点都不像认识你的样子？"

程咬金急得暴躁起来，厉声高叫："太平郎，你今日竟然这么倨傲！"声音仿佛春雷一般响起，满座皆惊。

秦琼急忙站起身来，问道："哪位仁兄错爱，叫我乳名？"

王伯当这一班朋友都鼓掌大笑："秦大哥的乳名原来叫作太

平郎，今天我们都知道了。"

贾润甫忙告诉秦琼："是程兄在叫大哥乳名。"

秦琼惊讶地走到程咬金面前，问道："贤弟，你怎么知道我的乳名？"程咬金回答："小弟是程一郎啊。"秦琼吃了一惊，连忙说道："原来是一郎贤弟！"

原来程咬金童年时还没有这么丑陋，后来遇到奇人，吃了些丹药，竟长成青面獠牙、红发黄须的样子，所以秦琼根本没认出来。

朋友们听了他们俩的往事，一个个点头嗟叹。秦琼忙把座位挪到程咬金旁边，与他叙谈起来。

程咬金是个粗人，斟杯酒在面前，秦琼只要喝得慢了些，他就动手一挟一扯。秦琼因为刚被打得皮开肉绽，被他一扯便痛起来，眉头微微皱了一皱。程咬金顿时不高兴起来，说道："大哥还是去跟单二哥喝酒吧！"

秦琼忙问："贤弟为何这样说？"程咬金不满地回答："大哥如今眼界宽了，嫌贫爱富了。刚才跟单二哥饮酒，十分欢畅，跟小弟一起喝酒，就皱起眉来。"

秦琼不方便说出被打之事，贾润甫却明白，忙替他说道："程兄不要错怪了秦大哥。秦大哥身体有些不方便。"

程咬金是个大粗人，不知道"不方便"是啥意思。单雄信却问了起来："叔宝身上有什么不方便处？"

贾润甫听了这话，便叫手下人把不相干的人都带走，自己把门闩了，这才重新入席。众朋友看贾润甫行为谨慎，都不知何故。

贾润甫坐下之后，这才慢慢讲来："这事真是奇谈。新皇帝即位后，起造显仁宫，山东各州都要送协济银三千两。青州派人送三千两银子上京，刚到长叶林就被两个没天理的朋友取了，又杀了官。杀官劫财的事还是平常，却又临阵通名，报两个名，叫什么陈达、牛金。现在齐州刺史便要缉捕这两人。秦大哥在来总管府中干得正好，为这件事又被拉回来，每隔几日，抓不到贼人就要被打。除非赔了这三千两银子，否则还要被解送上京。"

众朋友听了这话，一个个惊呆了。尤通拼命在桌子下面捏程咬金的腿，程咬金却还是叫了起来："尤大哥，你不要捏我，就捏我也要说出来。"

尤通吓了一身冷汗，动也不敢动。秦琼便问怎么回事。程咬金斟一大杯酒说："大哥，请喝了这杯酒，明天给令堂拜寿之后，就有陈达、牛金交给兄长。"

秦琼十分高兴，将酒一饮而干，问道："贤弟，那两人现在何方？"程咬金回答："陈达、牛金就是程咬金、尤俊达，那件事是我跟尤大哥干的。官差记错了名字。"

众人听了这话，脸色都变了。贾润甫将左右小门都关了，众朋友围住了秦琼、程咬金和尤通三人的桌子。

单雄信开口问道："叔宝兄，此事怎么办？"秦琼回答："大家不必惊慌，没有这回事。程弟与我自幼相交，他听见我有这些心事，就说这样的糊涂话，想要帮我。流言止于智者，各位都是高人，怎么把戏言当真？"

程咬金急得跳起来，说道："秦大哥，你小看我！这是什么事，我怎么能乱说？若说谎就是畜生了！"一边嚷，一边摸出一锭银子来放在桌上，指着说道："这就是兖州官银，小弟带来做

139

　　单雄信是绿林首领，带领许多绿林兄弟前来给秦琼的母亲拜寿，没想到秦琼因为捕盗没结果，一直遭受毒打

寿礼的。"

秦琼把那锭银子拿来，放进自己衣袖里。众豪杰个个沉默了。

单雄信还有些担当，便说道："叔宝兄，当年我们有一拜之交，誓同生死患难。如今我求你不要难为他们两人，你一定会依我，但会害得你被解送上京，断送性命。如果把他们两人交给你，他们却又是我邀请来的。"

秦琼说道："我听单二哥的安排。"

单雄信低头想了一会儿，说道："我们今日只当不知此事，众朋友明天还是去给令堂拜寿，然后各自散去。你只当才知道响马消息，领官兵去围住他俩住处。他们两个也是好汉，到时出来一斗，胜负的事，我们也管不得了。这也是无奈之策，你觉得如何？"

秦琼说道："兄长，你只当自己是豪杰，难道就看天下没有其他豪杰了么？不要说他们二人是你请来的，就是他们两个自己来，咬金与我是幼时之交，刚才听说此事，又立刻就讲了真相出来，我绝没有抓他们二人的道理。"说完从招文袋内取出批文来，只见上面写着陈达、牛金两个名字，秦琼双手一扯，撕得粉碎。李密和柴绍来抢时，已经在灯上烧了。

众人见了，纷纷拜伏在地。此时只有李密袖手皱眉，似有所思；柴绍靠着椅儿，也在思索。程咬金直立着不拜，说道："秦大哥，这事是我做的，怎么要连累你？如今失了批文，你怎么回话？不如我一人承担了。"

众人这才想到烧了批文，反而会害了秦琼，又都目瞪口呆起来。李密说道："这事我早想到。如果不烧批文，叔宝就算被解送上京，我还可以托人说情，应该可以保全。如今也有一个计策，来总管先前在我父亲帐下，如今我去求他仍旧把叔宝要回去。"

程咬金还是摇头说："如果来总管要不回他呢？"秦琼说道："我明日回报刺史，响马抓不到，情愿赔款吧。"

柴绍忽然拍手说："这样的话，我可以摆平此事了！"

原来此次柴绍受唐公李渊所托，要送三千两银子酬谢秦琼。他想秦琼一定不肯接受，自己直接把银子拿去赔了，岂不两便？

于是柴绍说道："刘刺史是我先父门生，我去解决这问题。要赔的话，银子也在我身上，不需要各位筹措了。各位坐下饮酒，不要露了风声，被别人察觉，反倒不好。"

众人听说有办法解决，又欢欢喜喜地入席饮酒，分外欢畅。

第二天，山东六府远近都有人来拜寿，公差们要依赖秦琼捕盗，也纷纷前来送礼、拜寿。绿林中的人感激秦琼周旋，虽不敢登堂拜寿，但趁黑夜入城，也悄悄送来礼物。这些人都走了，单雄信那帮人才来。

十七位正客，带了手下二十多人，一齐来拜寿。秦母黄发童颜，穿一身素服，缓步走了出来。众人跪拜，秦琼跪在母亲身边，代老母还礼和喝酒。

轮到尉迟兄弟时，秦母听说是姑夫派来的差官，便饮了两杯酒，秦琼代饮四杯。然后是尤通和程咬金。秦琼介绍："这位就是以前的程一郎。"

秦母大惊说："这是程一郎！怎么长成这样了？令堂还好么？"程咬金回答："在尤员外家，好着呢。"秦母十分欢喜，又喝了两杯酒。

寿酒喝完，老夫人回房去了，大家按次序坐好。李密在单雄信家中写了寿词，众豪杰此时约定，将寿词当作酒令，每人饮一杯酒，念一遍寿词，错一个字就罚一杯。

王伯当与张公谨两人文武全才，看过一遍寿词就记住了，都唱得不差。轮到柴绍时，不单记得，歌韵还悠扬合调。贾润甫通文墨，唱得也不错。难堪的是史大奈、尉迟南、尉迟北、尤通、樊虎等人，程咬金叫道："这分明是要我了，我不认得字，念不来，还是喝几盅酒吧。"众人一齐大笑，开怀畅饮。

众人正欢乐，忽然外面响起敲门声。士兵开门一看，却是一个高大的道人，肩上背着一口宝剑。

士兵问道："你来做什么?"道人回答："我来化斋。"

士兵说："斋是白天化的，这都什么时候了，你怎么还来!"道人回答："别人化斋是在白天，我偏要在夜里。"

士兵说道："里边有事，请你走吧!"说完手向道人一推，谁知自己反而仰面摔了一跤，跌向照壁。里面的士兵听见声响，连忙出来看，一个个也被道人放倒了，连忙回去报告秦琼。

秦琼说道："你们真不懂事，他要化斋，就给他好了，为何要这样大惊小怪?"

樊虎走出去看看，只见那道人不是一般人，连忙拱手问道："老师是真的要化斋，还是另有话说?"

道人这才回答："我要化什么斋? 我是要见叔宝兄一面，与他说句话儿。"

樊虎连忙进去跟秦琼说，谁知道人已跟着进来了。原来这道人名叫徐洪客，以前魏征经常说起他有许多奇谋异术，文武全能。

徐洪客听说今天是秦母生日，也赶来祝寿，会见秦琼。

众人坐下喝酒叙谈，直到五更，才纷纷起身告别。秦琼想留徐洪客逗留几日，徐洪客却说道："魏征常说太原有天子气，因此我与太原的刘文静约好，要前往一会，立刻就要动身了。"秦琼说道："既然如此，小弟也要修书一封，请您带给文静兄。"徐洪客答应了。众人齐声谢别出门。

第二天，李密前往会见来总管，来总管因为要派遣五百名督促河工的将士，便答应将秦琼派去当将领，借这紧急公务抽调他离开。

这边柴绍去见刘刺史，本来想逼他自己认赔，哪知刘刺史坚持说自己赔不起银子。柴绍看他硬是要赖到秦琼身上，只好答应让秦琼和众捕盗人赔了这钱。

柴绍和李密都回到贾润甫家，两人分别讲了情况。

单雄信说道："这干捕盗人除了叔宝几个，其他人应该都还是有钱的。秦琼是把银子都穿在身上，吃在肚中，哪里拿得出银子？"

柴绍却说道："银子好解决。"于是把唐公李渊酬谢三千两银子的事儿说了。大家听了这话，十分开心，一齐来到秦琼家，只见樊虎也在。

李密拿出来总管的批文，上面写了要秦琼带领五百人去河道大总管处帮忙，三日内就要起程。

樊虎看见之后大惊，说道："秦大哥可以脱离苦海了，只是我们怎么赔得了三千两银子？"

柴绍忙把唐公酬谢三千两银子的事又讲了一遍。秦琼不肯接受，众人纷纷劝说他。樊虎也说道："秦大哥，我们五十三家的性命都在上边了。"

秦琼没办法，于是回房去取了三百两银子交给樊虎，说道："刘刺史说不定还要加些什么盘剥，你拿这三百两银子去应付，不要累及众人。"

过了两天，秦琼带领五百人出发去河道大总管那儿，跟众人告别。这一趟顺利解决了难题，众豪杰十分开心地起程回去。

● **人物点睛**

尤通

　　尤通字俊达，外号尤员外，是个虚拟的人物，原型是唐朝大将牛进达。牛进达是个能征善战的将领，后来成为李世民的心腹。

● **名家点睛**

　　勇士不乞怜，侠士不乘危。相逢重义气，生死等一麾。（明·褚人获）

● **网友点睛**

　　当初秦琼不愿去官府当捕盗都头时，曾说过大丈夫应该征战沙场，如果低头进了公门，只怕哪天官府不开心了，自己还要被诬蔑成勾结盗贼。没想到果然中招，好好一个英雄，竟被污蔑成勾结响马，硬是要他赔钱。幸好秦琼有"主角光芒"，虽然命运坎坷，最后总会有贵人来救命。反过来想，谁知道那些没能成为"主角"的英雄们，是在哪一个坎坷面前就丢了命呢！（网友：旮旯里的怪物）

第十八回 隋炀帝巡幸东京

[中国古典名著]
青少年趣评版

众好汉各有事情在身，纷纷回原来的地方去，只有单雄信、王伯当和李密三人无拘无束，逢山玩山，逢水玩水，一路游览。三人在临淄界口分别，单雄信依依不舍，说道："我们到前面找个地方痛饮一回，然后再分手吧。"

三人便来到鲍山脚下的一个酒肆。店主人出来迎接他们进草堂。单雄信便问主人："门外有几匹马，是什么客人的？"店主用手一指，说道："就在左边房里。"

单雄信正要去看，只见门里已经有一个人探出头来。王伯当一眼瞧见，笑道："原来是李如珪贤弟。"李如珪忙叫朋友，只见齐国远也走了出来。

众人正惊讶他们二人为何在此，李如珪说道："里边还有一位好友，等我请他出来见了就知道。"于是向门内叫道："窦大哥出来，潞州单二哥在此。"

话声刚落，只见气昂昂走出一个人来。李如珪介绍："这是贝州窦建德兄。"众人对拜过，寒暄一番。

王伯当问李如珪和齐国远："你二位本来在少华山快活，为何到此？"

李如珪回答："自那日前往长安后，少华山被一个叫卢明月的人占据了，齐兄打不过他，只好迁到桃花山来，我直到前日才回山。齐兄接到单二哥传令，要到山东来给秦伯母拜寿。窦大哥恰好在山上，便也想来拜寿，会会秦大哥。"

李密说道："叔宝已不在家，奉公出差了。"于是众人把秦琼和程咬金等人的事讲了一遍，只听窦建德拍桌子叹道："国家这些赃狗，真恨不得一个个杀尽！"

李如珪立刻说道："又触动窦大哥的心事了。"

李密忙问窦建德有何心事。窦建德回答："小女线娘年方十三，色艺双绝，喜好读书，擅长舞剑。小弟只生了这个女儿，爱如珍宝。没想到皇帝挑选民间美女，官府竟把线娘列在一等里边。线娘知道后，取了银子托人撤销名字，谁知州官坚决不许。线娘一气之下，将家产卖了，招集亡命之徒，竟要与官府对抗起来。幸亏寡嫂与侄子阻止，小弟刚好在外，也闻信赶回，费了千金才摆平此事，恐怕官府还要追究，只好带了线娘和寡嫂远走，暂时寄居在介休。"

单雄信听了这话，便邀请大家都到二贤庄去商量。众人出了店门，上了马，加鞭赶路。走了没多久，只见道旁有个老者睡在石头上，行囊放在身旁。

窦建德跳下马，仔细一看，原来是老仆窦成，吃了一惊，忙叫道："窦成，你为何在此？"

老者擦了擦眼，认出是窦建德，忙说："谢天谢地，终于遇到了家主。大爷出门之后，贝州人到处传说，原来州里因为选不出一个出色女子，官吏重新又来搜寻，见我们躲避，便叫人四处查访。姑娘听了消息，连忙吩咐老奴连夜起身，来催大爷回去。"

窦建德握着单雄信的手，说道："承兄长错爱，本来应该到贵府一拜，无奈小弟方寸已乱，急着回去看小女下落，只能以后再来拜会了。"

单雄信建议窦建德带女儿到二贤庄上避难，王伯当也劝道："窦大哥，单二哥说得对，你赶紧回介休去安排吧。"

单雄信看了看王伯当和李密，说道："四海兄弟，一拜便成骨肉。小弟要麻烦两位跟窦兄到介休去。两位才干敏捷，一定能见机行事。"王伯当和李密答应了。单雄信命手下人取了银子跟着三位同去，吩咐到了介休要另外找个落脚的地方，不能在窦建德那里住。如果有变动，立刻回来告知。

安排完毕，众人赶紧上路。单雄信邀请齐国远和李如珪去二贤庄，两人却说要赶紧回山去。单雄信也不勉强。

窦建德、王伯当、李密三人赶往介休，半路竟然碰见了窦线娘。原来她见事情不妙，等窦成起身两日后，自己也打扮成男子，同婶娘和堂兄弟一起悄悄离开介休，恰好在路上遇见父亲。窦建德看到女儿没事，高兴极了。于是众人一起到二贤庄去了。

话说隋炀帝登基之后，一日比一日荒唐，在寻欢作乐上无奇不有。他命令许庭辅等人负责到民间点选绣女；任命宇文恺在洛阳建造显仁宫；又让麻叔谋、令狐达开通各处河道；又要到洛阳看看，又想去江都玩玩。

百姓们不是被拉去建造宫殿，就是被赶去开挖河道。官府从中大捞民脂民膏，百姓们痛苦不堪。没过多久，东京洛阳的显仁宫便建好了。翰林学士虞世基要讨好隋炀帝，又上奏说："一个宫殿不够皇帝游幸，臣已经找到了一个好地方，应该再建一个御园。"隋炀帝连忙让他按最好的方式建。

虞世基命人在南边开了五个湖，湖边种满奇花异草。湖旁筑几条长堤，堤上百步一亭，五十步一榭。两边栽桃花，夹岸种柳树。又造了船只，好供炀帝在湖中玩。

北边挖一个北海，周长四十里，有渠道与五湖相通。海中造三座山，一座叫蓬莱，一座叫方丈，一座叫瀛洲，就像海上

官府搜寻民间美女，窦线娘女扮男装，跟婶娘和堂兄弟一起逃走

隋唐英雄演义

三神山一般。山上楼台殿阁，山顶高出百丈，可以回眺西京长安，又可远望江南湖海。

湖海的交界处建造正殿，凿一道弯弯曲曲的长渠，渠旁的好地方建了十六院，巧夺天工，不惜破费。

为了这项工程，又不知多少人付出了性命，搜刮了民间多少财产。

大功告成后，虞世基上表，请隋炀帝亲临观看。炀帝满心欢喜，立刻择日出发，带着萧后和众多妃子宫女，乘车朝着东京而去。

炀帝先来到显仁宫，发现建得美轮美奂，十分欢喜。许庭辅把绣女们叫进来，请炀帝亲自挑选。炀帝看见绣女们千娇百媚，一个个争妍斗艳，十分开心。他亲自选了十六个窈窕又端庄的美女，封为四品夫人，安排住在十六院中；又选三百二十名风流妩媚的，名为美人，每院分二十名，让她们学习吹弹歌舞。其余的人分去龙舟、楼台等处。

一个空荡荡的显仁宫，顿时莺莺燕燕，花娇人媚，成为一个风流快活之地。

自此，炀帝日日与萧后、十六院夫人、各位美人游山玩水，不是吟诗作对，就是弹琴歌舞，日子过得十分逍遥自在。

一天，炀帝照常到各处玩耍，偶然走到殿上，只见中间挂着一幅大画，画上是山水人物，有楼台寺院，也有村落人家。炀帝被吸引住了，目不转睛地看。

萧后看炀帝被画面迷住，便问怎么回事。炀帝回答："这是一幅广陵图，朕忽然想起广陵风景，恋恋不舍。"

萧后问："这图与广陵风景有几分相似？"炀帝回答："广陵山明水秀，柳媚花娇，不是这图能比的。"

萧后便用手指点着画面，问道："这是一条什么河道，怎么有小舟在里面？"

炀帝把手搭在萧后肩膀上，细细解释："这不是河道，是扬子江。扬子江从西蜀三峡中流出，奔腾万余里，直到海中。这里正面一带是甘泉山，左边是浮山，以前大禹治水曾经过此山，山上还有个大禹庙。右边这一座叫作大铜山，汉朝的吴王刘濞曾在此处铸钱。背后的小山叫横山，梁朝的昭明太子曾在此处读书。"

隋炀帝虽然是个荒淫无道的皇帝，却十分有才华，见多识广，还是个有名的诗人。

美人们看他俩说了这么多话，赶紧送上茶来。萧后放下茶杯，又问道："中间这座城池是什么地方？"

炀帝喝完了茶，答道："这叫作芜城，又叫作古邗沟城，是春秋战国时吴王夫差的旧都。旁边这一条水也是吴王开凿的，用来保护城池。朕以前来扬州，曾想要在这里另建一都，好收揽江都的秀气。"

炀帝说得兴奋起来，四下乱指："这里可以筑台，这里可以起楼，这里可以造桥，这里可以凿池。可以再造一个十六院出来。"说到得意之处，不觉手舞足蹈。

萧后见了笑道："陛下这么好兴致，为何不派人赶紧做起来，带众人同去一游？"

炀帝叹道："朕有这个心思，只恨这是一条旱路，就算建了离宫别馆，白天也要乘车骑马地过去，不够雅观快活。"

萧后惊讶道："难道就没有一条河路？刚才那条扬子江，也许就有水路过去。"炀帝摇头说："太远，太远，通不得。"

萧后便建议："陛下不要这么武断，明日召集群臣商议，或者有水路呢。我们只管去饮酒，不要发愁。"

炀帝听了这话，便牵了萧后的手，跟众美人一起去饮酒了。

第二天，炀帝召集大臣，商量要开一条河道，直通广陵，以便巡幸。众臣奏道："旱路就有，从未听说过有河道可以相通。"

炀帝再三要众人设计一条河路来，官员们面面相觑，无言可答。沉默了一会儿，众人只好上奏，等退朝后商量出一个方法来。炀帝同意了，退朝后又与众美人玩乐去了。

过了些日子，炀帝问众人："广陵河道，可曾商量出方法来？"

萧后的弟弟萧怀静上奏："秦朝时，大将王离曾在此处挖过河道。但因为年深日久，现在旧河道都堵塞住了，如果能够广集民夫，从大梁起，由河阴、陈留、雍丘、宁陵、睢阳等处，一路重新开掘，引孟津之水，东接淮河，不过一千里路，便可直到广陵。"

炀帝喜出望外，立刻传旨让麻叔谋担任开河都护，令狐达为开河副使。河南、淮北共起三百六十万民夫。每五家出老幼或妇女一名，负责炊送，总共是七十二万。河南、山东、淮北调来五万骁骑，负责督催工程。

朝廷下令，不管山根石脚，坟墓民居，只要挡住了河道，都要掘开。

● **人物点睛**

萧后

　　隋炀帝皇后，出身中古政治文化世家兰陵萧氏，父亲是西梁孝明帝。萧后长得美艳绝伦，在隋炀帝身边从未受过冷落，两人十分恩爱。隋亡后，萧后曾经流落突厥，后来被唐太宗迎回大唐，得到礼遇。

● **名家点睛**

　　尽道隋亡为此河，至今千里赖通波。若无水殿龙舟事，共禹论功不较多。(唐·皮日休)

　　大意：大家都说隋朝的灭亡是因为大运河，但时至今日，我们还是依靠这条河千里通行。如果隋炀帝不是耽于酒色，建大运河不是为了寻欢作乐，那么他的功劳跟治水的大禹比，也差不了多少。

● **网友点睛**

　　当初陈后主也是个很有才华的诗人，也喜欢美女，喜欢吟诗作对，喜欢享乐。隋朝因此能很快灭了陈国，据说还是杨广带兵的呢。没想到杨广上台当了皇帝，也是喜欢美女，喜欢吟诗作对，喜欢享乐，而且也是一个很有才华的诗人，最后也亡了国。命运真是开了个好大的玩笑。(网友：隔壁的猫耳朵)

第十九回　窦建德聚义山林

[中国古典名著]
青少年趣评版

秦琼离了齐州，前往麻叔谋处报告，路上听说他到睢阳了，便带领手下五百人前往睢阳。

一行人赶到睢阳时，麻叔谋与令狐达也刚刚到。秦琼带人前往进见。麻叔谋见秦琼一表人才，十分喜欢，立刻命他监督睢阳开河的事务。

麻叔谋下令河道穿过睢阳城，城外的坟墓、城内的房子都要拆掉，满城百姓全都慌张起来。睢阳城百姓凑了黄金三千两，央求麻叔谋的管家拿去贿赂主人。

当天晚上，麻叔谋刚好做了个梦，梦见春秋时的宋襄公送了自己三千两金子，要自己保护城池。麻叔谋一觉醒来，一眼瞧见桌上摆着金子，顿时眉开眼笑，说道："神仙果然没骗我。"

管家忙告诉他，这不是神仙送的，而是睢阳城百姓送的，目的是请他改河道，绕城而过。麻叔谋笑道："我只要有金子，神仙给的也行，百姓给的也行，就帮他们了。"于是决定改变河道。

第二天，秦琼过来参见，麻叔谋问："河道离城还有多远？"秦琼回答："还有十里，县官正命令城中百姓搬移。"

麻叔谋说道："这样的坚固城池、繁盛烟火，怎么忍心拆掉，还让百姓搬来搬去？就在城外开挖，绕过城池好了。"

秦琼十分困惑，前些日子明明是麻叔谋不同意改道，还差点把主张改道的人砍了头，怎么今天就变了？于是说道："现在再改，恐怕来不及了。"

麻叔谋十分生气，说道："凡事择便而行，说什么来不及？就这么定了，你快去改了河道再来回复我！"

秦琼只好退出了。改道这件事，本来是十分有利可图的，经过的乡村人家需要保全坟墓田园等，都派人前来送钱，只是秦琼一概不受。

这天，令狐达听说要改河道，来见麻叔谋，两人争执不下。秦琼禀道："卑职奉命去查勘河道，如果由城外取道，要比从城中多二十余里。"

麻叔谋正没好气，立刻吼道："我派你巡视城外河道，你管什么相差二十里三十里？"

秦琼回答："路远所用人工要多，钱粮要增，限期要宽，卑职要禀明。"

麻叔谋更生气："人工不用你家人工，钱粮不用你家钱粮，你多大官，在此胡讲！"

令狐达帮秦琼说话："大小都是朝廷的官，管的是朝廷的事。而且从城中经过，是圣旨吩咐的。"

麻叔谋狡辩："绕过城池，是宋襄公奉了天旨，梦中前来吩咐我的。我当时不答应，又不见你们两个出来拔刀相助。"

令狐达大笑："哪里来这样的鬼话！"

麻叔谋又呵斥秦琼："你是什么官，就要管那么多事！我现在不用你了，看你还管什么！"说完把秦琼革职了。

令狐达争不过麻叔谋，也只好愤愤不平地回去。

秦琼出去后，心里想道："这人真难伺候，果然如别人所说。"于是收拾行李，准备回家。正要起身，只见令狐达派人来，请他过去自己手下做事。

秦琼已经看开了，想道："我此次前来，不过是李密帮我想的避祸之计，在这里监督河工也做不出事业来。这里的人只知道勒索财物，我志不在此。"于是婉辞了。

秦琼知道就这样回去，来总管一定会让自己再去门下当差，干脆在齐州城外找了一处村落，隐居起来了。

秦母看儿子这些年常常奔波来去，心里也担忧，便也同意让他隐居。自此，秦琼每日寻山问水，种竹浇花，一切英豪壮气，尽皆收敛。

樊虎、贾润甫十分困惑不解，都想道："可惜了这个英雄，遭遇太多挫折，意气消沉了。"

隋炀帝日日沉迷酒色，浑然不知天下民生疾苦。这天，中书侍郎裴矩奏道："北方的突厥、西方的高昌各国、南方的溪山酋长，都来朝拜，只有高丽王元不来。"

炀帝大怒："高丽自汉晋以来都是中国郡县，竟然敢不来！"于是下令发兵征讨。

裴矩又奏道："高丽倚仗三条大水阻隔，分别是辽水、鸭绿江、浿水。如果要征讨，需要水陆并进。登莱至平壤一路都是海道，需要舟楫水军，如果不是智勇双全之人，难以胜任。"

炀帝便派宇文述督造战船器械，担任征高丽总帅，山东行台总管来护儿担任征高丽副使。

炀帝想起长城也已经很久没修，怕跟群臣商讨有人会跳出来阻止，便直接下令，让宇文恺担任修城副使，西边从榆林起，东边直到紫河，颓败之处，都要重新修筑。

这边刚吩咐完，开河都护麻叔谋前来求见了。原来河道已通，麻叔谋单骑到东京来上奏。隋炀帝大喜，命人建造头号龙船十只，二号龙船五百只，杂船数千只，限四个月造完。

宰相宇文述建议隋炀帝派人前往吴越地方，选取十五六岁的女子来拉船，也是一道美景。

翰林学士虞世基也连忙出主意："现在河道已成，龙舟将备，陛下何不以征高丽为名，前往广陵游玩？"

炀帝看大家为了他的享乐都踊跃发言，十分开心，连声称好。

炀帝手下的贪官日夜催逼百姓，导致盗贼蜂起，豪杰们纷纷啸聚山林。此时翟让在瓦岗聚义，朱粲在城父，高开道占据北平，魏刁儿在燕地，王须拔在上谷，李子通在东海，薛举在陇西，梁师都在朔方，刘武周在汾阳……这些人原本大多是隋朝官员，此时却纷纷起义，攻城略地。此外还有许多绿林好汉和退隐豪杰，都在密切观望，尚未冒出头来。

窦建德自从带女儿避难到二贤庄，已经两年过去了。

一天，单雄信有事离开了，窦建德觉得无聊，便走出门外闲玩，只见柳荫之下坐着五六个做工的农夫，正在吃饭；对面一道湾溪，溪上架一条小小的板桥，桥南边是一个大草棚。

窦建德慢慢踱过桥，站在棚下，看牛过水。但见一派清流，鸟儿啼鸣，置身这幽雅所在，名利心都忘了。

窦建德正看着，只见远远一个汉子，肩上背了行囊，袒胸露臂，慢慢走来。场上有只猎犬发现陌生人，咆哮着迎上去。大汉见这猎犬来得凶猛，身子一侧，接过猎犬的后腿，丢入溪中去了。

做工的农人顿时都跳起来，喊道："哪里来的野人，把人家的猎犬丢在河里？"汉子毫不示弱："你们瞎了吗？没看见猎犬要咬人么！"

159

一个农人大怒，走近前便打。汉子眼快，接过来一招，农人顿时被摔了一跤，爬不起来。其他四五个见了，一齐起身动手，反倒被那汉子打得如落花流水。

窦建德本来站在河对岸看，这时连忙走过桥去喝道："你是哪里来的，到这里来撒野？"汉子仔细一看，叫道："窦大哥，你果然在这里！"说完便拜了下去。

原来这人名叫孙安祖，与窦建德同乡。当年他偷盗别人的羊，被县令捕获鞭打，干脆持刀刺杀县令，后来被官府追捕，窦建德曾把他藏在家里一年多。

窦建德忙问他到这里做什么。孙安祖回答："小弟一直在找您，幸好途中碰到一位朋友，说大哥在二贤庄单员外处，这才赶紧前来。"

此时单雄信刚好回来了，窦建德赶紧介绍两位豪杰认识。三人进庄上饮酒。

窦建德问道："这两年你在何处浪游？外边的世界怎么样了？"孙安祖回答："外边不成世界了。自燕至楚，自楚至齐，四方百姓，都被朝廷弄得妻不见夫，父不见子，人离财散，怨恨入骨，纷纷为寇为盗。如今各处都有人占据，但大多是见利忘义的酒色之徒。如果二位兄长这样智勇双全的人出来，倡义四方之人，大家自然闻风响应。"

窦建德听了这话，便看着单雄信。单雄信说道："天下这么大，豪杰众多，我们两个算什么？但天生我材，自然要轰轰烈烈做一场事业。成与不成，那都是命运。"

孙安祖说道："二位兄长如果要出去干一番事业，小弟现在有千余人，屯扎在高鸡泊。"窦建德说道："千人有限，但只要做得来便好。不然弄得王不成王，寇不成寇，反不如不出去了。”

单雄信却竭力怂恿，说道：“成败难以预料，但隐居山林并不是我俩的意愿。窦兄应该赶紧行动。”

正说着，只见一个家人传送朝报进来。单雄信接来一看，拍案叫道：“真是昏君，这时候还要修葺万里长城，又要出师去征高丽，岂不是劳民动众，自取灭亡？”

原来是隋炀帝派宇文述、来护儿出征高丽，以及修葺万里长城的消息。

单雄信说道：“来总管再能干，大厦将倾，一木哪能独支！先前徐世勣来，我还请他带信给叔宝。这次来总管出征，怎么肯放过他？只怕叔宝也难隐居了。”

孙安祖说道：“如今不趁早起义，收拢人心，如果英雄们各自进入朝廷军队，要再聚义就费力了。”

窦建德却忧心忡忡，说道：“我不是不愿行动，只是在这里承蒙单二哥高情厚爱，不忍轻抛。而且小女在这里，总是挂念。”

单雄信笑道：“窦大哥，你这话说差了，就算是父子兄弟，为了名利，也不免要分离，何况朋友的聚散。令爱就像我的女儿一样，与小女也十分说得来，如同亲姐妹，兄长可放心前去，以后再来接令爱。”

窦建德见他这么说，便下定了主意，叮嘱女儿几句后，跟孙安祖到高鸡泊去了。

● 人物点睛

窦建德

隋末群雄之一，后来建国为王，称雄河北，号称夏国国主。窦建德是个重信用、守仁义的人，对百姓十分仁慈，与士兵同甘共苦，很得民心。可惜他缺乏远见，最后夏国被大唐灭了。传说窦建德有个女儿，名叫窦线娘，十分疼爱，后来嫁给了罗成。

● 名家点睛

图谋屡战起甲兵，奋力当时事未成。惟有窦陵魂不见，时闻风木动秋声。（明·吴逊）

大意：窦建德当年曾经召集甲兵起义，争夺江山，可惜最后事情失败了。如今只有陵墓还在，窦建德的灵魂却不知何处去了，只有风吹树木，传来秋天的萧瑟之声。

● 网友点睛

英雄们个个都会提前相遇相知，这脑洞开得也太大了！单雄信一直是个野心勃勃的人，很明显就是要建功立业嘛！作为绿林首领，一向摆出"大哥"的姿态，单雄信其实是个颇为虚荣的人。前往山东给秦琼母亲拜寿时，路上遇到个盗贼，都以为是自己的人马，哈哈，这点虚荣心也是颇为好笑嘛。（网友：冥月天轮）

第二十回 徐世勣谈论英雄

秦琼迁居齐州城外后，终日栽花种竹，转眼一年多过去了。一天，他正在篱门外的大榆树下看野景，只见一个少年生得容貌魁伟，意气轩昂，牵着一匹马，前来问道："此处有座秦家庄么？"

秦琼问道："兄长何人？为何要到秦家庄去？"少年回答："在下是为单二哥带信，要给齐州的秦大哥。"

秦琼连忙表明身份，邀请他到家里。少年送上书信，秦琼接过一看，果然是单雄信作书来问候。

这捎信少年便是徐世勣，与单雄信有八拜之交，也是个豪杰。豪杰遇豪杰，自然说得投机，顷刻间肝胆相向。秦琼十分高兴，与他也结拜为异姓兄弟，誓同生死。

秦琼见徐世勣还是个少年，便想看看他的见识，于是问道："除了单二哥，你还曾见过什么豪杰？"

徐世勣回答："当今皇上弑杀父兄而即位，就算修德为仁，也不一定能善终。如今却好大喜功，又建宫殿，又开河道，自长安至余杭，没有一处地方不扰民。这些穷民离乡背井去做工，一去经年，回去故园已荒，就算要耕种也没办法了，只能聚集山谷，化为盗贼。不出四五年，天下定然大乱，因此小弟也有意结纳英豪，寻访真主。单二哥、王伯当都是将帅之才，但说到运筹帷幄、决胜千里，却还不够。其余大多是井底之蛙，乘乱而为，只怕也不能善终。至于真主，小弟目中还未见。"

秦琼便问他觉得李密如何。徐世勣说道："他门第很高，识见不凡，又礼贤下士，自是当今豪杰。但依小弟看来，创业的君主一般都会虚心下贤，重要的不是自己有谋略，而是懂得用人之谋。李密是有才之人，只怕他会恃才自傲，还不是真主。

第二十回　徐世勣谈论英雄

徐世勣带信来找秦琼，两人谈论天下英雄，十分投机

165

兄长可认得有王者之风的人？"

秦琼回答："李靖曾说过，王气在太原，还应该到太原寻找。你觉得我俩又是怎样的人？"

徐世勣笑道："也是一时之杰。战胜攻取，我不如你；决机虑变，你不如我。我俩作为辅佐之臣，可以永葆功名，关键在于寻找到真主，如果跟错了人，反而会祸乱天下。"

徐世勣又告诉秦琼，自己在附近见到一个小孩，年纪不过十余岁，看见两头牛相斗，就跑过去揪住两只牛角，两下分开，相持半个小时，两头牛见不能相斗，才各自退去。这小孩姓罗，如果加以训练，必定能成为将帅之才。

两人谈论天下时事，十分投机，三日后徐世勣告辞，要去瓦岗看看翟让的动静。两人分别，约定以后谁找到真主，都相互推荐，共立功名。

秦琼送徐世勣走了很久，依依不舍，最后只好独自回来。路过林子时，刚好碰到一个孩子正在追打一群小孩。秦琼看他十分勇猛，怀疑正是徐世勣说的那个罗家孩子，于是过去劝住他们。

小孩桀骜不驯，根本不服管，两人正在拉扯，前村的张社长来了，骂道："叫你看牛，你只管跟别人打架，你打死了人，叫我怎么解决？"

秦琼劝道："太公息怒，这是令孙么？"太公生气地回答："我哪会有这样的孙子！这是我一个邻居罗大德的孩子，他死了妻子，自己又被抓去开河，央求我看管小孩，在我家吃饭，帮我看牛。谁知他父亲死在河上，留下这小孩害人。"

秦琼听了这话，便说道："太公把这小子交给我吧。他欠你的雇工钱，我帮他还。"

太公看秦琼愿意接管，心中高兴，忙说："他不欠我工钱，你只管带他去，只是要先说好，以后他惹出事来，不要牵连到我。"

秦琼忙答应，又问小孩愿不愿意。小孩质问太公："我老子原本把我交给你老人家的，怎么又叫别人来领？"

太公发怒说："我家招惹不起你，没那么大肚量。"说完竟走了。

秦琼劝道："小哥，你不要生气。我叫秦叔宝，家中别无兄弟，想跟你八拜为交，结为异姓兄弟，你跟我回家吧。"

小孩听了"秦叔宝"三字，立刻转怒为喜，说道："原来你就是秦哥哥？我叫罗士信，平日常听说你的大名。秦大哥愿指引我，别说做兄弟，就是随便教导，我也甘心。"说完倒地便拜。

秦琼忙拉他起来，带他回家去见了母亲和妻子。罗士信说道："我从小没了母亲，见到这姥姥，就像见到我母亲一般。"于是也开口叫母亲，又拜了秦琼的妻子张氏，称为嫂嫂。张氏也把他当亲叔对待。从此罗士信在秦家住下，竟不再顽劣了，秦琼教他枪法，日夜指点，很快学得精熟。

一天，秦琼正在跟罗士信比试武艺，只见一个旗牌官骑马而来，要见秦琼。秦琼请他到草堂说话，旗牌官说道："奉来爷将令，请将军当前部先锋。"

秦琼不接，说道："老母年高多病，我每日耕种，筋力松懈，难以担当此任。"

旗牌官劝了几句，秦琼断然拒绝。旗牌官见他如此坚持，只好告辞回去。原来隋炀帝下令来护儿当征高丽副使，圣旨下来，来总管想道："登莱到平壤又是海道，又是陆地，击贼拒敌，需要一个勇武绝伦的人。秦琼有万夫不当之勇，用他为前部先锋，才能万无一失。"立即派人来请。

旗牌官回去，告知来总管秦琼拒绝出征。来总管想来想去，写了个帖，让旗牌官带去齐州张郡丞处，请张郡丞催促秦琼上路。

张郡丞名叫张须陀，是个义胆忠肝、文武全备的豪杰，又爱民礼下。他看了帖儿后，忙命人备马，来到秦琼庄前。

秦琼看本郡郡丞前来，便让人推说不在。张郡丞便请老夫人相见，秦母只得出来。

张郡丞说道："令郎是将门之子，英雄了得，现在国家有事，正应该建功立业，怎么推托不去？"

秦母解释："孩儿因我年老，他自己又生了疾病，因此不能从征。"

张郡丞笑道："夫人年纪虽大，但精神旺盛。大丈夫死当马革裹尸，怎么能留恋家室？夫人吩咐令郎出征，他一定会听从。明日我会再来劝驾。"说完起身去了。

秦母见事情如此，只好劝秦琼上路。秦琼还在犹豫，罗士信劝道："此次征讨高丽，以哥哥才力，一定马到成功。家中自有嫂嫂主持。我本来想随哥哥前去，但如今盗贼众多，只怕会有意外之事，我就留下来保护家中老幼吧。"

商量已定，秦琼便准备起程。他怕第二天张郡丞再次来请，彼此尴尬，于是自己先入城去见他了。

张郡丞大喜，命人送银子给秦母，又叮嘱秦琼："以你之才，此去必然成功。但高丽兵诡而多诈，必然分兵据守，沿海兵备薄弱。你担任先锋，不要攻击辽水、鸭绿江。浿水离平壤最近，是高丽国都，可乘其不备，纵兵直捣。高丽如果回兵去救，你首尾交击，这个弹丸之国立刻就能拿下。"

秦琼连忙谢过指点，与旗牌官一同去见来总管。来总管十分欣喜，发水兵二万，朝高丽浩浩荡荡而去。

● **人物点睛**

徐世勣

　　唐初名将，原名徐世勣，字懋功，后改为李世勣、李勣。徐世勣有知人之明，才略惊人，出将入相，重情重义，后来被封为英国公，与卫国公李靖并称，是凌烟阁二十四功臣之一。

● **名家点睛**

　　李靖、李勣训整戎旅，故夷狄畏服，寰宇大安。（唐·李绛）

　　大意：李靖和李勣（徐世勣）两人训练和整顿戎马，因此夷狄都畏惧大唐，天下大安。

● **网友点睛**

　　凌烟阁二十四功臣中，李靖与徐世勣曾被认为是排名第一、第二的名将，这两人都属于出将入相那种全才，而不单是战斗英雄。所以说，文武全才还是更有前途嘛。这两人在书中露面的时间都很短，却都很高大上，一个是直接往"神人"级别去了，一个一出来就是谈论天下大势、真主英雄，不同凡响啊！（网友：一只狗的时间安排）

第二十回　徐世勣谈论英雄

169

第二十一回 王伯当智救李密

[中国古典名著]
青少年趣评版

隋炀帝派人挑选拉龙舟的女子，萧后说道："女子大多柔媚无力，恐怕拉不动龙舟。应该再派一些太监帮忙。"

炀帝却摇头："用女子来拉船，本来就是要好看，如果混入太监，岂不是大煞风景？不好，不好。"

萧后想了一会儿，出了个主意："古人以羊驾车，也很美观。不如再选一批嫩羊，与美人相间而行，岂不是更别致？"

炀帝大赞萧后聪明，立刻下令挑选一千只嫩羊，以备牵缆。

此时外面有奏章送来，炀帝展开一看，原来是孙安祖与窦建德在高鸡泊起义，张金称在河曲起义，高士达在清河起义，三处相互照应，劫掠州县，官兵无力抵敌，请求朝廷派兵征剿。

炀帝大怒说道："小丑如此跳梁！必须用一员大将，将他们尽行剿灭，天下才能太平。"于是任命杨义臣为行军都总管，周宇、侯乔二人为先锋，调遣精兵十万，征讨河北一带的盗贼。

杨义臣文武全才，是个能干的人。他收到命令后，带兵直抵济渠口。四十里外就是张金称的地盘。杨义臣派人探听敌方的虚实，要以奇计擒拿敌众。

张金称听说杨义臣带兵来到，亲自引兵前来挑战。

杨义臣固守不出，张金称求战不能，派人终日谩骂。如此过了一个多月，杨义臣还是不出来，张金称认为对方是个无能之辈，戒备渐渐松懈了。杨义臣见时机已到，叫来周宇、侯乔二将，带领两千精锐骑兵，乘夜渡过河去埋伏。

张金称人马离营的时候，官兵忽然放起号炮，杨义臣亲自披挂，引兵来战。张金称见官军队伍不整，阵法无序，于是直冲出来，两军相接。谁知未及数合，东西伏兵齐起，把张金称的人马当中截断，前后夹攻，张家兵马大败。

张金称连忙单马逃走，刚逃到清河界口，正好遇见清河郡丞领兵捕贼，张金称寡不敌众，被杀身亡。张家残余的兵马都投奔窦建德去了。

此时窦建德、孙安祖依附高士达，占据着高鸡泊。杨义臣移兵直抵平原，进攻高鸡泊。官兵已到巫仓下寨，离高鸡泊只隔二十里了。探子连忙报告，窦建德大惊失色，对孙安祖、高士达说道："杨义臣文武全才，用兵如神。他杀败张金称，乘胜而来，势不可当，我们应该占据险要，避过锋芒，等他粮草耗尽再分兵夹击，才能得胜。"

谁知高士达自恃无敌，不听窦建德的建议，只留下三千疲弱士兵给窦建德守营，自己跟孙安祖领兵一万，夜里去偷袭杨义臣的营寨。

三更时分，高士达带兵直冲杨义臣老营。哪知进去一看，竟是个空寨。他知道中计了，连忙要退，忽然号炮四下齐起，杨义臣首将邓有见一马冲来，当喉一箭刺杀了高士达。

孙安祖见高士达已死，连忙兜转马头奔回。窦建德带兵来救，无奈隋兵势大，将士被杀得落花流水，十丧八九。窦建德与孙安祖手下只剩二百余骑，只好一路逃走。

窦建德带兵逃走，途中经过饶阳城。饶阳城没有战事，城中毫无准备，窦建德带兵直抵城下，不到三日便攻下了饶阳城，收获二千多名降兵，占据了城池，作好抵抗杨义臣的准备。

窦建德告诉孙安祖："隋兵势大，杨义臣足智多谋，一时难以为敌，此城只宜坚守。"

孙安祖忧虑地说道："杨义臣不退，我们终究不能安全。"

窦建德便想了一个计策："我们赶紧派一个人多带财宝，前往京城贿赂权贵奸臣，让他们蛊惑皇帝调走杨义臣。杨义臣一走，我们便高枕无忧了！"

　　孙安祖很高兴，忙说道："小弟去走一趟。如果一时不能调走，应该怎么办？"

　　窦建德笑道："这个你放心。皇上信任奸邪，从来没有佞臣在内，而忠臣却能在外立功的。"于是孙安祖带着许多金珠宝玉，连夜起身，前往京城。

　　这天，孙安祖走到梁郡一个叫白酒村的地方，日已西斜，便停下来住店。店主人告诉他："西边有一间房子，已经有一位客人住下，您就凑合一下吧。"说完领孙安祖走到西边，推门进去，只见一个大汉鼻息如雷，横挺在床上。

　　店主人问孙安祖："这里可以么？"孙安祖也不计较，于是店主人去搬行李了。

　　床上睡的人身长膀阔，眉目清秀。孙安祖心里想道："这朋友也不是等闲之人，等他醒来我要问问。"

　　此时店主人将行李搬来了，床上汉子听见有人说话，擦一擦眼，跳了起来，把孙安祖上下仔细看了一遍，问道："兄长尊姓？"

　　孙安祖答道："祖安生。请问贵姓？"汉子回答："姓王，字伯当。"

　　孙安祖听了这名字大喜过望，忙说道："原来是济阳王兄。"

　　王伯当疑惑地问道："兄长听过小弟姓名？"

　　孙安祖笑道："小弟其实不叫祖安生，而是孙安祖。前年在

173

二贤庄，曾听单二哥说起兄长。"

两人都很高兴，相互通了朋友们的消息。孙安祖告知王伯当，自己要上京城去，又问道："不知王兄有何事，只身到此？"

王伯当长叹一声，说道："我有一个结义兄弟，名叫李密，也是单二哥的好友。李密被杨玄感迎入关中，一同起义。杨玄感是井底之蛙，很快被隋将史万岁杀了。我原本在瓦岗跟着翟让聚义，打听到李密逃亡途中被抓，正被送上京去，连忙赶来相救。上京必由此地经过，所以我在这里等着。"

孙安祖忙表示要帮这个忙。王伯当说道："这里是京都要道，事情弄大了反倒不好，只能智取。"

两人商量好计策，忽然听见外面人声嘈杂。两人走出去看，只见六七个差人押着四个囚徒，由一个解官带着，来到店前坐下。王伯当定睛一看，李密就在四人之中。他不动声色，只向李密丢了个眼色。李密会意。

王伯当进店后，拿出了十卷好绸，放到柜台上，对店主人说道："主人家，在下因缺了盘费，情愿把这些绸缎按本钱卖给你，省得放在行李里头，又沉重，又占地方。"

店主人却不愿意买，王伯当一再劝说。解官和几个差人过来凑热闹，拿起绸看了一下，发现真是好绸，便帮忙劝店主人买下。

此时李密也凑到柜边来看，对差人们说道："反正我也是死囚，来日无多，身上的钱留着也没用，承蒙各位一路照顾，就送给各位买下这些绸吧。"说完把钱分给了众人。

大家都得了好处，非常高兴，于是请店主人摆酒接风。

解官得了许多银子和礼物，便对差人们说道："我们既然承他们美意，这里是荒村野店，就叫上那些犯人们一起吃饭吧。"
于是众人都围上席来，一起喝酒。

孙安祖见众人酒喝得有七八分了，趁机说道："酒不热了，
我去换换。"说完走了出去，不久便捧着一壶热酒，笑着进来。

王伯当取过热酒，先斟满一大杯，送给解官喝，又斟下七
八大杯，请差人们喝。众人盛情难却，都一口干了。顷刻间，
一个解官，八个解差，一齐倒下了。

王伯当将李密、邴元真、韦福嗣、杨积善四名犯人的枷锁
扭断，众人悄悄开了店门走出，只见满天星斗，略有微光，大
家一路急走。离店已有五七十里时，孙安祖向众人告别，仍旧
上京城去了。

王伯当和李密、邴元真等五人又走了几里路，来到一个三
岔路口。王伯当说道："官府一定会来追捕我们，我们五人应该
分头走，各自逃命。我跟李兄同行，三位如何安排？"

韦福嗣和杨积善两人是好友，便说道："我们俩从小路
走吧。"

邴元真则说道："我有自己的走法，不走大路，也不走小
路，各位请便吧。"

韦福嗣和杨积善走了小路，王伯当和李密走了大路。王伯
当两人走了还不到一里，只听背后一人赶来，往李密肩膀上一
拍，说道："你们也不等等我，竟然自己走了。"

王伯当疑惑地问："你不是说有自己的走法么？为何又
赶来？"

邴元真回答："王兄难道是呆子么？我刚才是哄他们两个

的。哪有好不容易逃命，又走死路的理？"

李密惊讶地问："为何这样说？"

邴元真回答："众官差醒来后，一定会请地方兵将合力擒拿逃犯，小路来的兵马多，大路来的兵马少。现在我们三人可以放胆走了，就算有百十来个兵将赶来，也不是我们的对手。"

于是三人都改了装扮，一起往前而去。

孙安祖赶到京中，将金珠宝玩献给了段达、虞世基一班佞臣，等候消息。没过几日，就有旨意下来："杨义臣出师已久，按兵不动，意欲何为？"于是把杨义臣调回，另派将领去剿灭盗贼。

孙安祖赶回饶阳，报知窦建德好消息。此时杨义臣正定下了计策，准备破城，见旨意下来，只好对左右叹道："隋朝注定要灭亡，我们还不知要死在谁手里呢！"于是将金银都拿出来犒赏三军，涕泣起行，从此隐姓埋名，耕作为乐。

窦建德知道杨义臣已去，便招集士兵，扩展势力。自此众多郡县归附，窦建德兵至一万多人，进取之心更大。他看根基已稳，便派人去二贤庄接女儿，并请单雄信来帮忙。

● 人物点睛

李密

隋唐群雄之一，后来成为瓦岗军首领，号为魏公。李密出身于四世三公的贵族家庭，善于谋划，文武双全，志向远大。后来他带领瓦岗军屡败隋军，威名大振，可惜最后不得善终。

● **名家点睛**

李密谋无不中，量无不容，盖非唐初君臣所能及。（宋·叶适）

● **网友点睛**

王伯当本身就是非同一般的人才，却甘愿为李密出生入死，如果他没碰上李密，也许凌烟阁二十四功臣里，也会有他的名字。只可惜命运不可预测，最后甘心随李密一起被射死，在王伯当看来，忠心更胜于名列凌烟阁，名垂后世吧！李密有王伯当这个朋友，真是三生有幸！还有那个郦元真，若非如此奸诈，原本也是智谋之士吧！（网友：邻家小哥不好当）

第二十二回 隋炀帝赐姓杨柳

[中国古典名著]
青少年趣评版

隋炀帝在宫中日夜玩乐，有一天兴起，忽然驾了一只龙舟，要到三神山上去看落日。

还没到达，天气却晦暗下来，炀帝便懒得上山，在傍海观澜亭中坐了一会儿，恍惚间见海中有一只小舟，冲波逐浪而来。炀帝正疑惑是哪一院的夫人如此体贴，前来接自己，没想到太监来报："陈后主求见万岁。"

炀帝与后主陈叔宝都是风流文人的性格，年轻的时候曾经很要好。炀帝听说后主要见自己，忙叫人请来。没过多久，只见后主从船中走来，炀帝请他坐下。

后主说道："以前年少时，与陛下同队戏游，十分亲爱，别来许久，不知陛下还相忆否？"

炀帝回答："昔日之事，时时在念，哪有不记之理？"

后主说道："陛下今日贵为天子，富有四海，与往日大不相同，真令人欣羡。"

炀帝笑道："富贵乃偶然之物，你偶然失之，我偶然得之，何足介意。不知临春、结绮、望仙三阁，近来风月如何？"

后主回答："风月如旧，只是当时那些锦绣池台，已化作白杨青草。"

炀帝又问道："听说你曾为张丽华造一所桂宫，四边皆以水晶为屏障，庭中空空洞洞，只种一株大桂树，树下放一个捣药的玉臼，臼旁养一只白兔儿。丽华身披素衣，在中间走动往来，如同月宫嫦娥，真有此事么？"

后主回答："确实如此。"

炀帝说道："这样未免太奢侈。"

后主反驳："营建宫馆，历来帝王都做过。只是我不幸亡国，世人就都以为奢侈。陛下的父亲何等节俭，也曾为容华夫人建造潇湘绿绮窗，四边都以黄金打成芙蓉花，又雕刻飞禽走兽，动辄价值千金。这难道不是奢侈？幸好天下太平，后日史官只知称赞文帝节俭，哪里会记得文帝的奢侈？"

炀帝笑道："如此说来，先帝时隋兵下江南，你一定尚有遗恨。"

后主回答："亡国我不敢恨。只是记得当时张丽华在临春阁上，正在试紫毫笔，要作答江令的诗句，尚未写完，忽见韩擒虎拥兵直入，致使丽华诗句未终，此事常觉遗憾。"

炀帝便问张丽华在何处，何不请来一见。后主叫太监到船上去请，只见船中有十来个女子，拿着乐器，一齐上岸来。炀帝看见其中一个女子雪貌花颜，韵味超绝。炀帝目不转睛，看了半天。

后主笑道："这女子跟我妹妹宣华夫人比，哪个更美？"

炀帝回答："不相伯仲。"

后主便说："这就是张丽华。"

炀帝笑道："果然名不虚传。"

后主叫张丽华送上酒来。炀帝一连饮了三四杯，说道："一曲《后庭花》，尽天下古今之妙，今日相逢，何不为朕一奏？"

张丽华辞谢："人间歌舞，久已不复记忆。"

炀帝一再坚持，张丽华无可奈何，只得叫人奏乐，自己款款而舞。起初不徐不疾，后来乐声急骤，张丽华盘旋不已，宛如一片彩云在空中翻滚。舞罢乐停，张丽华唱了起来："丽宇芳林对高阁，新装艳质本倾城。映户凝娇乍不进，出帷含态笑相迎。妖姬脸似花含露，玉树流光照后庭。"正是陈后主所作的

　　船中女子拿着乐器，一齐上岸来。隋炀帝看其中一个女子雪貌花颜，正是陈后主的宠妃张丽华

《玉树后庭花》，是著名的亡国之音。

炀帝看得魂魄俱消，称赞不已。张丽华便请炀帝为自己作一首诗。炀帝信笔题道："见面无多事，闻名尔许时。坐来生百媚，实个好相知。"

张丽华接过去一看，见诗中有讥讽之意，不觉脸红起来，沉默了。后主见她不快，便问炀帝："丽华与陛下的萧后比，不知谁更美丽？"

炀帝回答："丽华比萧后鲜妍，萧后比丽华窈窕，就如春兰与秋菊一般。"

后主便说："既然如此，陛下的诗句，为何如此轻薄丽华？"

炀帝微笑道："天子之诗，不过是一时之兴，有什么轻薄不轻薄？"

后主生气了，说道："我也曾为天子，不像你这么妄自尊大！"

炀帝也没好气："你亡国之人，怎敢如此无礼！"

后主怒道："只怕你亡国时，结局还不如我。"

炀帝勃然大怒，站起身来要抓后主。丽华连忙拉了后主便走，一边说道："走吧走吧，过个一两年，我们还会与他再见。"两人径直往海边走去。炀帝大踏步赶去，只见张丽华扬起泥水，朝他脸上拂了过来。

炀帝吃了一惊，一梦醒来，才想起陈后主和张丽华死去已久。他心中惊疑，便乘舟返回，只见众美人正聚在一处弹琴游乐，顿时便把怪梦忘个干净。

宫中众美人在东京居住了四五年，十分快活。如今广陵宫建成，众人又要随炀帝前往江都游玩，都很兴奋。

炀帝与萧后坐了十只头号龙舟，十六院夫人与众美人分派在五百只二号龙舟内，又有杂船数千只，装载太监、杂役等。文武百官带领着兵马，在两岸立营驻扎，不得轻易上船。

炀帝乘坐的十只大龙舟用彩索接连起来，居于正中。五百只二号龙舟，一半在前，一半在后，簇拥而进。每船都插绣旗一面，编成字号。众夫人、美人都照着字号居住，以便不时宣召。各杂船也插黄旗一面，又照龙舟上字号，分一个小号，派开供用，以免错乱。

大船上一声鼓响，众船都要鱼贯而进，一声锣鸣，各船就要泊住，就如军法一般，十分严肃。又设十名郎将，担任护缆使，在岸上巡视。

这一行有数千只龙舟，几十万人夫，把淮河都填满了；然而天子的号令一出，全部整整肃肃，无一人敢喧哗。

太监引着一千名拉龙舟的美女前来朝见。炀帝看见她们一个个风流窈窕，心里十分欢喜。

第二天，天气晴朗，一丝风都没有，锦帆只好收起，安排美女们拉龙舟。一千头羊分派好，美女们便上岸去拉缆。

众美女打扮得娇娇媚媚，各照顺序站好。船头上一声画鼓轻敲，众女子一齐用力，嫩羊们也带着缆跑起来。十只大龙舟被一百条彩缆悠悠漾漾地扯向前去。两岸上锦牵绣挽，玉曳珠摇，百样风流，千般袅娜，真是古今未见的奇观。

炀帝和萧后倚着栏杆赏玩，欢喜无限。正在细看，炀帝忽然发现众女子走不了多久，一个个脸上都微微透出汗来，开始喘息不定。

炀帝大惊，心里想道："这些女子本是用来装点的，如果热汗淋漓，气喘吁吁地走着，便一点趣味都没了。"慌忙传令停船。

炀帝召集群臣，要他们想条妙计出来。翰林学士虞世基说道："此事不难，只要将两堤都种上垂柳，绿荫交映，郁郁葱葱，日头便晒不到她们。柳根四下长开，在这新筑的河堤盘结起来，还可免除崩坍之患。摘下叶来，又可以喂养群羊。"

炀帝听了大喜，说道："此计绝妙，只是河长堤远，一时怎么种得了那么多？"

虞世基又出主意："陛下只需传一道旨意：不论官民，种柳一株，赏绢一匹。这些穷百姓看到有利可图，自然连夜种起来，五六日便能成功。"

炀帝欢喜地称赞："贤卿真是有用之才。"于是传旨下去：种柳树一棵，赏绢一匹。

百姓们听到这个消息，果然争先恐后，男女老幼都连夜赶来种树，人流络绎不绝。近处没有了柳树，三五十里远的，都挖过来种。小的种完了，连一人抱不来的大柳树都连根带土扛来。

两三日工夫，一千里堤路早已青枝绿叶，种得像柳巷一般，清阴覆地，碧影参天，风过袅袅生凉。

炀帝与萧后凭栏而看，赞叹不已。炀帝高兴地说道："朕要赐这些柳树国姓，就让它们姓杨吧。"随即取了纸笔，亲笔写了"杨柳"两个大字，叫人挂在树上，当作对柳树的嘉奖。

有了这两堤杨柳，日光透不过来，唯有清风扑面，拉龙舟的女子们十分轻松，一个个嬉笑而行。

● **人物点睛**

陈后主

　　南朝陈国末代皇帝，名为陈叔宝。陈后主喜爱诗文，作诗很有才华，著名的《玉树后庭花》便是他的代表作，被称为"亡国之音"。作为皇帝，陈叔宝荒废朝政，宠信小人，导致国破家亡。

● **名家点睛**

　　彼炀帝者，聪明多智，广学博闻……忽乃弃崤函之奥区，违河洛之重阻。（唐·朱敬则）

　　大意：隋炀帝聪明多智，博学广闻……却突然放弃崤山、函谷腹地，背弃河洛那样的天险（跑去江都等地寻欢作乐了）。

● **网友点睛**

　　隋炀帝和萧后这对极品夫妻，堪称寻欢作乐的行家里手啊！陈后主风流是风流，至多吟吟诗，建建楼罢了，隋炀帝不单吟诗、建楼、挖河，还讲究细节处的美感，女子和嫩羊拉龙舟，极品大玩家啊！行为艺术家啊！让他来策划吃喝玩乐，分分钟大神级别啊！还赐姓杨柳，好高贵啊！是为了让柳树帮你杨家流芳万年吧？果然有远见啊！（网友：傻逼做的聪明事）

185

第二十三回　秦琼建功归故里

[中国古典名著]
青少年趣评版

秦琼随来护儿出征高丽，做了先锋，用计智取了浿水，暗渡辽河，兵入平壤，杀了高丽大将乙支文礼。

来总管上奏炀帝告捷，专候大军前来夹攻平壤，踏平高丽国。炀帝大喜，封来护儿为国公、秦琼为鹰扬将军，命宇文述、于仲文火速进兵鸭绿江，与来护儿合力进攻。

高丽国有个谋臣，名为乙支文德，打听到宇文述、于仲文是好利之徒，便馈送大量礼物请降。宇文述信以为真，接受投降，谁知乙支文德只是骗他到中途扎营，使水陆两军不能相顾。

宇文述发现上当，连忙带着两个儿子宇文化及、宇文智及，领兵追赶诈降的乙支文德。追是追上了，结果却又被乙支文德诈败，诱入白石山，顿时四面伏兵齐起，将宇文兄弟截杀住了。正在酣斗，只听一阵鼓响，林子内卷出一面红旗，大书"秦"字。为首一将使两条锏，杀入高丽兵阵中，东冲西突，高丽兵纷纷向山谷中飞窜。

来将正是秦琼。乙支文德忙放弃宇文化及，来战秦琼。但秦琼英勇无敌，乙支文德战不过，只得丢下金盔，杂在小军中逃命。

秦琼得了金盔，到来总管军前报捷。宇文化及正在称赞来总管得了一员猛将，帮他解了围。忽然一员家将告诉他："小爷，这正是咱家仇人！先前元宵灯下打死公子的就是他。"

宇文智及醒悟过来，说道："打扮虽不同，但容貌与以前画出来的一样，武器也一样，一定是他！"

两人赶紧回营，跟父亲说起此事。宇文述怒上心头，问道："他如今在来总管名下，我们怎么报仇？"

宇文智及出了个主意："明天父亲让人带上百两银子，前去

秦琼跟随来护儿出征高丽，英勇杀敌，建立大功

犒赏他，他一定会前来拜谢。那时父亲只需质问他为何只挑了乙支文德的金盔，却不杀他，一定是通敌，立时将他斩首。等到来护儿知道，秦琼已死，他又何必与父亲为个死人争执？"

宇文述觉得此计绝妙，第二天果然派人前往秦琼营中，送上百两银子，说是奖赏他的战功。秦琼将银两分赏给众人，款待差官。他心里明白自己与宇文述有仇，但还存着侥幸，觉得对方未必认出自己。既然来赏就要前往拜谢，于是秦琼带着赵武、陈奇两个把总，前往宇文述营中。

此时隋兵都在白石山下结营，商量攻打平壤。

秦琼来到营门口，只见一个旗牌官飞跑出来，说道："元帅有令，秦先锋不必戎服相见。"

秦琼是直爽之人，没想那么多，便去了披挂，走入帐前。只见上边坐着宇文述，旁边站着他两个儿子，下边排列许多将官，都是盔甲鲜明。

秦琼上前见礼，宇文述动也不动，问道："会使双锏的是秦琼么？"

秦琼答应："是！"

宇文述立刻大喝一声："给我拿下！"

帐后立时冲出绑缚手，要将秦琼捆起来。秦琼虽然寡不敌众，毕竟勇猛，在地上滚来滚去，绳索挣断了数次，口里喊道："我有何罪？"

赵武、陈奇两个把总慌忙跪下，问道："秦先锋屡建奇功，是来爷倚重的人，不知哪里得罪元帅？"

宇文述说道："他故意放走乙支文德，通敌无疑。"

赵武说道："元帅如果只因疑似就杀害一员虎将，只怕军心不稳。"

宇文智及立刻吼道："关你什么事?"命令手下将赵武和陈奇叉出营外。

赵武急忙跨上马,如飞般回营,要去搬救兵。秦琼在里面大喊大叫,滚来滚去,折腾了两个钟,大家就是拿他不住。宇文智及气极了,说道："乱刀砍了吧!"

宇文述不同意,说道："这事要明正典刑,才说得过去。"于是叫军政司写了牌,要扛秦琼出营,谁知根本扛不动。

宇文化及见营中都是自己人,又见秦琼不肯服罪,便说:"秦琼,你是一个汉子,记得仁寿四年元宵的事么? 今日遇到我们父子,恐怕你活不了了。"

秦琼听了这话,跳起来说:"原来为此! 我当日为民除害,你今日为子报仇,我便还你这颗脑袋,只可惜高丽未平。去去,随你砍去。"于是挺起身,大踏步走出营去。

赵武飞马要去营中调兵,刚走了二三里,恰好遇见一队人马,正是来总管要来会宇文述。赵武滚鞍下马,大声说道:"秦先锋被宇文述骗去,要杀害他,求老爷速往解救。"

来总管赶紧打马赶去,来到营外,正碰到秦琼大踏步走出。赵武慌忙大叫:"不要走,来爷来了!"

说声未绝,来总管马到,变了脸问道:"你们为何要害我的将官?"立刻命手下将秦琼放了。赵武与陈奇忙去给秦琼解绑。

宇文述的人不敢阻挡。来总管让人先送秦琼回营,自己冲入宇文述军中,要问他道理。

宇文述知道秦琼已被来总管放去,只得开口掩饰,说秦琼通敌,私放乙支文德逃走。来总管笑道:"宇文大人,秦琼屡次破了高丽战阵。说他通敌，有什么证据？你今日要杀秦琼，难道不是嫉妒贤能？你我各管一军，你要杀我的将官，是什么道理？"

宇文述不好说出真相，只能默默无言。众人赶紧调解，打了圆场。

来总管怕宇文述又来害秦琼，于是让别人代替秦琼作先锋，调秦琼去海口屯扎。

宇文述因粮饷不继，也不通知来总管，竟然私自撤兵，退到萨水，结果反而被高丽出兵追杀，大将军麦铁杖、王仁恭都战败被杀，各军十不存一，残兵败将们逃到辽东。隋炀帝听到消息后，勃然大怒，下令把宇文述等人削职。

隋朝陆兵既退，来总管只好下令扬旗擂鼓，放炮开船回去。高丽曾被秦琼杀败两次，不敢来追，因此军马安然无事地返回。

到了登州，秦琼向来总管辞任。来总管说道："你曾有浿水大功，回去还要升赏，为何想离开？"

秦琼解释道："小将无意功名，何况山东一带盗贼横行，怕家中有事，希望元帅放秦琼回去。"

来总管不好勉强，便让他当齐州折冲都尉，一来是让他荣归，二来也让他能照管乡里。

秦琼返回家乡，参见母亲，妻子和结拜兄弟罗士信也都在。一家团圆，不胜欢喜。秦琼又去拜谢了郡丞张须陀，然后到鹰扬府上任。

张郡丞知道罗士信英勇，让他当了校尉，日夜操练士卒。自此三人协力，还有都头唐万仞、樊虎二人帮助，杀退了长白山的义军王薄、平原的义军郝孝德、孙宣雅、裴长才。这些人虽然是乌合之众，也有二十余万之多，但终究不敌秦琼等人的合力。

自此山东、河北、淮西的义军，每谈及秦叔宝、张须陀，都胆战心惊。

● **人物点睛**

宇文述

隋朝大将，宇文化及、宇文智及、宇文士及的父亲，被封为许国公，总管军事。宇文述位极人臣，但对隋炀帝阿谀奉承，从不规劝。在征高丽一战中，宇文述兵败被罢官，后来又得以复职，继续当隋炀帝的宠臣。

● **名家点睛**

宇文述以水济水……柔颜取悦。君所谓可，亦曰可焉，君所谓不，亦曰不焉。无所是非，不能轻重，默默苟容，偷安高位。（《隋书》）

● **网友点睛**

秦琼委屈地当了多年官差，终于能够征战沙场了。这个当官差时谨小慎微的人，上了战场后不负众望，还是很有名将风范嘛！抓了一千个响马，也抵不上砍了一员大将有名，建功立业的机会来之不易啊！乱世出英雄，若非乱世，这些人该做点啥？隐居，落草，当官府爪牙？选项里可没有"当名将"这一项哦。（网友：南陵小生）

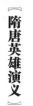

第二十四回 单雄信聚义瓦岗

[中国古典名著]
青少年趣评版

王伯当救了李密等人后，商量着要去投奔瓦岗寨。走到半路，李密忽然对王伯当说道："翟让在瓦岗，兵马虽众，冲锋破敌之人却很少。秦大哥与单二哥两个是我们的异姓兄弟，曾经誓同生死，如今我们去聚义，怎么不叫上他们？"

王伯当回答："秦叔宝领兵在外，只有雄信在家中。但他怎么肯抛弃田园，前来入伙？"李密回答："我现在就去雄信那里，一定凭三寸不烂之舌，将他说来入伙。"

王伯当同意了，说道："我们以十日为期，十日后不见，我就到单二哥处找你。"

两人分别后，王伯当又走了两三日，到了瓦岗，恰好翟让出兵去了，只有徐世勣、李如珪在，两人问李密为何没来。王伯当告诉他们，李密找单雄信去了。徐世勣拍案说道："不好了！又要着人手了！"

王伯当吃惊地问："怎么回事？"

徐世勣回答："前些日子，翟大哥修书，想请单二哥来瓦岗聚义。不想他要送窦建德的女儿去饶阳，修书来回复'从饶阳回来，一定到瓦岗来相会'，如今已不在家了。现在李密独自去，他又是朝廷钦犯，怎么能不出差错？"

正说着，只见齐国远押着粮草回来。徐世勣连忙安排王伯当、李如珪、齐国远带人前往潞州二贤庄，寻找李密。

李密来到潞州二贤庄，总管单全告诉他："单员外到饶阳去了，尚未回来。"

单全也是个智勇双全的能人，单雄信家中大小事都是他在料理。他见李密独自前来，便问道："李爷进潞州后，可曾遇见相识的人？"

李密回答："一路没有遇见熟人，只碰到以前同在杨玄感帐下的都尉詹气先，十分热情。"单全听了这话，双眉一蹙，说道："这样的话，请李爷到后边书房，再作商议。"

两人提着灯，弯弯曲曲来到后书房。单雄信在家时，只有十分相知的朋友才会引到此处。李密随单全走进去，两个下人托了酒菜进来，放在桌上。单全对两人说道："你们一个到后边太太处，要来后庄门上的钥匙。一个点灯出去，唤几个做工的庄户进来，我有话吩咐他们。"

单全吩咐完便走开了。李密知道他是个有担当的人，也不慌张，饱餐了一顿。正要起身时，只见单全又进来了，说道："李爷刚才说遇见姓詹的，如果他是个好人，那就太平无事。如果他不安好心，恐怕我们今夜不能安眠，还要早作准备。"

李密还没回答，外面已经有人叫门。单全走上烟楼一望，只见詹气先引来一二十人，正在外面叫喊，其中一人是巡检司。

单全忙带了壮丁出去，巡检司说道："詹大爷说有一个钦犯李密，避到你们庄上来，这是朝廷要紧的人犯，请你们交出来。"

单全说道："这是从哪里说起？我们不曾认识什么李密。詹大爷既然白天在路上撞见此人，就应该当场拿住，为何放走了他？如今人影俱无，却要诬陷别人窝藏人犯。我家主人是什么人，可不怕人诬陷！"

巡检司听了这话，只好改口说："我们只是来问个明白，如果没有，那就打扰了。"说完起身便走了。

单全叫人关好庄门。李密见众人去了，才放心地走出来，向单全道谢。单全却说道："虽然几句话把他们说回去，但只怕他们还要上门。"

正说着，外边又在叩门了。李密忙躲了起来，单全走近去细听，好像是王伯当的声音，连忙开了门。只见王伯当、李如珪、齐国远三个，带着五六个随从，都是客商打扮，走进门来。

众人把情况讲了一遍，单全说道："刚才那个姓詹的满脸杀气，只怕不肯罢休。倘若再来，我们怎么办？"

王伯当说道："我们守到天明，如果无人再来缠扰，就同李兄起身，前往瓦岗。如果有人来，看对方人多人少，我们对付了就是。"

众人坐着用酒饭，等到了金鸡报晓，没有人来打扰，于是准备上路。正在此时，守门人惊慌地走进来报告："门外马嘶声响，又有兵马进庄来了。"

原来詹气先心中懊恼，便去报知潞州的漆知府，再次带兵前来。

李密问单全："庄上壮丁有多少？"单全回答："动得手的，只有二十多人。"

李密便安排道："如珪兄与国远兄领着壮丁，从后门出去，等他们下了马，听见里面喊乱，便去劫了他们的马匹。"又对单全说："你家西甬道有四五间靛池，你快去上边覆上薄板，暗藏机械，等他们进来，引到那里去。"单全连忙去安排。

李密与王伯当吩咐各人拿了兵器。单全大踏步出去，把门开了。只见许多步兵拥进来，中间一个官员坐到厅上，吩咐把管家带来。步兵忙把单全扯来跪下。

那官儿问："你家窝藏叛犯李密，快快交出来！"

单全回答："是有个人昨夜来投宿，但不知是不是李密，我带各位去抓吧。"

官员又问："你家主呢，快叫他出来！"

单全回答："家主在内，尚未起身。"

官员便吩咐步兵："你们跟他进去，锁了犯人出来，同时唤他家主来见我。"

二三十个步兵随着单全走进去，穿过甬道，进去却是地板。众人挤到中间，只听单全在前面说道："走紧一步，这里就是了。"

前边走的人忽然叫道："不好了！为何地板活动起来？"话没说完，一声响动，连人带板撞下靛坑里去。后边的人正要缩脚，也是一声响动，二三十个步兵都陷入靛池里去了。

厅上的官员和众马兵正在东张西望，忽然豁喇一声，两扇库门大开，拥出十五六个大汉，长枪大斧，冲杀出来。官员见势不妙，没命地先往外跑了。四五十个兵士忙拔刀来对杀，哪里抵挡得住？众人见势头凶勇，赶紧退出门外去，要上了马放箭。谁知马匹已经不见了，只见几个大汉抢着板斧，乱砍进来。官兵前后受敌，杀他们不过，只得齐齐丢下兵器，束手就擒。

李密对众人说道："不关这些人的事，饶了他们去吧。只是詹气先怎么不见？"

一个壮丁回答："刚才被齐爷杀了。"

李密便吩咐把官差都放了，然后对单全说道："我来会你家员外，没想到弄出这事来，如今你们不便在这里存身了。员外反正要到瓦岗去的，何不对太太说知，收拾了东西，现在就跟我们一起去瓦岗避一避风头？"

单全进去商议了一番，然后带着单雄信的家人，一共二十多人都上了车，随众人一起向瓦岗进发。

单雄信送窦建德的女儿到了饶阳，窦建德感激不已。此时窦建德已有七八处郡县，兵马十余万，很得民心，想要留单雄信共事。

单雄信想到自己的心腹兄弟都在瓦岗，便推托说家中有事，辞别起身。单雄信离开了饶阳后，径直来到瓦岗。

众人见单雄信到来，十分欢喜，连忙请他的家眷出来相见。单雄信十分吃惊，但看到家眷都已安顿妥当，也就罢了，走出来对李密说道："你这个绝户计虽然救了各位，却使我无家可归了。"

徐世勣安慰道："为天下者不顾家，以前单二哥的家还只是小家，将来要成大家了，怎么说无家？"

众英雄齐聚，便要定席位，众人相互谦让，争执不下。徐世勣是有见识之人，便说道："如今我们弟兄齐聚，要举大义，做一番事业，就不能再按照宾主的礼仪，应先排了尊卑次序，日后号令施行，才不致无序。"

众人齐声说是，徐世勣又说："翟大哥是寨主，弟兄们大都是他招来的，理当为首。然后是李兄、单二哥。"

单雄信说道："别人不晓得徐兄的才学，小弟却是晓得的。将来翟、李二兄举事，全靠你运筹帷幄，随机应变。如果要我在你前面，我宁可告退。"

众人一齐劝说，徐世勣没办法，只好排到单雄信前面，接下来是单雄信、王伯当、邴元真、李如珪、齐国远、王当仁。

众豪杰坐定了，大吹大擂，欢呼畅饮。单雄信问徐世勣：

"寨中兵马共有多少？粮草可充足？"

徐世勣答道："兵马七八千，但不愁少，将来破一处就有一处兵马来归附，粮草随地可取。只是弟兄们还太少，破一所郡县就要一个人据守，一处官兵前来，就要几个弟兄出去拒敌。如今只有十来个人，明显不够。前些日子已经派遣连明去请尤通、程咬金前来。"

正说时，连明刚好回来。徐世勣忙问怎么样了。连明说道："他们都不来。"

原来程咬金和尤通两人因为长叶林一事走漏了消息，逃到豆子䃍七里岗扎寨。连明找到那里，转达翟让请他们上瓦岗的意思。

程咬金问道："单二哥也来聚义么？"

连明回答："单员外送窦建德的女儿去饶阳，回时就到瓦岗相会。"

尤通却说道："窦建德那里正需要人，怎么肯放他到瓦岗？恐怕不一定会来。"

程咬金又问："秦大哥去请了吗？"

连明回答："单员外到了，自然也要去请秦大哥。"

尤通又摇头说："他正与张须陀一起，在为隋朝效力，怎么肯来做强盗？"

程咬金便说："单二哥、秦大哥都不在那里，我们去做什么？"于是把连明送走了。

连明将他俩的回书拿出来，徐世勣看了一下，说道："不来就算了，另作打算。"

连明说道："小弟回来时，碰见一个差官带了两个随从，说是要去济阳抓人。我探他们的口风，原来是要抓杨玄感叛变案中四个逃走的叛犯。李兄和邴兄如今在瓦岗，官府找不到下落，韦福嗣和杨积善两人被抓了，招出是王伯当药倒差官，救了他们。因此官府要派人抓捕王兄。"

徐世勣连忙安排连明、王当仁、齐国远扮作卖杂货的，前往贾润甫处，叫他随机应变，照管王伯当的家眷上山，最好能说服贾润甫来入伙；翟让、单雄信与邴元真领三千人马，去向潞州府借粮；徐世勣自己与王伯当、李如珪一起，领兵接应。

安排完毕，众人赶紧上路。

● **人物点睛**

邴元真

瓦岗将领，是个狡诈之徒，后来逐渐成为瓦岗的核心将领之一，最后又背叛李密，被李密的旧将杀死，首级被带去李密坟前祭奠。

● **名家点睛**

偏雄，则项羽、袁绍、李密。（明·王世贞）

● **网友点睛**

朋友们终于在瓦岗聚义了，这是要发展成帝王之师么？可惜"真龙天子"并未在其中啊。瓦岗众将后来确实有很多成为开国功臣，只可惜开的不是瓦岗的国，而是大唐的国。这么说来，在瓦岗当将领是个很好的跳板，名列大唐凌烟阁二十四功臣榜的概率很大哟！但千万别当"老板"，分分钟被兼并啊！（网友：蓝妖）

第二十五回 秦琼被害归山寨

[中国古典名著]
青少年趣评版

宇文述被削去官职后，造了一座如意车、一架乌铜屏三十六扇，献给隋炀帝，炀帝很高兴，便准许他官复原职。

韦福嗣与杨积善被抓，恰好落在宇文述手里。宇文述想起了秦琼，便跟儿子宇文化及说道："秦琼在山东为官，我要将他陷入杨玄感叛逆案，派人去让张须陀拿下他。"

宇文化及建议："父亲此计虽妙，但张须陀勇而有谋，秦琼又凶勇异常，如果拿不下他，他一定会勾结群盗，甚至自己谋反，反倒不妙。不如连他家人一起抓了，秦琼见家人被抓，便不敢乱来。"

两人商议完毕，宇文述便上奏说秦琼是李密一党，然后派两名官员，一个去张须陀那里抓秦琼，一个去齐州郡丞处投文，抓捕秦琼家人。

此时罗士信在齐州负责守卫，张须陀、秦琼在平原抗拒义军。义军众多，官军兵力弱小，散而复聚，三人勉强抵挡得住。

一天，张须陀正要请秦琼商议事情，宇文述的差官来到，说有兵部机密文书投递。张须陀拆开一看，正是秦琼勾连李密一事。他立刻写了一封文书，替秦琼辩白。

差官要带秦琼走，张须陀哪里肯让。双方僵持不下，秦琼不想连累张须陀，主动站了出来，说道："真假有辨，还是将秦琼解上京，自己辩白，免得牵连到张大人。"说完叫人取衣帽来，就要跟随差官进京。

张须陀阻拦说："如今山东、河北全靠你我两人防卫。如果没有你，我也不能独自支撑。大丈夫不死则已，死也须为国事，轰轰烈烈，名垂青史。怎么如此拘于小节，任人屠宰？"说完叫一个旗牌官即刻带着奏本上京，又将宇文述的差官赶走。

差官无计可施，只得回京。

秦琼十分感激张须陀，从此一心要建功回报，丝毫想不到家人已遭了官府毒手。

齐州郡丞名叫周至，这天，兵部差官投下文书来，要拿秦琼家眷。周郡丞派了几个差役前去。

差役来到鹰扬府中，见过罗士信，呈上纸牌。罗士信勃然大怒，说道："我哥哥苦争力战，怎么反说他是个逆党？可恶，还不快走！"

差人回答："这是兵部公文，又是宇文老爷发下来的，我们也是奉旨拘拿。"

罗士信瞪大眼睛，大声问道："叫你们走还不走？再讲一句，激怒了老爷，一人打三十大板！"

众人见他发怒了，只得走开，回去报告周郡丞。郡丞没法子，只好亲自来见罗士信，说道："我前来相劝，也是看在同官分上。不如贿赂差官，让他先回文书，说秦琼母亲、妻子都已经抓捕，只是生了重病，不便起行。然后赶到京城打通关节，这样才可以两全无害。"

罗士信少年气盛，根本不听劝，说道："我兄弟俩从来不要人的钱，哪里有钱去贿赂人？只要有我在，要拿大哥家人，绝不可能！"

郡丞没奈何，只得找来众人商议。有个老猾的书吏名叫计成，说道："罗士信部下有兵马，用强不可行，除非先算计了罗士信。罗士信与秦琼是异姓兄弟，也算是他家属，一同抓了，永无后患。"

郡丞说道："他猛如虎豹，怎么拿得住？就算拿住了，路上恐怕还会有意外，怎么办？"

计成回答："老爷多虑了，只要拿住他们，交给了差官，管他们路上怎么样，那都是其他人的责任了。"

周郡丞点头，于是计成又出了个计策。周郡丞依计而行，派人去请来罗士信，说是要商量回书。罗士信信以为真，跨上马便来。

周郡丞假意帮他调停此事，当着他的面拿出银子来送差官。此时已经接近中午，郡丞坚持要留下罗士信吃午饭，罗士信推辞不了，只好留下了。

吃饭中间，郡丞在酒菜中放了药，竟将罗士信药倒，趁他昏迷不醒，立刻关入囚车里去了。罗士信落入圈套，秦琼的家人无人保护，根本抵挡不了，也都被官府抓了。

当天晚上，郡丞派出官兵四十名，要将他们送上京。

众人押送秦家人出发。过了一段时间，罗士信渐渐苏醒了，忽然听到耳边有哭泣声，睁眼一看，原来自己已经在囚车中，秦琼的母亲、妻子和儿子秦怀玉正在车上哭泣。

罗士信怒从心起，只是身子还不能动弹，只得暂时忍耐。过了一会儿，气力渐渐恢复，他大吼一声，两肩一挣，将囚车的盖子顶了起来；两手一进，手镣全断，脚一蹬，铁镣便落下了。

罗士信一脚踢碎车栏，拿起两根车柱便冲向差官。差官们一向知道他凶勇，没人敢来阻挡，一哄而散了。

罗士信打开大家的镣铐，只是车夫已走，只得自己推车子往前走。来到前面林子里，忽然跳出十来个大汉。罗士信急忙丢下车子，拔起路旁一株枣树就要打去。一个声音叫道："罗将军不要动手，我是贾润甫。"

原来李密怕秦琼这边出事，安排贾润甫前来打听，果然秦家已遭毒手。贾润甫与单全带领人马埋伏在路上，准备截住囚车，没想到罗士信已经挣脱出来。

众人怕后边会有追兵，贾润甫说道："往前走数十里就是豆子航，那里就有朋友接应了。"

话未说完，只见郡丞与差官带了六七百名士兵赶来。贾润甫保护秦家人先走，单全和罗士信拦住官兵厮杀。两骑马直冲过去，官兵见来人如同黑煞天神，回马就跑。

贾润甫带了几个喽啰，保护秦家人往前走，刚来到一个三岔路口，忽然冲出一队人来，为头那人大喝："孩子们，一个个都给我抓了来。"

贾润甫认出是程咬金，故意叫道："小贼，认得我秦琼么？"

程咬金大笑："这家伙敢假冒秦大哥名字，不要走！"说着抡斧直砍过来。

贾润甫忙叫道："程咬金，这是秦老夫人，你要打劫秦大哥的家眷么？"

说话时，罗士信与单全已经赶来。程咬金赶紧来到秦母面前，仔细问明情况，说道："伯母就到小侄寨中住着吧，小侄不像以前那么穷了，供奉得起，官兵也不敢来抓。"

众人跟程咬金来到寨中，秦母十分担心，对罗士信说道："不知你哥哥现在怎么样了？"说完就哭了起来。

单全为人谨慎，贾润甫便派他去秦琼那里走一趟，打探一下消息。

这天，秦琼正在营中，下人报告："家中有人来见。"秦琼大吃一惊，以为母亲身子有什么不适，连忙吩咐让人进来。

一会儿，外边走进一个人来，却是单雄信家的总管单全。秦琼心中疑惑，立刻领他到书房去，叫其他人退下。

单全取出秦母书信，又把前后事情说了一遍。秦琼得知真相，呆了半天。

单全劝道："事已至此，官府必定报上去，秦爷勾结逆党的罪名，恐怕百口莫辩了。"

秦琼十分无奈，说道："我本来要以身报国，不枉张大人知己一场，不料发生这样的事情。但秦琼此心，唯天可表。"

单全劝道："秦爷说什么此心可表？您有仇人在朝，就是有一百个张大人，也保不住您。如果再拖下去，只怕张大人也唯有自保，那时您连性命也丢了，还说什么感恩知己？不如趁此时，悄悄将下属的一军带往山寨会合，以后大则成王，小则成霸，不可坐待杀戮。"

秦琼叹息一声，说道："我不幸遭人陷害，举家背叛，怎么能又带官府一支军马去做贼？我留一封信，悄悄地走了吧，好歹能够母子团圆。"

秦琼写好了书信，带了双锏，与单全一起骑上马走了。众人在豆子航相聚，不久朝廷兵马围剿得凶猛，只好抛弃山寨，到瓦岗与众豪杰合力抗拒官兵。

话说翟让、李密两支人马杀兵劫商，占城据地，在河南十分活跃。张须陀此时尚在平原，不见秦琼影子，便派人去看看。

正在此时，齐州告知秦家反叛的文书已到，张须陀拆开一看，吃了一惊，忙与唐万仞、樊虎到秦琼营中看看，只见桌上有书信一封，张须陀拿起一看，正是秦琼留下来的。

秦琼在信中说明与宇文述结仇，遭他陷害一事，并向张大人辞别。张须陀叹息不已，说道："这人有勇有谋，是我的得力帮手，如今他离开了，如何是好？"

恰好此时圣旨下达，要张须陀担任荥阳通守，扫清翟让一众反军。张须陀只得带了部下人马，到荥阳上任。

樊虎和唐万仞二人也是好汉，但本领远远不及秦琼，只因义气过人，与秦琼一向是好友。现在走了秦琼，张须陀只得重用这两人。

翟让有勇无谋，带兵抢到了李密一军前头，打破了金提关，直抵荥阳。翟让正在城外各门分头劫杀，不料张须陀与樊虎、唐万仞二人，各领精兵五百，开门一齐杀出。

翟让虽勇，也抵挡不住张须陀一条神枪，郉元真、李如珪也早已败退。翟让被樊虎、唐万仞二路夹攻，只得放马逃遁，被张须陀赶杀了十余里，幸好李密、王伯当大队兵马到来，救了回去。

第二天，李密定计，安排人马四面埋伏，翟让去引诱张须陀出兵。张须陀兵至大海寺旁，忽听林子里喊声四起，李密、王伯当、王当仁冲了出来，后面又有翟让、郉元真、李如珪，将官兵团团围住。

张须陀身先士卒，身上中了几枪，血染衣衫，依然奋力朝李密冲去。樊虎、唐万仞与李密当年曾有一面之缘，但到了这时也顾不得了，连忙帮着张须陀杀出重围。半途唐万仞却又不见了，张须陀与樊虎赶紧杀回去救。

此时唐万仞已被瓦岗军截住，中了几枪，渐渐招架不住。张须陀见了，慌忙直冲过去，与他一起杀出重围，哪知樊虎又不见了。张须陀吩咐部下护送唐万仞先回，自己杀回去救樊虎。

张须陀身子已疲累不堪，但义气过人，不顾自己安危，冲入重围来救人，却不知樊虎因马失前蹄，已经被人马踏死了，哪里找得到？

李密先前看见樊虎、唐万仞二人在张须陀身边，毕竟投鼠忌器，不好下杀手，此时见只有张须陀一人，便命令放箭射杀，四下里箭如飞蝗，竟将张须陀射死了。

瓦岗军射死了张须陀，大获全胜，内黄、韦城、雍丘都有兵来归附。李密派人去瓦岗报捷，众豪杰听了都高兴不已。只有秦琼听说张须陀战死了，禁不住潸然泪下，想道："他待我有恩有礼，本来指望我与他同患难，不料发生变故，我弃他逃生，导致他为人所害。"

秦琼心中愧恨，便起身说道："我来到这里后还不曾见过翟大哥，现在前往荥阳与他见一面，不知可否？"

徐世勣说道："要去，我们大伙儿同去。如今郡县都来归附，我们去了也可以帮忙。这里寨栅牢固，只需要一两个兄弟看守便可。"

于是徐世勣、齐国远、程咬金、贾润甫做前队，单雄信、秦琼、罗士信做后队，都是轻弓短箭，带领人马离开了瓦岗。

众人来到荥阳，秦琼先打听张须陀尸首，得知已被部下收殓，和樊虎的尸棺一起停在大海寺内。

秦琼、单雄信、罗士信三人备了猪羊祭仪，到大海寺中来祭奠。只见廊下停着两口棺木，中间供着一个牌位，上写"隋故荥阳通守张公之位"，侧首上写"隋死节偏将齐郡樊虎之枢"。

秦琼与罗士信见了，不胜伤感，连单雄信也觉得惨然。三人正在嗟叹，忽然外边冲进来四五十个白袍白帽的人。

罗士信忙拔刀在手，喝道："你们为何率众到此？"

众人回答："我们感激故主的恩情，本来在这里守灵，等过了百日才走。今天听说秦爷来祭奠，因此前来参见。"说完都跪拜下去。

秦琼忙叫他们起来，心里想道："兵卒尚且如此，我反而背义忘恩！"忙换了孝服，与罗士信一起痛哭祭奠。

众兵士都跪在地上大哭，声闻于外。正在悲痛时，只见外边走进一人，头裹麻巾，身穿孝服，腰下悬一口宝剑，满眼垂泪，朝灵前走来。

秦琼仔细一看，认出是唐万仞，忙说道："唐兄来得正好。"岂知唐万仞充耳不闻，也不回答，昂然走到灵前，敲着灵桌哭道："主公生前正直，死后自然神明。我唐万仞本是一个小人，承蒙您提拔，几年来嘘寒问暖，恩礼过人。虽然您爱重的另有其人，但识拔我的却只有您一人。如今我岂敢昧心，在您死后依然偷生于世！"

秦琼站在一旁，听他边说边哭，后面竟一句句都在讥讽自己，不禁惭愧无地，如芒在背，又不好上前劝他。

单雄信看见秦琼脸色惨淡，正想去劝住唐万仞，谁知唐万仞把桌子一击，大声说道："主公，我前日不能阵前同死，今日来相从于地下！"只见佩刀一亮，唐万仞全身往后便倒。

众兵卫飞跑上前来救，但唐万仞一腔热血已喷洒在地，哪里救得了。

秦琼抚着尸身，悲痛地叫道："万仞兄，你真的相从恩公于地下了，秦琼也跟你一起去了吧！"说着从地上拾起剑来要自刎，罗士信连忙从背后一把抱住，喊道："哥哥，你忘了母亲了吗！"说着夺过剑去。

● **人物点睛**

张须陀

隋朝大将，多次平定叛乱，被认为是隋朝柱石。张须陀性格刚烈，勇决善战，很得军心，对百姓十分仁义。张须陀后来战死，士兵得知死讯，连哭数日不止。

● **名家点睛**

国家昏乱有忠臣，诚哉斯言也。(《隋书》)

● **网友点睛**

如果宇文述不来陷害秦琼，秦琼就不会上瓦岗；如果秦琼不上瓦岗，就会跟着张须陀去剿灭瓦岗；如果秦琼跟着张须陀去剿灭瓦岗……

那么剩下两种结局：张须陀不会死，瓦岗被打败；张须陀还是战死，秦琼被抓住，上了瓦岗。好吧，原来宇文述搞这一大堆陷害的行动，是为了帮助秦琼免去叛主投降的恶名啊！(网友：每天只傻二十四小时)

第二十六回　杜如晦劝走好汉

[中国古典名著]
青少年趣评版

秦琼将张须陀和唐万仞、樊虎二人的遗体择地安葬，几天后，才跟单雄信、罗士信一起上路，赶到康城，与李密、王伯当等人相会。

秦琼劝李密用轻骑袭取东都，作为根本。翟让安排人先去打探官府兵马，却被人发觉，东都反倒增强了防备。还好李密听了秦琼的建议，与程咬金、罗士信一起，轻兵掩袭，悄悄过了阳城，绕过方山，直取回洛仓城。

翟让、李密陆续都到，回洛仓城不费一弓一箭，便为瓦岗军所占据。李密开仓赈济，四方百姓都来归附，就连隋朝士大夫中那些不得意的也赶来归附。

隋将刘仁恭募兵二万五千，准备与裴仁基前后夹攻，会师回洛仓城。谁知李密早已料到，拨精兵五支，把隋兵杀得大败，刘仁恭仅逃过一命；裴仁基听说东都兵败，只好按兵不进。

瓦岗军屡战屡胜，声势浩大，李密名声大振，翟让虽然是寨主，风头反而被盖住。于是众人商议，推举李密为魏公，翟让为上柱国司徒东郡公，徐世勣为左诩卫大将军，单雄信为右诩卫大将军，秦琼为左武侯大将军，王伯当为右武侯大将军，程咬金为后卫将军，罗士信为骠骑将军，齐国远、李如珪、王当仁都封虎贲郎将，其他人也各有封号。

此时裴仁基守在河南，贾润甫与他是旧交，便悄悄地前往说服他来入伙。裴仁基见隋朝已大乱，瓦岗军势大，于是同意投降瓦岗，还带来了整支军队。

李密对裴仁基极其优待，封他为上柱国河东公。

瓦岗军夺了回洛仓城，东都连忙向皇帝告急。隋炀帝此时在江都，便派江都通守王世充来救援。

李密遣将抵挡，又派秦琼去攻打武阳，武阳郡丞名为元宝藏，为他掌管文书的正是秦琼的好友魏征。

魏征原本在华山当道士，看见天下已乱，正是英雄得志之时，便还了俗，前来元宝藏手下做事。

元宝藏看瓦岗军来攻，便召来魏征商量。魏征说道："李密兵锋正锐，秦琼以英勇出名，我们无法抵挡，不如归顺。"

元宝藏听从建议，于是带领全城百姓归降，秦琼不费一刀一枪就得了武阳城。秦琼看到魏征，喜出望外，于是赶紧向李密推荐，说魏征有运筹帷幄之才。李密留下魏征重用。

翟让本来是个武夫，胸中没有谋略。他看李密足智多谋，战胜攻取，也知道自己不如他，甘心让位。但瓦岗军日益强大，李密威权越来越高，翟让想起瓦岗山本来是自己为寨主，心中便不爽了。手下人趁机鼓动他，翟让更加后悔。

一天，翟让向新归附的鄢陵刺史崔世枢要钱，崔世枢不给，翟让便让人将他抓起来。李密派人来救，翟让却不放。

又有一次，翟让唤李密手下的刑义期来下棋，刑义期迟到了，翟让便命人打了他八十棒。

房彦藻攻克汝南，回来时翟让向他要金宝，说道："你得了财宝为何只给魏公，却不给我？魏公是我立的，以后的事只怕还很难预料。"

房彦藻、刑义期等人受过翟让的欺压，纷纷劝李密除掉他，免生后患。

李密犹豫地说道："当初幸亏翟让，我才脱了大祸，如果现在杀了他，众人不知道他的暴戾，反而会说我背义。"

但他转念一想："翟让自己是个好汉，只是手下太多奸猾之人，恐怕久了会被蛊惑，也是一大祸害。"于是也起了除掉翟让的念头。

众人纷纷劝李密做事不要犹豫不决，李密终于被说动，便请翟让来喝酒，席间手下人趁翟让不备，一刀把他杀了。

此时单雄信、徐世勣、齐国远、李如珪、邴元真五人正聚在一起喝酒，众人谈笑高兴，忽然手下进来报告："翟爷被魏公杀了。"

单雄信吃了一惊，杯子顿时掉落在地。众人面面相觑，等回过神来，只好各自叹息。正在议论，手下又进来说："外边有一个故人，要见李爷。"

李如珪走出去，过了一会儿便带了一个人进来。单雄信起身一看，原来是杜如晦，也是一个故友。

杜如晦告诉众人："我偶然经过，本来要见秦大哥的，没想到他领兵到黎阳去了。我打听到如珪兄也在此处，特意来访，不想众位豪杰原来都聚集此处，可见过不了多久，魏公一定能干出大事业来，将来各位都是功臣啊。"

单雄信听了这话，长叹一声，说道："人事反复无常，说什么功臣名将，还都是未知之数。听说杜兄在隋朝当官，为何到此？"

杜如晦回答："四方大乱，我怎能恋恋不舍那点薪俸？"

原来杜如晦本是隋朝官员，很有才略，他看隋朝奸臣横行，忠臣不保，便辞官了。

李如珪拉杜如晦、齐国远到自己家喝酒。杜如晦这才问道："刚才帅府门前人多声杂，不知发生了什么事？"

　　杜如晦前来瓦岗寨拜访朋友，其实是为了拉拢瓦岗英雄到唐国去

李如珪把李密杀了翟让的事告诉他。杜如晦恍然大悟，说道："难怪刚才雄信脸色惨淡，不甚热情，我还以为他做了官，便冷落故交了。原来是心里有事。如此说来，魏公也狠了点。各位恐怕还未找到归宿。"

齐国远说道："我们兄弟两个无牵无挂，有好的去处，拍拍手就走，才不管这些破烂事！"

杜如晦听了这话，这才表明来意。原来柴绍的岳父唐公准备起事，柴绍与杜如晦是好友，说起当年元宵节时，见到秦琼、李如珪与齐国远十分英雄，希望招揽他们前来帮助。没想到众人已经在瓦岗替李密效力。

杜如晦说道："如果此地不适意，二位可一起去见柴兄，助唐公起事。唐公的儿子李世民宽仁大度，礼贤下士，自当另眼相看。"

齐国远却说道："我是不去的，在别人手下做事，不如在山寨里做强盗快活。"

正说着，忽然一人闯进来，把杜如晦扭住，说道："好呀，你要替别人家做事，在这里拉拢我们的人，我要扯你到帅府去！"

杜如晦吓得脸色大变，齐国远见是郝孝德，也叫道："不好了，大家拼了吧！"立刻就要拔刀相向。

郝孝德放了手，哈哈大笑道："不要着急，小弟的心与二位相同。如今魏公这样举动，我们以后下场难料啊！"

李如珪说道："郝兄说得对，但我们怎样个去法？"

郝孝德回答："这不难。刚才哨马来报，说王世充领兵到洛北，魏公明日一定会发兵，那时二兄不要管他成败，领了一支兵，径直投奔唐公去，谁会来追你们?"

李如珪赞同此计。郝孝德又问了杜如晦的住处，然后走了。杜如晦见他就这样走了，心里怀疑，忙向齐国远、李如珪二人叮嘱几句，也辞别出门。

杜如晦走回到住宿的地方，只见郝孝德已经在等着，要立刻跟他一起出发。杜如晦十分惊讶，问道："你为何这么着急?"

郝孝德回答："魏公多疑，迟则有变。"

● 人物点睛

杜如晦

大唐宰相，唐太宗重要参谋。杜如晦才略过人，李世民出征时他帮助运筹帷幄，李世民即位后，杜如晦负责选拔人才，制定法度，深受器重。杜如晦后来被封为莱国公，谥"成公"，名列凌烟阁二十四功臣中。

● 名家点睛

杜如晦聪明识达，王佐才也。（唐·房玄龄）

● 网友点睛

翟让只是一个武夫，他本身并没有多大危害，但因为曾是瓦岗寨主，确实很容易成为别人蛊惑的对象，成为一颗棋子。特殊身份安在一个平凡人身上，经常惹来的是杀身之祸，并非他们本身有错，而是正因为他们的平庸，容易成为利用对象。若能安心当一名大将，武功高强的翟让也不失为一员猛将啊！无能的旧寨主都会被杀，这看来也是山寨的铁律呢！（网友：竹清子）

第二十七回　宇文化及弑炀帝

［中国古典名著］
青少年趣评版

唐公李渊居住在太原，原本只为避祸，根本没想过要谋夺天下。

李渊有四个儿子，大儿子名叫李建成，鲜衣骏马，耽于酒色；三儿子李玄霸早逝；四儿子李元吉善耍机谋，为人狡猾。只有二儿子出类拔萃，有奇人见到他之后，说他具有"龙凤之姿，以后必能济世安民"，因此李渊为他起名李世民。

李世民天资聪明，最喜欢读史，结交天下朋友。长大之后，李世民轻财好贤之名远近共闻。

李世民有个好友，名叫刘文静，是晋阳令。刘文静智谋过人，文武全才。他看天下已经大乱，建议李世民训练士卒，伺机起事。

李世民知道父亲向来谨慎，不愿惹祸，便问刘文静："恐怕父亲不同意，有何法子？"

刘文静回答："我能促使唐公起事，但需要晋阳宫监裴寂帮忙。"

李世民便去见裴寂，说明来意，裴寂答应帮忙。

一天，裴寂邀请李渊去喝酒，席间召来两位美人陪酒，故意把李渊灌醉。两位美人留下陪李渊一起过夜。

第二天，李渊一觉醒来，发现自己躺在晋阳宫中，身边还陪着两位美人，大惊失色，忙问二人是谁。

两位美人笑道："大人不要慌张，我们不是别人，是先帝的妃子张妃、尹妃。"

李渊惊得面如土色，连忙起身离开。他刚走到殿前，裴寂连忙迎了过来。李渊破口骂道："你真是害人不浅！"

原来隋炀帝即位后，把文帝的张妃、尹妃贬到晋阳宫，两位妃子不甘寂寞，此次竟被裴寂说动，前来诱骗李渊。

裴寂说道："明公何必如此惊慌？如今隋皇无道，百姓穷困，豪杰并起，晋阳城外皆为战场。您手握重权，何不举义兵救民于水火，建万世不朽之功业？"

李渊大惊说："这是灭族之罪，李渊一向受国恩，绝不会做这样的事，不要再说了！"

裴寂笑道："难道昨晚与宫妃睡觉，就不是灭族之罪么？"

李渊发现自己中了圈套，正责怪裴寂，李世民忽然闪了出来，承认这是自己的主意。

李渊见此情形，叹息道："万一我们家破人亡，都是因为你；要是能化家为国，也是因为你。"

于是李渊自立为皇帝，即位于太原，国号唐，立李建成为太子，封李世民为秦王、李元吉为齐王。

李渊命秦王李世民兴师讨贼，自己则拥兵入关。

此时隋炀帝在江都城中，又命人造了一所宫院，十分富丽。

天下大乱，炀帝与萧后、十六院夫人、众美人却依旧日日玩乐。一天，炀帝听说有一株罕见的琼花开放了，兴冲冲地带了众人去观赏。谁知刚要走到花前，一阵狂风吹来，竟将琼花全部打落了。

炀帝勃然大怒，说道："既然不给朕看，那就砍了它！"众人连忙劝说，炀帝一概不听，结果这株天下罕见的琼花树被毁掉了。

炀帝心情不好，便带领众人下了龙舟，一边饮酒，一边游览，东游西荡，玩了半日，还是没什么兴致。于是他下令停舟登岸，来到大石桥上。

此时是四月初旬，只见一弯新月斜挂柳梢，几行浓阴平铺照水。大石桥又高又宽，由白石砌成，光洁如洗，两岸大树覆盖，桥下五色金鱼往来游动。

炀帝因为琼花落尽，烦闷了大半日，如今看见这种美景，就像吃了一帖清凉散，心中爽快，命令在这里停下。

众人取来两个锦墩，炀帝和萧后坐下。下人们拿来锦褥，铺满石桥，众夫人依次坐定。炀帝吩咐就在桥上摆宴。

隋炀帝靠着石栏杆，与众夫人说笑饮酒，郁闷的心情一扫而光。

萧后看他这么开心，便问这桥叫什么名字，炀帝回答："还没有名字。"

一位夫人笑道："陛下何不取今日的美景，为它起一个名字，留为佳话。"

炀帝很高兴，想了一会儿，说道："古人有七贤乡、五老堂，都是以人数著名。朕与各位美人在此，一共是二十四人，就把它叫作二十四桥吧！"

大家十分欢喜，又是吹笛，又是唱曲，又取妃子自制的萤火虫灯来玩，好不尽兴。

话说宇文化及、宇文智及都是奸诈之徒，炀帝无道时，他们随波逐流，从来不劝谏一句。如今盗贼四起，他们无力征伐，皇帝要巡幸，却又给不出供养了。结果君臣都坐困江都，今日失一县，明日失一城，大家都只当没看见，一日混过一日。

一天，消息传来，说李渊也反了，已经起兵要杀入关中，

　　隋炀帝整日带着皇后和众美人游山玩水，吟诗诵词，没想到天下已经大乱

隋朝众臣顿时手足无措。郎将窦贤听到消息，十分害怕，赶紧领兵逃回关中。隋炀帝十分生气，命人去追斩。

众人见此情形，面面相觑，想想在江都要饿死，回关中要被杀死，根本没有活路。众人干脆商议道："我们一齐都逃了，自然没兵来追我们，就算有人来追，也不怕了。"

宇文智及却说道："主上无道，逃走不是上策，如今我们已有万人，不如共行大事，大家可以共享富贵。"

众人都赞同，于是商量好以宇文化及为主，司马德戡召来骁勇的首领，准备好器械。

炀帝听说宇文化及作乱，束手无策，此时懂算卦的宫人杳娘正在旁边，炀帝便让她拆"隋"字算一下能否逃走。杳娘算了一下，说道："难以走脱。"

炀帝不相信，又让她拆"朕"字算一下。杳娘回答："只能活八天。"

炀帝勃然大怒，问道："你自己何时丧命？"

杳娘回答："就在今日。"炀帝更加愤怒，命武士把她杀了。

自此无人再敢说什么。隋炀帝照着镜子，自言自语："这么好的头颅，最后会被谁砍下呢？"

几天之后，宇文化及果然动手了，带兵冲入宫中。炀帝跟萧后一起躲在西阁中，相对浩叹。

外边喊声震天，内监连连报告："贼人杀到内殿来了！"

屯卫将军独孤盛被杀了，千牛独孤开远也战死了。一班贼臣捉住一个宫娥，问炀帝在哪里。宫娥说在西阁中。

众人一齐冲到西阁，只见炀帝与萧后并坐而泣，看见众人便说："朕有什么亏负你们的？为何要谋逆？"

司马德戡回答：“我们确实有负陛下，但如今天下已乱，两京已被贼人占据，陛下无路可逃，我们也没有活路，只能取陛下的首级，向天下人谢罪。”

萧后哀告众人：“主上确实失德，各位看在旧日恩礼的分上，请圣上让位便可。”

众人根本不听，提刀向前就要杀了炀帝。炀帝大叫：“别动手，天子自有天子的死法，快取毒酒来！”

叛贼却说道：“毒酒不如锋刃快。”

炀帝听了这话，只好垂泪说道：“天子一场，朕希望能全尸而死。”众人便将他用白绢缢死。

司马德戡带人缢死了炀帝，随后报知宇文化及。宇文化及派人杀了蜀王、齐王、燕王及其他各位亲王，然后带了甲兵入宫，想要诛灭祸国殃民的后妃。

宇文化及刚走到正宫，只见一名贵妇跟着许多宫女在啼哭。宇文化及大声喝道：“你是何人，在此哭泣？”

妇人慌忙跪倒，说道：“妾乃皇后萧氏，望将军饶命。”

宇文化及看了一眼，只见萧后花容月貌，于是不忍下手，改口说道：“主上无道，因此被杀，与你们没有关系。我愿与你共享富贵。”说完扶萧后起来。

萧后见宇文化及口下留情，便哭泣道：“妾之生死，全赖将军。”宇文化及让她放心。

宇文化及立秦王杨浩为帝，自立为大丞相，心腹之人全都重重封赏，平时不和的人则借机铲除，以前保护过秦琼的来护儿也被杀了。

不久宇文化及又杀了秦王杨浩，自立为帝，国号为许。

炀帝宠爱的十六院夫人和众多美人，大多跟随萧后，依附了叛臣。只有几位美人不服被杀，另有五位夫人保护着年幼的赵王逃走。赵王流落到突厥。

● **人物点睛**

宇文化及

隋末群雄之一，叛军首领，后来自立为帝，国号为许。宇文家祖上是匈奴人，姓破野头，世代为官，是皇帝姻亲。宇文化及贪婪骄横，不遵法度，被百姓称为"轻薄公子"。后来宇文化及趁天下大乱，弑杀隋炀帝，自立为帝，半年后便被窦建德杀了。

● **名家点睛**

宇文化及与国连姻，父子兄弟受恩隋代，身居不疑之地，而行弑逆之祸，篡隋自代，乃天下之贼也。（唐·孔德绍）

大意：宇文化及与隋国是姻亲（宇文士及是隋炀帝大女儿南阳公主的驸马），父子兄弟都受隋朝的恩礼，从未受过猜疑，最后却弑杀隋炀帝，自建许国，此人是天下之贼。

● **网友点睛**

隋炀帝的下场果然还不如陈后主啊！这个富有才华的皇帝，想尽了千方百计来享乐，可谓及时行乐派的经典人物。"二十四桥明月夜，玉人何处教吹箫。"如果说陈后主是一个才子当皇帝的荒唐版，隋炀帝则是一个才子当皇帝的暴虐版。稳固江山，终究经不起一个大玩家奇思妙想式的玩乐。（网友：月光落在左手上）

225

第二十八回 窦女战场会罗郎

[中国古典名著]
青少年趣评版

窦建德在河北自称长乐王，派遣属下凌敬去说服河间郡丞王琮投降。

凌敬不负重托，说服了王琮。王琮献出城池后，窦建德封他为河间郡刺史。河北各郡县听说窦建德对归降的人十分厚待，纷纷前来归附。

窦建德实力强大，于是自立为帝，国号大夏，立曹氏为皇后。曹后端庄沉静，善于谋划，窦建德对她十分敬爱，攻城伐地之事也与她商量。

窦建德只有一个女儿窦线娘，是亡妻秦氏所生，被封为勇安公主。勇安公主武艺高强，使一口方天戟，神出鬼没，又练就一手金丸弹，百发百中。

这年窦线娘已经十九岁，身材窈窕，姿容秀美，胆略过人。窦建德一直留心要为她找个好丈夫，但窦线娘都没看上眼。

窦建德每次出师，窦线娘都领一军为后队，女兵三百余名环侍左右。窦线娘比父亲更加纪律严明，号令严肃，又能抚恤士卒，将士们都很敬服她。

宇文化及弑杀隋炀帝的消息传来时，窦建德正统兵万余与李密大战。他听说宇文化及残杀皇族，自立为许国皇帝，十分愤怒，便要起兵讨伐。

凌敬建议："宇文化及拥兵几十万，恐难轻胜，需要一名足智多谋的大将方可克敌。"于是向窦建德推荐杨义臣。

窦建德大喜说道："这人是将相之才，我怎么就忘了他。以前我曾带兵与他相持，看他用兵如神，天下少有人能比。你快快去请他前来。"

凌敬欣然领命，到杨义臣隐居的雷夏泽找到他。杨义臣是隋臣，不愿为夏国效力。凌敬说道："如今隋朝已灭，您要为隋主报仇，也要找到一个依靠啊！"

杨义臣被这句话打动，便说道："你说的也有道理。听说窦建德选贤任能，而且没有篡逆之名。如果他答应我三件事，我就前往效力，否则决不敢从命。"

凌敬问："哪三件事？"

杨义臣回答："第一，不向夏主称臣；第二，不显我姓；第三，擒获宇文化及，就放我归隐。"

凌敬说道："这三件事，夏主一定愿意遵从。"

杨义臣听了这话，便叫人收下礼物。凌敬先告别回去报知窦建德。临走时，杨义臣嘱咐："此去有个曹濮山，那里有个强寇名叫范愿，极其骁勇，领着数千人抢夺客货。如今山寨绝粮，他们正四下劫掠，你如果收了范愿，对夏国很有帮助。"

凌敬担心拿不下范愿，杨义臣便悄悄给他出了条计策，凌敬欣喜地点头，于是两人告别。

夏主窦建德日夜训练军马，准备征讨许帝宇文化及。忽然唐国的秦王李世民派遣刘文静前来，原来李世民要约窦建德会兵黎阳，一起征讨宇文化及。

窦建德立刻答应了，刘文静便告别而去。

勇安公主问父亲："唐使前来，不知何事？"窦建德回答："秦王约我会兵征讨宇文化及。我与众臣商议，约好即日起兵。"

勇安公主说道："依女儿愚见，父皇不可立刻出发。北方总管罗艺正截我后路；魏刁儿又拥兵数万，据守在深泽县中，自称魏帝。若乘魏刁儿不备，袭而击之，可除去后患。征讨宇文化及的事等凌敬回来再商量，才是万全之策。"

窦建德听从女儿的建议，即日调派精兵十余万，命刘黑闼为征南大将军，高雅贤为先锋，曹旦与窦建德为中军，勇安公主为后队，孙安祖等人与曹后留守。

窦建德又挑选女乐十二人，派人送去献给魏刁儿，请他抵挡北边的罗艺和东边的夷狄，承诺诛灭宇文化及后，将隋宫嫔妃、宝物献给他。

魏刁儿大喜，从此日夜沉溺于酒色。哪知窦建德统领精兵，夜行昼伏，直奔深泽县，围住了城池。

魏刁儿还在醉梦中，结果部下将他杀了，献城投降。窦建德得了城池后，将魏刁儿的将士都封了官职，钱财都分赐众人。易州、定州等地听说窦建德的仁德之名后，纷纷前来归附。

窦建德兼并三军，声势大振，于是杀向冀州。冀州刺史设法防守，但终究寡不敌众，城破而投降，窦建德封他为内史。

夏军这才移兵进攻罗艺。

话说罗艺是一名老将，如今已年过花甲，却精神矍铄，与老夫人秦氏举案齐眉。

罗艺手下本来有精兵一二万，但被隋炀帝东调西拨，最后只剩六七千人马。幸亏儿子罗成年少英雄，有万夫不当之勇，一条罗家枪使得出神入化。

罗艺夫妇要替罗成挑选媳妇，罗成却坚持要自己选，因此至今还没有成亲。

这天，罗成听见哨马来报，窦建德统领大军到来，便对父亲说道："窦建德不知利害，带领重兵来侵犯我们，孩儿想趁他未立营寨，领二千人马迎上去，先杀他一阵，挫他锐气。"

罗艺说道："你凭着血气之勇，想轻举妄动，这不是为将之道。我自有计策让他们退兵。"于是齐集众将，派左营总帅张公谨领精兵一千，埋伏在城外高山的左边，听到城中子母炮响便杀出，敌住窦建德前军；右营总帅史大奈领精兵一千，埋伏在城外高山的右边，听到城中子母炮响便杀出，敌住窦建德中军；儿子罗成领精兵一千，离城三十里，到独龙岗下埋伏，看窦建德败下去，便冲杀其后队；罗艺自己同薛万彻、薛万均二将在城中守护。

众人各自受计，领兵出城去了。

窦建德统领大军直抵幽州，先锋刘黑闼安了营寨，见罗艺坚闭城门，不肯出战，只得在城外辱骂。窦建德随后来到，也求战不得，于是命人设云梯，上城攻打。谁知城上火炮火箭齐发，云梯被烧，只得退下。

窦建德又安排数百辆冲车，鼓噪而进，城内把铁锁铁锤贯串起来，绕城飞打，冲车都毁了。窦建德无计可施。

相持了数日，夏兵都懈怠了下来。这天半夜，罗艺吩咐薛万彻、薛万均兄弟二人传令三军，饱食一餐后，悄悄杀出城来。

众人来到夏寨时，夏兵正在熟睡，只听一声炮响，金鼓大振，如山崩海沸一般。此时窦建德在睡梦中惊觉，忙披甲上马，亲随邓文信慌忙随后，刚好碰上薛万彻杀入中军，邓文信被一刀斩于门旗下。

窦建德敌住薛万彻，高雅贤敌住薛万均，刘黑闼敌住罗艺。六人正在酣战，只听子母炮响了三声，山左山右，伏兵齐起。

窦建德知道中计，连忙弃营而逃，退了二三十里，众军士喘息未定，忽然山岗下一声锣响，一员少年勇将冲了出来，正是罗成。先锋高雅贤看罗成年少，挥舞大刀直砍过去，罗成把枪一逼，瞬间在高雅贤左腿上刺了一枪。高雅贤几乎跌下马去，幸亏刘黑闼接住，战了十来回合，罗成的神枪如游龙取水，刘黑闼抵挡不住。窦建德看见，忙来助战。罗成越战越勇，向刘黑闼脸上虚晃一枪，大喝一声，斜刺里把枪点到窦建德胸口。窦建德一惊，连忙躲避，败下阵去。

罗成追赶夏将，直杀到天明，只见后面一队女兵排住阵脚，中间一员女将手持方天画戟，威风凛凛地出现，正是窦线娘。

罗成收住枪问道："你是何人？"

窦线娘说道："你是何人，敢来问我？"

罗成回答："你没看见我旗子上边的字么？"

窦线娘抬头望去，只见旗子中间绣着一个大大的"罗"字，旁边是两行小字："世代名家将，神枪天下闻。"

窦线娘便问："莫非你是罗总管之子？"

罗成看对方绣旗上中间绣着一个"夏"字，旁边是两行小字："结阵兰闺停绣，催妆莲帐谈兵。"心里想道："听说窦建德之女武艺高强，莫非是她？这样一个好女子，让人舍不得去杀她。等我羞辱她两句，让她退去吧。"

于是罗成对窦线娘说道："你父亲堂堂一个草泽英雄，难道手下没有敢死之将，却叫女儿出来献丑？"

窦线娘回道："你父亲堂堂一名老将，难道城中没有敢死之士，却派小犬出来咬人？"众女兵听了这话，都狂笑起来。

罗成大怒，拿起枪直冲过去。窦线娘举起方天戟，招架相迎，两人斗了二十回合，不分胜负。

罗成见线娘的方天戟使得神出鬼没，滴水不漏，心中想道："好个有本领的女子，可惜落在草莽中。我卖个破绽，射她一箭，吓她一吓，看她如何抵挡。"于是把枪虚晃一下，假装败下去，线娘如飞赶来，只听得弓弦一响，线娘眼快，忙将左手一举，一箭落在手中，却是一支没镞箭，羽毛旁有"小将罗成"四字。

线娘把箭放在箭壶里，皱着眉头想道："罗公子，你好用心呀！"于是把方天戟放下，从锦囊内取出一颗金弹来。此时罗成笑嘻嘻地兜转马头跑来，线娘连忙扯满弹弓。罗成以为她要回射一箭，没想到一弹飞去，碰在持枪的右手上，手中长枪竟被打落在地。罗成叫手下人拾起来一看，原来是一个眼球那么大的金丸，上面凿着"线娘"两字。罗成想道："这冤家竟有些本领。"不禁动了心思。

罗成在马上端详着窦线娘，越看越觉得可爱，想道："我罗成要是有这样一个妻子，一生之愿便实现了。"

窦线娘看罗成人才出众，英俊潇洒，心里也暗暗高兴："惭愧，今日碰到此人，我窦线娘若嫁给这样一个郎君，可谓不虚此生了！"

两人四只眼睛，在马上不言不语，你看我，我看你，对看了一两个时辰。夏军中那些女兵都笑了，喊道："这位小将军，你战又不战，退又不退，却把我们公主仔细端详，难道是要看真切了，回去画一幅画像供着么？"

罗成笑道："我看你家公主的芳年，可是十九岁了？"

线娘低着头不答。一个快嘴的女兵答道："一屁就弹着。"

引得线娘也笑了起来，低声问道："郎君青春几何？"

罗成答道："长你二岁。请问公主许婚他人了么？"线娘羞涩地低下头不开口，那个女兵又抢着说："我家公主未有人家，有愿在先……"正要说出来，线娘双眉一竖，那女兵就不敢开口了。

罗家的小兵问道："既然你家公主与我家小将一样未定婚，何不说亲，合成一家，省得大家整日厮杀？"

罗成把马纵前几步，说道："公主如不嫌弃，小将请媒人去求亲，不知可否？"

线娘回答："婚姻大事，不是儿女军旅之间可以妄谈的。郎君如果有意，我一定守身以待，但只怕郎君此心不坚！"

罗成连忙说道："皇天在上，若我罗成不与窦线娘结为夫妇，死无葬身之地。"

窦线娘见罗成誓言真切，感动地说："郎君既然真心相待，我也会生死以真心待你。但只怕你父亲请人来求婚，我父皇也绝不会同意。"

罗成忙问："这么说，我应该怎么办？"

线娘想了一下，问道："郎君认得杨义臣么？"

罗成回答："杨太仆是我父亲的好友。"

线娘十分高兴，忙说："父皇很敬畏杨太仆，等我们灭了许国回来，郎君去求他说亲，一定能成功。"正说完这话，只见后面尘扬沙起，女兵们喊道："我家有人来了。"

线娘忙说："言尽于此，郎君请回吧。"

大家兜转马头，刚离开几米，线娘回头一望，只见罗成又纵马前来。原来他是回来向线娘要一件信物，线娘说道："不必

233

他求，郎君的箭我会珍藏。我的金丸也请郎君藏好，以后可验。"

罗成还是依依不舍，线娘说道："郎君先回去，我不能顾你了。"于是带转马头而去，随即告诉女兵们不可泄露风声。

窦线娘走了没多久，就见夏军前来接应。原来窦建德看线娘久而不回，放心不下，派人来接应，大家合兵一处回去了。

● **人物点睛**

窦线娘

　　夏王窦建德之女，被封为勇安公主，后来成为罗成妻子。窦线娘姿容秀美，胆识过人，有勇有谋，武艺高强。窦建德出征时，窦线娘一向带领一支军队，其中有三百名女兵，充当后队。

● **名家点睛**

　　簌簌西风吹窦陵，郊园草木尽秋声。山河原自归真主，夏郑徒劳起甲兵。（宋·刘攽）

　　大意：西风吹过窦建德的陵墓，草木萧瑟。山河注定要归于唐朝的真主，夏国、郑国大起甲兵，都是徒劳而已。

● **网友点睛**

　　罗成和勇安公主的沙场情缘，被各种戏曲、影视剧演绎得绘声绘色，只可惜历史上并没有罗成这个人，也没有勇安公主窦线娘的记录。也许只有在想象中，才能于兵革战马之间，留下这样一段佳话。历史没有这对情侣的踪影，世间却流传着他们的传说。也唯有在百姓的想象中，故事才可以这么完美。（网友：知了去哪儿了）

第二十九回 三路军马灭许国

窦建德见线娘回来，女兵们完好无损，以为她杀败了罗成，心中高兴。他检点一下自己的兵马，发现损失大半，只得暂回都城乐寿，整顿兵甲。

曹后见他们回来，便劝窦建德："陛下以前能以弱制强，如今稍有功绩，便起骄慢之心，以致三军损折。如果不引以为戒，以后我们恐怕会无所依托！"

夏主回答："你说得对，今后我应当谨记。"

曹后建议他下罪己诏，去尊号，减御膳；素袍白马，为死者发丧，安抚家属；赏功罚罪，以安众心；平复一段时间，再进兵讨伐许国。窦建德都听从了。

第二天，夏主窦建德赏功罚罪，亲自祭奠死去的将士。远近闻之，无不叹服。恰好凌敬此时还朝，回报杨义臣的要求。

窦建德答应了杨义臣提出的三件事，凌敬又将杨义臣密嘱招募范愿的事告知，窦建德赞叹说："以前名将的计策也不过如此啊！"

窦建德叫来刘黑闼，说道："昨天唐国的秦王有书信前来，要借粮二千石。我们正与唐国合兵讨伐许国，不可不借。你与凌敬率领士卒，护送粮食前去，不可有失。"两人领命起行。

太行山的贼首名为范愿，自号飞虎大王，手下有三千喽啰，都十分勇敢。

众人在曹濮界上依山为寨，劫掠客商。这两日因为粮草不够，正在烦恼，忽然喽啰报说，北路上有夏王装载二百辆粮车，前往支援唐军。

范愿以手加额，高兴地说道："来得正好，我正缺粮！"于是领着二千贼众，一齐下山抢劫粮车。

此时临近黄昏，前哨来报："粮车插成营垒，民夫并不打更喊号，正安眠稳睡。"

范愿欣喜不已，连忙直奔车营。四下寂静，贼兵们一声炮响，众车夫连忙跳起，夺路而逃。众贼连忙揭开盖车的芦席，却发现是空车。

范愿知道中计了，拨马就走，只听四下里炮声震天，夏兵四五千人密密层层地围来，把范愿的人马困在中间。

骤然间火把齐起，照耀得如同白昼，夏军里闪出一将，手持巨斧，喊声如雷，叫道："范愿，快快下马投降！"

范愿问道："你是何人？"来人回答："我乃夏国大将刘黑闼。"范愿说道："我以为是谁，原来是你。你当初也在绿林中混日子，现在何苦替夏家出力？我们当盗寇的，没有倒贴买路钱的道理。还不快快放我们出去！以后你被人杀败了，要回归绿林，我们说不定还要见面呢！"

刘黑闼听了这话，勃然大怒，举起巨斧直砍过来。范愿连忙接住，两人战了三十余回合，不分胜负。

忽然夏阵中一骑飞来，口中喊道："二位将军请住手，我与你们二人讲和如何？"

范愿停手问道："你又是何人？"

来人回答："我是夏国的祭酒凌敬。"

范愿问道："你要怎样讲和？"

凌敬回答："足下今日如虎落入陷阱，虽有双翅，也难飞去，何不弃邪归正，与夏主一起讨伐宇文化及，以后官封极品，不是比在这里当盗贼强多了么？"

范愿听了这话，看看眼下情势，也知道没有更好的法子了，于是率领贼众二千人，一起归附夏国。

窦建德有了杨义臣、范愿等人相助，择日出师，大军十万浩浩荡荡杀向魏县，准备讨伐宇文化及。

此时秦王李世民已经联合淮安王李神通，引兵驻扎在魏县。刘文静前往各国回来，报告出使情况："魏公李密领兵来会；王世充无心北伐；夏主窦建德回复大王，无需您亲自掌兵，只需派遣一二副将领兵一同讨贼即可。"

此时定阳可汗刘武周引兵攻打并州，洛阳王世充侵犯伊州，梁国的萧铣侵犯峡州，三路军马来势迅猛，唐主李渊刚好传来旨意，要秦王李世民前往征讨，于是李世民留下李靖等人讨伐宇文化及，自己赶回长安。

原来李靖当年与红拂张出尘、虬髯客张仲坚远走高飞，来到太原时，碰到奇人徐洪客，于是一起前往见刘文静。

当时秦王正好开了招贤馆，刘文静连忙推荐李靖、虬髯客和徐洪客三人。

秦王见三人气宇非凡，十分开心，优礼相待。

一次，秦王与虬髯客下棋，虬髯客看看要败了，急忙收拾东南一角，秦王却还要攻击。虬髯客便说道："何苦吞并这弹丸一角，请手下留情。"

秦王微微一笑，停住了攻势。徐洪客忽然明白了什么，便对虬髯客说道："天下大事已定，兄长为何强求？"于是虬髯客拜别了秦王，把家资赠给义妹红拂，然后与徐洪客一起，飘然乘舟，到海外的扶余国去了。据说后来虬髯客当了扶余国的

　　秦王李世民雄才大略，喜读史书，擅长带兵。他开设了招贤馆，招揽天下有才之士

国王。

三人同来，最后只剩下李靖一人在秦王府中，秦王把军机大事都托付给他与李神通。

宇文化及知道三路兵到，连忙拿出府库珍宝等财物，招募海贼拒敌。

徐世勣得知宇文化及募兵的消息，悄悄派遣王簿带领三千人马，暗藏毒药三百余斤，化名殷大用，应征入城去。

淮安王李神通得了秦王的兵符将印，进攻宇文化及，离城四十里下寨。宇文化及探知秦王已去救西北之兵，认为李神通等人无谋，于是统兵出城迎敌。哪知李靖足智多谋，暗出奇兵，宇文化及根本抵挡不住。

宇文化及被杀得大败，只好弃了魏县，连夜逃奔到聊城。

唐、魏、夏三国兵马追赶而去，围住了聊城。

夏主窦建德请杨义臣商议破城之策，杨义臣说道："初临敌境，未知虚实，先命范愿领三千人马前往挑战，探其动静，然后定计。"

窦建德同意了。杨义臣便唤来范愿，派他领兵迎敌："只可败，不可胜。"范愿领命，引兵攻城。

宇文化及派长子宇文丞基出战，两人斗了五十余回合，范愿诈败，退去二十余里，宇文丞基也不来追，各自鸣金收军。杨义臣吩咐刘黑闼也全军退下二十里。

另一边，李靖观察着夏军与许军的情况，已经知道杨义臣用了诱敌之计，于是让屈突通捕猎乌鸦、燕雀、鹁鸽等鸟，将胡桃等坚果的核打开去仁，装入艾火，用线拴在鸟儿尾巴上，一齐放入聊城。

这天，宇文丞基打败了范愿，领兵回城，对许主宇文化及说道："夏兵不足忧，孩儿明日领精兵五万，再去决战，一定北擒夏主，西破唐兵。"

宇文智及说道："三路之兵围攻，岂可只拒一面？诸将应分头埋伏，四路接应截杀。"

宇文化及十分赞同，于是派遣大将杨士览、郑善果、司马雄、宁虎埋伏四方。宇文丞基为前军，宇文智及为中军，宇文化及自己为后军，分拨已定，都在聊城六十里外扎营，以号炮为信出兵，留殷大用与宇文丞址守城。

各将领计出城，只有宇文化及尚未动身。当天晚上，宇文化及正和萧后玩乐，忽然有人来报满城起火，宇文化及连忙出去巡视，只见烟冲霄汉，烈焰通天，瞬息之间，聊城被李靖用暗火烧得一派通红，仓库粮储、城楼殿宇都毁了。

殷大用以救火为名，叫军士打水，其实是将毒药投入井内。许兵们喝了井水，纷纷病倒。

宇文化及见军士焦头烂额，上吐下泻，一齐病倒，顿时放声大哭，以为自己遭了天谴。

夏兵探听到城内情况，报知夏主窦建德，杨义臣知道这是魏国徐世勣与唐国李靖的计谋，连忙召集将士。安排完毕，军士们吃饱饭，夏主统兵直逼聊城。

唐、魏二营听说夏主攻城，也放炮助威，从四门攻打。宇文化及派殷大用出城迎敌。夏主认得宇文化及，招呼也不用打了，举起偃月刀直砍过去。宇文化及挺枪迎战。

两人战了二十余回合，宇文化及还在指望殷大用接应，哪知殷大用其实是魏将王簿，已经将城门打开。

宇文化及想去跟宇文智及的伏军会合，于是且战且走。忽然杨义臣纵马前来，向窦建德说道："主公快进城去安抚百姓，待我来斩此贼。"

窦建德兜转马头，领兵进城去了。杨义臣挺枪来刺宇文化及，两人战了三四回合。勇安公主怕杨义臣有失，忙向锦囊内取出弹丸来，拽满弓弹去，正中宇文化及面门。杨义臣加上一枪，宇文化及直撞落马下。杨义臣命手下将他捆了，押上囚车。

许兵看到宇文化及被抓，纷纷投降。宇文智及见哥哥已经被囚在车中，心胆俱碎，又见军士纷纷倒戈弃甲而去，连忙夺路而逃，结果被孙安祖一骑飞来，一枪正中腰间，直跌下马。杨义臣忙喝令众军士将宇文智及也关入囚车。

夏主窦建德统兵来到聊城，只见城门大开，一将手提一颗脑袋，向他禀告："臣乃魏公部下大将徐世勣首将王簿，奉主将之令，改名殷大用，领兵三千诈称为海贼，潜入城中作为内应，这是宇文化及次子首级，献与大王。请大王入内，臣就此辞别。"

夏主说道："你有破城之功，请暂留数日，等我犒赏军士之后，再回去未迟。"

王簿却说道："徐将军号令严肃，小将不敢贪功邀赏，有误军期。"说完辞别而去。窦建德赞叹道："王簿真是大丈夫，可见徐世勣号令之严明啊！"

夏主拥兵入城，将宇文化及、宇文智及杀了，献祭隋炀帝。

此时唐、魏两军都已拔寨而去了。窦建德命孙安祖去请杨义臣。忽然留守大营的裴矩派一将来禀告："杨老将军有一封禀帖，派人奉上大王。"

窦建德拆开一看，原来是杨义臣留下的，说明宇文化及已擒，自己心愿已了，如今仍归故里。

窦建德不禁叹息道："义臣去了，夏国失去了股肱之臣啊！"

刘黑闼等人要领兵追赶，窦建德却说道："有约在前，不可背约，就让他去吧！"于是将隋宫珍宝分赐给功臣将士，国宝图籍交给勇安公主收藏。

萧后此时落入夏军手中，窦建德便问她："如今你想去哪儿？"

萧后回答："但听大王之命。"夏主笑而不言。

勇安公主正好在旁边，见萧后妖媚，怕父亲重蹈宇文化及覆辙，忙接口说："孩儿先带娘娘去见母亲吧。"窦建德答应了。

窦建德毕竟不是好色之流，不久就将萧后也送去突厥的义成公主那里，与隋炀帝的儿子赵王相聚。

● 人物点睛

李世民

唐高祖次子，唐朝第二位皇帝，号为唐太宗。李世民小时候就聪明果断，喜读史书，擅长骑射，文武双全。李世民还是秦王时，带兵东征西讨，为大唐的开创铺平了道路。后来他成为历史上著名的皇帝，开创了大唐盛世。

● 名家点睛

近代称为名将者，英、卫二公，诚烟阁之最。（《旧唐书》）

大意：近代名将之中，英国公徐世勣、卫国公李靖，是凌烟阁功臣中最出色的。

● **网友点睛**

李靖终于出来大显神威，徐世勣当然也不可落后，否则以后怎么跟李靖并称呀？此时两人各事其主，一个是唐国名将，一个是魏国名将，按照这趋势下去，若非有一方实在扶不起来，估计两大名将最后不免要大战一场，斗个你死我活哦。不过放心好了，这两人的名字最后都在凌烟阁中，两人盖棺定论，都是"唐初名将"。(网友：猫日子狗时间)

第三十回　众英雄私放秦王

[中国古典名著]
青少年趣评版

秦王李世民回到长安，唐主李渊告诉他，刘武周、王世充、萧铣三路军马十分厉害。秦王说道："不足为惧。刘武周与萧铣在西北，王世充在中央，我们派人先去王世充那儿修好，然后进兵专攻刘武周和萧铣，便可各个击破。"

唐主赞同，于是派杨通、张千到洛阳去求见王世充。谁知王世充听了唐国结交的请求后，勃然大怒，竟把杨通给斩了，将张千割掉了两只耳朵。张千逃回长安，报告唐主。

唐主勃然大怒，下令秦王李世民领兵十万去扫灭王世充。李靖当行军大元帅，领兵十万去扼住刘武周。

杜如晦、袁天罡、李淳风、侯君集、姚思廉、皇甫无逸等人，秦王平日都优礼以待，因此每逢秦王出师，这些人无不相从，纷纷出谋划策。

秦王命殷开山为先锋，史岳、王常为左右护卫，刘弘基为中军正使，段志玄、白显道为左右护卫，自领一军居后。长孙无忌、马三保等人保卫船骑。唐军水陆并进，来到洛阳。

王世充探知消息，也领军到睢水，列阵相迎。秦王屯兵于睢水之北。两军相接，唐家兵精将勇，杀得王世充大败进城，坚守不出。

一天，唐营摆宴犒赏三军，秦王乘着酒兴，问土人："此地何处可以游玩？"

土人答道："城北十里外有一座北邙山，周围百里，古帝王之陵、忠臣烈士之墓，如星罗棋布，又有珍禽怪兽、苍松古柏，无限佳景。"

秦王十分高兴，准备去那里射猎。李淳风建议他不要轻易出外，秦王毕竟年少好动，不听劝告，硬是带上雕弓利箭，一行人十余骑往北邙山而去。

到了山内，秦王四顾一望，看到众多帝王陵墓，不禁喟然长叹道："前代帝王坐拥百万之师，有多少英雄归附，现在却只剩几个石人石马相随，与荆棘、狐兔为伴，岂不是可叹？以后唐国天子也不过如此而已。"

正嗟叹时，忽然西北冲出一只白鹿来。秦王扣满弓，一箭射去，正中鹿背。那鹿带箭朝西而走，秦王纵马追去。

秦王赶了数里，转过山坡，白鹿踪影全无。他四下追寻，来到一个地方，只见平川旷野，旌旗耀日，戈戟森罗，面前一座新城门，匾上有"金墉城"三字，日光耀目，正是魏国的都城。

秦王惊讶地问道："这不是李密所居之城么？"

随从马三保忙说："正是，殿下可急回，如被发现，恐难脱身。"

哪知守城魏军已经看见，忙去报知魏公李密。李密说道："这一定是李世民诱敌之计，不可轻信。"

程咬金却跳了出来，大声说道："主公，此时不擒，更待何时？"说完手提大斧，跨上青鬃马，如飞出城。众人都笑他鲁莽，只有秦琼怕他有失，随后赶来。

秦王正要回骑，只见一人飞马来追，大叫道："李世民休走！"

秦王横枪立马问道："你是何人？"来人回答："我便是程咬金，特来捉你。"秦王笑道："谅你这贼夫，何足为惧？"

程咬金举起双斧，直取秦王。秦王挺枪来迎。斗了三十余回合，秦王败走。此时马三保被秦琼接住，抵挡不住，也赶紧逃走。

　　程咬金追赶秦王，眼看就要赶上了，秦王搭上弓，一箭射去，打中程咬金盔甲上的红缨。秦王见射不中，心中慌乱，纵马加鞭便走，恰好前面有一座古庙，写着"老君堂"三字。秦王忙进庙去，把门关了，将马拴在庙廊下。

　　程咬金追到三岔路口，不见了秦王踪影，四下一望，只见前面是大树深林，便纵马加鞭赶进林中，上了山岗，发现山背后有一座古庙。程咬金来到庙前，撞开了庙门。

　　秦王见有人进殿细看，在柜里轻轻拔出剑来。此时秦琼追进殿来，见程咬金已经把神幕揭起，口里正喝道："贼子，原来躲在这里！"手中举起巨斧，便要砍下去。

　　秦琼连忙用双锏架住巨斧，说道："兄弟，你好莽撞，唐与魏是同姓，曾有书礼往来，如今你杀了他，是无功而反有罪啊！"程咬金醒悟过来，忙放下巨斧，两人带了秦王一起回金墉城去。

　　魏公李密见程咬金果然抓来了李世民，喜出望外，吩咐把他带上来。

　　李密一见李世民的面，立刻痛骂："你这个小贼，上次已夺取河南，现在又想偷袭金墉，是何道理？"

　　秦王回答："叔父息怒，侄儿这次来，是要讨伐洛阳的王世充，谁知他坚守不出。我闲着没事，就想前来金墉城探望叔父，没想到您反倒怀疑侄儿。"

　　李密大怒："你这个小贼，我与你有什么关系，谁要你称叔父！你恃勇轻敌，要来探我虚实，谁知被抓，便想用甜言蜜语哄骗我么？"说完喝令武士将他推出去斩了。

魏征连忙阻止："此人东征西讨，其父兵精粮足，手下猛将如云，谋臣如雨。如果我们杀了唐主爱子，唐主必定起倾国之兵前来复仇。我们何必与唐国结下深仇大恨？"

李密听了这话，便不敢下手，命人将李世民带去南牢，关押起来。

唐主在长安听说秦王被抓，连忙派刘文静前来见李密，求他放了秦王。谁知李密不单不放人，还把刘文静也抓了，一起投入南牢。

此时探马来报，开州的校尉凯公结连宁陵刺史顾守雍造反，大起人马，侵犯魏国边境。洪州刺史何定已献了城池。

二郡人马攻打偃师、孟津等地，这些地方没有防守兵力，情势紧急。李密大惊，连忙任命程咬金为先锋，单雄信、王伯当为左右护卫，罗士信、王当仁押运粮草，徐世勣、魏征、秦琼留守。李密亲自领兵，往开州进发。

秦王与刘文静被关在南牢，秦琼不时前来馈送饮食。狱官名为徐立本，虽是一名小官，但见识高广，认为李世民值得辅佐，一心想要营救他。

秦琼、魏征、徐世勣自从李密杀了翟让之后，知道魏国终究不会长久，有心结纳秦王，也想要救他脱难，只是商量不出个好法子。

李密带兵出征，凯公抵挡不住，献城投降，此时李密的夫人刚好生了个儿子，李密十分高兴，颁下赦文，除了人命等重罪，其他人犯都赦免。

众人听闻大赦，正在开心，忽然消息传来，赦文单独写了不放南牢李世民、刘文静二人。

徐世勣说道："魏公以前待人很有情义，如今却度量狭小，一味矜骄，恃才自用。"众人都沉默了起来。

魏征忽然说道："赦书上那一条不赦南牢的'不'字，只需添上一竖一画，改为'本'字，就可放了秦王。"

狱官徐立本却说道："主公不是糊涂之人，下笔之时，何等慎重，如果改了字，回来一定看出来，反而不妙。不如让我把秦王与刘大人放走。主公回来，各位把责任都推在我身上。这是防守不严之罪，不是比篡改赦文之罪轻多了么？"众人听了这话，纷纷赞同。

徐立本找机会讨了个出外的差事，离开的时候，把秦王和刘文静也悄悄带走了。

一行人连夜赶路，离开了金墉城。秦王一路想起秦琼的为人，便问刘文静有何方法让他归唐。

刘文静说道："秦大哥也有心归唐，无奈一来魏国正强大；二来众多兄弟都是从瓦岗寨起手，感情深厚；三来单雄信是义盟之首，誓同生死，不敢轻抛。以前李密杀了翟让时，秦大哥等几位英雄都心寒了，有了离心，只是要一哄而散，却尚未到时候。"

秦王听了之后不胜浩叹，说道："这么说，叔宝终不能为我所用了！"

徐立本说道："臣有一计，可使叔宝弃魏归唐。"

秦王忙问何计。徐立本回答："叔宝天性至孝，秦母与媳妇张氏都在瓦岗，如今有尤通、连明二将在那里总管事务。不如将秦母迎来唐国，好好供奉着，叔宝一知消息，必定前来投唐。"

秦王十分高兴，连忙派人按计行事。

魏公李密收降了凯公，大获全胜，本该班师回来，但他不自量力，又去侵犯河北部，被夏王窦建德首将王综射中左臂，大败而逃。

此时消息传来，狱官徐立本私放秦王、刘文静归国，如今不知去向。李密勃然大怒，连夜赶回金墉。魏征、徐世勣、秦琼晋见。李密将三人痛骂一顿，说他们受贿私放犯人，藐视纲纪，立刻就要将三人斩首。众人再三说情，李密怒气不解，命令将三人关入南牢。

话说秦母与媳妇张氏、孙子秦怀玉住在瓦岗，忽然有一天，下人来报：幽州罗老将军派人到寨，请老夫人去见面。

秦母忙到堂中来见。只见两个差官一齐跪下，说道："尉迟南、尉迟北叩见太夫人。"

原来两人奉命前来送寿仪，并请老夫人去见罗太太。两人说道："太太因进香经过，要请太夫人与少爷同到舟中一会。"

秦母犹豫不决，便跟媳妇商量。张夫人说道："当年怀玉父亲犯事到幽州，幸亏姑爷认了亲，解救回来。十年前婆婆六十寿诞，姑太太曾派人前来拜寿。如此亲谊，可谓不薄。如今不去相见，恐怕姑爷会怪我们薄情。"

秦母听了这话，便带着媳妇、孙儿一起前去，连明一路护送。一行人走了十来里，只听三声炮响，金鼓齐鸣，远望河下泊着两只大船，小船不计其数。

秦母一行进了船内，舱口处一将抢着出来观看，秦怀玉双眉倒竖，牙眦迸裂，大喝一声。来将其实是唐国的白显道，此时大吃一惊，连忙进舱里去了。

李靖在船楼上望见这情形，惊讶地问身边人："这是叔宝儿子么？"

旁边的人回答："正是。"

李靖赞叹道："年纪不大，却英气惊人，真是虎子。"忙叫人请他过船来。

李靖请过秦怀玉来，说起他父亲前些日子曾寄书信来，秦怀玉这才知道面前这人是李靖，不禁肃然起敬。

忽然外面又是三声大炮，船只开动了。船头上鼓乐齐鸣，船队齐齐整整而行。连明看这光景，心里疑惑，但也无可奈何。

船队已行，唐国众人知道安全了，这才将自己的身份和盘托出。秦母一行大惊，但事已至此，也无计可施，只好希望秦琼得知后，赶紧归唐团聚。

船队走了两日，忽然前哨报告："有贼船三四十只，往此处前来。"

秦怀玉正睡在船楼上，连忙披衣起来窥探。只见李靖在舱中，唤一将进来，正是前日假扮尉迟北的。李靖取一面令旗给他，吩咐道："前哨报告有贼船靠近，你领兵去看，活捉来见我。"将士应声而去。

没过一会儿，众将捆了人上来，说是魏国的人。连明在后边船上望见，吃了一惊，原来这人是贾润甫。

连明、秦怀玉、徐立本走了出来，贾润甫顿时惊呆了。众人把徐立本带走秦王，秦王派李靖等人从瓦岗请来秦琼家眷一事说了一遍。

贾润甫听了经过，对徐立本说道："你与秦王倒是远走高飞了，只是累及徐军师、秦大哥、魏记室受押南牢。"

秦怀玉听说父亲被囚禁在南牢，顿时放声大哭，对李靖说道："伯伯借二千兵给小侄，小侄要打进金墉，救出父亲。"

贾润甫连忙劝阻，说道："去年秋天，王世充派人来借粮四万斛。魏公不听劝告，竟借给了他。没想到今年巩洛各仓老鼠众多，仓中之粟被吃了十之八九。魏公任命程咬金为征猫都尉，下令国中每一户纳猫一只，无奈鼠多于猫，未能扑灭。现在梁国的萧铣缺粮，正领兵前来，要借粮五万斛，不给就要厮杀。魏公着了慌，忙将秦大哥、徐大哥、魏大哥三人从南牢放出，派遣秦大哥与罗士信领兵去抵挡萧铣，徐大哥被派往黎阳，魏大哥看守回洛仓城。我被派往王世充处，要讨回去年所借之粮。如今大家既已归唐，等我报与秦大哥知道，让他也前往唐国好了。"

说完这话，贾润甫又对连明说道："巨真兄，你还该回瓦岗去，众弟兄家眷多在瓦岗寨，独剩一个尤通在那里，如有差错，是谁之过？"

李靖见贾润甫一番议论，也是一个难得人才，便请他一起归唐。贾润甫说道："小弟愚劣，一开始不能选择明主，如今虽然形势可知，但还是要善始善终。以盛衰为去留，不是我应该做的。"于是向众人告别。李靖看他如此忠贞，深为叹服。

连明与秦琼义气深重，还是跟众人同到长安，等到秦家人被安排妥当，这才回瓦岗去。

● **人物点睛**

刘文静

唐朝宰相、开国功臣。刘文静原本是晋阳令，与晋阳宫监裴寂是好友，两人曾协助李渊起兵反隋。刘文静才能出众，谋略过人，随秦王李世民出征时，屡立军功，后来被封为鲁国公。

● **名家点睛**

有秦王天子，少而灵鉴，长而神武。（印度·戒日王）

● **网友点睛**

秦琼的老母亲出场率可真高，孝子还真是难当啊！秦琼两次离开故主，都是因为家人的缘故。这本是要给这位重情的主角一个借口，以秦琼的性格，这确实是唯一能让他背弃故主的方法了。难道这位大名鼎鼎的猛将，其实更习惯于被牵着鼻子走么？人逢乱世，既想当名将，又如何能成为道德完人？最终还是只能选择孝子这一项啊。（网友：夜之沧海）

第三十一回 魏公兵败归唐国

[中国古典名著]
青少年趣评版

贾润甫别了李靖等人后，来到洛阳见王世充，要讨回去年借的粮食。王世充竟然不给。贾润甫只好打道回府，告知魏公李密。

李密勃然大怒，立刻兴师讨伐王世充，任命程咬金、樊文超为前队，单雄信、王当仁为第二队，李密自己与王伯当、裴仁基为后队，朝着东都进发。

此时王世充已经自立为帝，国号为郑。郑兵报告李密来犯，王世充擂鼓聚将，军师桓法嗣出了主意，在郑国点选彪形大汉三千人，个个身长八尺，脚踩一丈二尺的木模，戴着鬼脸，身穿五色衣服，演练数日。

李密自恃才略高强，忘了以前死里逃生之苦，一直想要像汉高祖一样，仗着三尺剑，无敌于天下。他先是把足智多谋的军师徐世勣调去黎阳。萧铣只是癣疥之疾，他却把秦琼、罗士信派去拒守。贾润甫屡进奇谋，李密就是不听，反而把他安置在洛口仓城。邴元真是个贪利忘义的小人，李密却时时带在身边，加以重用。只剩单雄信、程咬金等一班勇武之人，跟随大军前来，在邙山附近驻扎。

这天，桓法嗣去探看敌营，发现对方人强马壮，不易抵敌。正在沉思，忽然听到邙山脚下传来丁丁伐木声。桓法嗣朝下一看，只见七八个大汉在砍柴。他立刻计上心头，回营后将木排用红绿颜色画成兽形，组成木城，兵马尽藏其中。

郑主正在看军师调度，忽然帐下军士报告："拿住了李密。"说着将一群人押送进来。

原来这是一群砍柴人，为首那人长得跟李密十分相像。郑主发现之后，十分高兴，立刻封此人为中军把总。

　　李密本是一个才略高强、胸怀大志的人，可惜当了魏国国主之后，专断跋扈，导致兄弟离心

李密前队程咬金只想大干一场，没想到王世充的兵马寂然不动。单雄信领着第二队来到，叫人架起云梯炮石，向内攻打，还是破不了城。

魏主李密在后队结寨，到了三更时分，魏营兵将耳边听到四下里炮声隐隐不绝，有人来报："王世充木城已开，里面灯火全无，人影不见。"

程咬金白天攻打了半天，心里烦躁，听到这消息，哪里还能忍耐，一马当先直冲郑营。远远望去，只见木城大开，灯火齐举，光耀如同白日，只是一个兵士也没见着。

程咬金性起，高举双斧，口中喊道："有胆气的随我来！"只见郑营寨中一声炮响，闪出一将，杀了十来回合，败了下去。程咬金趁势追赶了约十来里，又听得郑营中一声轰天大炮响起，四下里炮响连声，忽然一阵怪风迎面吹来。

此时天色已明，程咬金催促兵马杀去，只见斜刺里赶出七八队怪兵，都是面蓝发赤，巨口狼牙。怪兵们全都身穿五色长袍，踩着高跷，个个喊道："天兵到了，快快投降！"

魏国兵士们见了，都惊慌地兜转马头，想要奔回去。谁知身下的战马见了这班鬼脸长人，都咆哮乱跳，反而向前跑去。

单雄信大着胆，随着前队往前杀去。两队人马接着王世充的将士，围成一团乱杀。程咬金正在酣战，忽然听到喊声："拿住李密来了！"

只见一簇兵马拥着李密，锦袍金甲，双手捆在背后。李密口里喊叫："快来救我！"但很快就被带走了。

程咬金吃了一惊，对樊文超说道："如今主公都没了，战也没用，散吧！"

樊文超说道："东天也是佛，西天也是佛，散也没处去，不如投降。"于是传令投降。部下众兵一齐抛戈弃甲跪倒。

程咬金忽然想起老母亲还在瓦岗，赶紧在乱军中卸去盔甲，悄然逃走。

单雄信与王当仁在第二队，见前边一齐跪倒，不知发生了什么事，有人飞跑来报："魏公已被拿去，前军都已投降。"

单雄信有勇无谋，并不细想李密怎么可能轻易被抓，于是慌张地对王当仁说道："魏公被他们拿去了，我们在此无益，不如冲出去吧！"两人奋力杀出，无奈郑兵越杀越多。

单雄信回头一看，王当仁已不见了，正要寻找，郑将张永通飞马到来，单雄信连忙敌住。郑营中几十把钩镰枪齐举，瞬间把单雄信坐马拖翻。单雄信无奈，只好投降。

魏公李密领着精锐之士督战，见前队散乱，忙派裴仁基前往救应，谁知裴仁基也很快被镰钩套索捉去。

魏主正在惊疑，只听后面山上连声发喊，两队步兵赶下山来，从阵后乱砍。李密回望寨中，只见烟焰冲天，守寨军士正四散逃跑。

此时李密要抵挡后军，前面王世充人马已到；要抵挡前军，后边步兵又已经杀来。真是前后夹攻，腹背受敌。李密无可奈何，只得赶紧逃跑，一路逃到洛口仓城。贾润甫赶紧来接。

第二天，程咬金带了十来个小卒逃来。李密了解清楚昨日的情形，非常愤怒。正说着，忽然魏征一骑来到，李密大惊失色，忙问道："你为何离开金墉，莫非有事？"

魏征回答："昨夜五更时分，有人马叫喊开城。郑司马上城看时，只见灯火之下正是主公坐在马上。郑司马连忙开了城门，出去迎接，没想到却是敌兵。众人纷纷被抓，我连忙报知王娘娘，带着世子逃出了南门，恰好在路上遇到了王当仁，交托他送上瓦岗去了。"

正说时，只见贾润甫手下巡逻兵来报："虎牢关也失了。郑国大军只离此处三十里地。"此时连魏征也没了主意。

李密见王世充势大，洛口仓城这么小的地方，怎能支撑？于是与众人进守河阳。

未及两日，巡兵又报偃师、洛口仓城俱失。李密长叹一声，说道："贼子弄这些诡计，这都是我自己大意，以至于此。如今我方寸已乱，如何是好？"

王伯当建议道："为今之计，只有南阻河水，北守太行，东连黎阳。徐世勣为人忠义，不因成败而易心。他足智多谋，堪当一面，可派他同守黎阳。主公守住太行，部下必然来归，到时力弱则拒险而守，力足则相机而战，才是妙计。"

众将听了这话，却都沉默不语。李密问众人的意思，众将只得说道："人心皆惊，将领都没有固守之志，士兵无敢死之心。如今尚有二万人，只怕再拖下去，反而会全都散去。"

李密听了这话，不觉泪落，说道："此次一战，竟导致众叛亲离，欲守无人，欲归无地。要此性命何为？"说完拔剑便要自刎。

王伯当一把抱住，两泪交流，说道："主公，你备经困苦，方成大业；如今虽然失利，怎知不能复兴，要如此寻短见？"两人号哭连声，众将也一齐落泪。

李密哽咽半日，说道："罢，罢，我不甘居人之下，如今无计可施，诸君若不弃，跟我到关中归降唐主。"

众将齐声道："愿随主公同归唐主。"

李密对王伯当说道："将军家室多在瓦岗，不如暂且回去。"

王伯当摇头说道："我与主公共誓生死，今日怎能相弃？就算为主公身死也甘心，何况家室！"

众人听了都很感动，只有程咬金跳起来说道："不是兄弟无情，你们都去得，我却不敢追随。"

众人忙问为什么。程咬金回答："当年李世民窥探金墉城，被我追赶出城外，差点一斧砍死。幸好秦大哥把我止住了，带回来关在南牢。如今我若去了，他岂不是要把我一刀两断，叫谁来照管我老娘？不去，不去！"说完便走了。

众人说道："各从其志，他不去，我们去就是了。"

李密怕迟则有变，竟不等秦琼回来，也不去告知徐世勣，只带部下二万人西行，投奔唐国。

唐帝看李密带兵来归附，喜出望外，于是封李密为光禄卿上柱国，赐邢国公，王伯当为左武卫将军，贾润甫为右武卫将军，魏征为西府记室参军。其余将士各有赐爵。

唐帝看李密无家，又将表妹独孤公主许配给他。李密心里却想："唐帝只知道称我为弟，李神通、李道玄都封了王，却不给我封王。"于是心中郁闷。

后来秦王李世民出征回来，因为此前曾被囚禁，对李密十分无礼，李密更加郁闷，很后悔前来归唐。

● **人物点睛**

王世充

隋末群雄之一，后来自立称帝，建立郑国。王世充是西域的胡人，自小喜好经史和兵法，曾是隋朝将领。

王世充打败了李密之后，招降了瓦岗众将，最后还是被唐国灭了。

● **名家点睛**

以杀翟让故，诸将危疑，一败于邙山，而邴元贞（真）、单雄信亟叛之；密欲守太行、阻太河以图进取，而诸将不从，及粗帅以降唐，则欣然与俱，而密遂以亡。（明末清初·王夫之）

大意：李密因为杀了翟让一事，导致众将怀疑畏惧。在邙山兵败，邴元贞、单雄信便背叛了他。李密想要守住太行，众将却不肯听从。率领大家降唐，众人便欣然而从，李密因此走上了自取灭亡之路。

● **网友点睛**

李密杀掉一个翟让，只是众心离散的开端；后面宠信邴元真等小人，薄情寡义，几次要杀掉功臣的作为，却已经具有昏君的潜质，这才是他众叛亲离的根本原因。这个人从小就有济世安民的大志，才略过人，最终却落得这样一个下场，心愿虽好，志气虽高，还是慢慢走向昏庸之主的道路，可叹啊！（网友：西风叹）

第三十二回　李密反唐被诛杀

[中国古典名著]
青少年趣评版

程咬金回到了瓦岗寨，却不见母亲，忙问尤通。尤通说道："令堂陪秦伯母婆媳两个去会亲戚，没想到被秦王设计迎入长安去了。"

程咬金根本不信，笑道："尤大哥，你在耍我。"尤通便把当时的情况一一说出。

程咬金呆了半晌，喊道："罢了罢了，天杀的入娘贼，下这样的绝户计！咱把这条性命丢给他吧！"于是过了一夜，也不辞别尤通，带了两个随从，奔向长安去了。

程咬金进入长安，来到秦王府求见李世民，希望见过母亲后再来受死。谁知秦王李世民根本不责怪他，反而把他推荐给唐帝李渊。

唐帝见程咬金相貌魁梧，言语爽直，十分开心，马上封他为虎翼大将军。

秦王想念秦琼，便向程咬金询问秦琼的下落，程咬金答应亲自去请他前来归唐。第二天，程咬金辞别母亲和秦母，出发去了。

李密归唐之后，心中郁郁不欢。一天，左右报告程咬金也来归唐，李密以为他必定会来探望自己，谁知竟不见程咬金的影子。

三四天后，下人又报告说，唐帝封程咬金为虎翼将军，派他出长安去了。李密心中更加气闷，对王伯当等将士说道："程咬金是我的旧臣，他到此两三日，竟不来看我一面。如今唐主赐了他官爵，派他出长安去了，想必是前去收拾旧时兵卒，好来助唐。我们在此坐守，有何出头日子？"

李密众将士以前攻城略地，过着奢侈生活，自从归唐后，无处生财，个个坐立不安。如今众人见李密萌生去意，马上怂恿道："徐世勣在黎阳，张善相在伊州，秦叔宝、罗士信应该已平定萧铣，回归瓦岗，单雄信等人在洛阳，主公还有这么多人马，何苦在此看人眼色？"

王伯当也赞同此事，只有贾润甫劝道："主公既已归唐，为何又生二心？自从翟让大哥被杀之后，人人都认为主公弃恩忘本，因此上下离心。如今纵然再有图谋，还有谁像翟大哥一样肯把全部身家交给您？"

李密听了这话勃然大怒，拔剑便要杀他。王伯当等人连忙劝止。

有人建议道："不如通知公主，然后偷偷逃出长安。秦王就算知道了，派人来追，有公主在那里，也不敢加害。这是以前刘备带吴夫人归汉之计。"

大家商量来商量去，下不了决定，李密怒气冲冲地进屋去了。

妻子独孤公主看到李密的样子，便问道："大丈夫应当襟怀磊落，为何老是生气呢？"

李密便问道："我有一件事要跟你商量，不知可否？"

独孤公主回答："夫妇之间，有何避忌？有话直说。"

李密便说："我要背叛唐国，但不忍丢下你，想要带你同行，不知可否？"

独孤公主大惊失色，怒斥道："这是什么话？你来归唐之后，唐帝对你如此优待，看你无家，又把我许配给你。你不思报德，反生异志，还有良心么？"

李密也生气了，说道："女子出嫁从夫，你不肯同行，莫非有异志么？"

公主大怒，啐道："我以为你是一个好人，会尽心报国，没想到是如此不忠不义的人！"

李密听了这话，顿时杀气满面。幸亏旁边有个宫奴见事情危急，赶紧上前劝说："驸马息怒，我家公主年轻，不知大义。驸马应该与公主好好商量，怎么能因为一句不合，便吵了起来，有伤夫妇之情呢？"

李密听了这话，气消了一半，便走出外面去。将士问他是否与公主商量好了，李密恨恨地回答："刚说几句，公主反而责怪我不忠不义。"

王伯当大惊失色，说道："风声已漏，不好了，我们赶紧走吧！"

众人连忙收拾行装器械，一行六十余人，不等天明就逃出北门去了。

众人马不停蹄，没过几日就出了潼关，过了蓝田。李密对众人说道："如果到伊州张善相那里，需走小路才快；如果要到黎阳徐世勣处，却要走大路。"

贾润甫建议："应该分两队走，一队走黎阳，一队走伊州。"于是李密让贾润甫等一二十人走大路，前往黎阳；自己与王伯当走小路，前往伊州。

李密同王伯当三十余人走了几日，到了桃林县。县官方正治见这些人夜里要穿城而过，心中疑惑，便叫军士盘查，要检看行囊。李密手下众人大都是强盗出身，野性不改，见有人拦住，一时性起，竟拔出刀来便砍，一拥进城。王伯当想要阻拦，

隋唐英雄演义

哪里阻拦得住？

县官方正治逃入熊州，把事情告知镇守将军史万宝。史万宝惊慌不已，总管熊彦师却说道："不怕，我自有计策。只需数十人马，便能取李密首级。"

李密以为官兵一定会截住洛州，山路无人阻挡，于是骑着马缓行。一行人来到熊耳山南面，只见一条路一边是高山，一边是深溪。

李密与王伯当策马先走，忽然一声炮响，山上树丛里箭如飞蝗，人马进退不能。溪中突然冲出伏兵来，截住了前后。众人没有甲胄护身，根本不能抵挡。

箭如飞蝗射来，王伯当赶紧抱住李密的身子，千方百计地遮护，最后两人都死于乱箭之下。

话说徐世勣是个未卜先知的人，魏公李密在邙山兵败，带领将士投唐的消息传来，徐世勣便已经猜想到他们一定还会叛变。

徐世勣死守城池，想等秦琼回来，再作商量。

过了几个月，秦琼与罗士信杀退萧铣，奏凯回来。人马途经黎阳，徐世勣派人来接。秦琼与罗士信见了徐世勣，这才得知李密归唐一事。

秦琼跌足叹道："魏公气满志昏，根本不会甘心当臣下，难道随从众人都不知利害，竟没人劝他？"

徐世勣回答："魏公自恃才高，就算有人劝说，也绝不会听。将来必有事变，兄长如何打算？"

秦琼说道："家母两三个月没有信到了，我正急着要到瓦岗去。"

徐世勣连忙问道："秦兄还不知道么？令堂令郎都被秦王迎入长安去了。"

秦琼大惊失色，连忙让罗士信带兵驻扎，自己赶到瓦岗寨去问个究竟。瓦岗寨众人见到秦琼，赶紧把事情详细说了一遍，连明取出两封书信来，一封是秦母写的，一封是刘文静写的，递给秦琼。

秦琼接了过去，一看母亲的手迹，早已泪流满面。他把书信看了一遍，问起程咬金的下落，众人回答："他开始时不肯归唐，但一听说母亲已被接入长安，便连夜跑去了。"

秦琼心中暗想："如果魏公不去投唐，我为母亲而去，倒也没有什么不妥。如今魏公在唐国，我如果去了，唐主感激我以前的救命之恩，一定会把我封为上卿，魏公心里就会怀疑我。这事真是难办。"

他想去征求徐世勣的看法，于是辞别尤通和连明，又赶回黎阳去。徐世勣听了事情始末，说道："魏公投唐绝不会久，早晚必有变故。不如等事情定局之后，再去无妨。"

秦琼十分赞同，于是写一封信给母亲告知自己的下落，又写一封信回复刘文静。

秦琼打探单雄信的下落，得知邙山兵败之后他投降了王世充，便对徐世勣说道："单二哥竟然投降郑国，这决定很不妥，如何是好？我与他誓同生死，如果各投一主，岂不是背了前盟？"

徐世勣回答："我与他也是誓同生死，难道就没想过？单二哥为人虽然重情，却很固执。唐公先前误杀他的兄长，这仇他日夜不忘，绝不可能归唐。我们又不能去投王世充，否则真是误了性命。"

秦琼本想去探望一下单雄信，但又怕被他留住了，只得耐心待在黎阳。

这天，贾润甫十几人到来，秦琼和徐世勣忙问魏公李密在何处。贾润甫将李密反唐的始末说了一遍。

此时众人还不知道李密已经被射杀。秦琼看事情变化成这样，心里烦闷，便约了徐世勣到郊外散心。

两人正在郊外打猎，忽然一队素车白马的人前来，秦琼定睛一看，竟然是魏征。

大家连忙下马相见。秦琼问魏征为何如此装束，魏征叹息不已，说道："各位还不知道吗？魏公与伯当兄，都已经死了！"

秦琼听了这话，顿时呼天大哭，徐世勣也泪如泉涌。

原来李密死于乱箭之中的消息传到长安，魏征向唐帝请求前来收殓尸骸，唐帝看在瓦岗众人的面子上答应了。

秦琼叹息不已，对徐世勣说道："果然不出徐兄所料啊！"

魏征又告诉他们："唐帝已经颁布了赦书，魏国诸臣都可归唐，还可重用。"

徐世勣建议："大家一起去安葬了魏公，不想再做一番事业的兄弟，可以各自散了。还想要建功立业的兄弟，除了秦王那里，没有更好的归宿了。"

众人齐声赞同，商量好明日起身，前往长安。

秦琼问道："此地作何去留？"

徐世勣回答："此地前有王世充，后有窦建德，魏公已亡，弹丸之地难以死守。有劳将军王簿等我们起身之后，将仓库粮

食散给百姓，库饷分给军士。数日内率领三千人马，赶到熊州来送葬魏公。"

徐世勣吩咐停当，众人朝长安进发。

程咬金前来寻找秦琼，半途得知各位兄弟的去向，连忙赶往瓦岗寨，与尤通、连明一起收拾兵马，也赶往长安。

● 人物点睛

罗士信

隋末唐初猛将，秦琼的结拜弟弟。罗士信十分骁勇，性格鲁莽，容易冲动。他原本是隋将张须陀的部将，后来归降瓦岗，瓦岗兵败之后归唐，屡立战功，被封为剡国公。

● 名家点睛

（李密）非穷无所归者，且有徐勣代为之守，而其麾下王伯当、魏征之流皆人杰也，何遽降唐？既降又图反复致死，进退狼狈，岂天夺其魄邪。(清·秦笃辉)

大意：李密并不是走投无路，还有徐世勣在守黎阳，部下又有王伯当、魏征之类的杰出人才，为何要那么匆促地投降唐国呢？投降之后又要反叛，反复无信才导致进退狼狈，最终自找死路。这是老天要让他败亡啊。

● 网友点睛

王伯当一代奇才，终于被坑死了，哎……（网友：万物静默）

第三十三回 尉迟恭投降唐国

秦王李世民看魏国投唐的将士很多，都是能征善战之人，便想要亲自去祭奠李密，以慰军心。此时魏国众将士齐聚熊州，摆了李密的牌位，身着白衣白甲前来祭奠。

秦王亲自来到熊州，只听三声炮响，四五百名白衣将士来接，再走四五里，又是许多白甲兵将，放炮跪接。秦王见这些将士一个个盔甲鲜明，旗带整齐，心中想道："魏国军队真是知礼知义，李密无成，真是可惜了。"

一路缓行，离熊耳山数里时，忽然三声轰天大炮，鼓角齐鸣。徐世勣、魏征、秦琼率领许多将士，齐齐鞠躬站定，迎接秦王。

众人来到李密牌位前，徐世勣、魏征、秦琼、程咬金等将帅都披麻戴孝，俯伏在地上大哭。

当初李密在金墉城何等气概，本来想争夺天下，最后却死于非命，众人想起今昔之别，都十分悲痛。

秦王祭奠完毕，魏将仍然送出十里外，这才回转。秦王问众将何时到长安，众人答应几天后便去。

到了约定的日子，众人先去见秦王，再去朝见唐帝。徐世勣把军士花名册呈上给唐帝过目，唐帝喜出望外，立刻封徐世勣为左武卫大将军、秦琼为右武卫大将军、罗士信为马军总管，其余众将也各有封赏。

话说定阳的刘武周称帝，派大将宋金刚、先锋虎将尉迟恭带领二万人马，杀奔并州而来。并州是唐国的齐王李元吉留守，尉迟恭骁勇无比，打败了李元吉手下猛将一二十人。李元吉连忙派人到长安请救兵。

宋金刚、尉迟恭攻势急切，李元吉十分害怕，让人画了尉迟恭的图像，悄悄带着出了北门，自己逃回长安去了。

不久晋阳浍州又有文书来报，文书上说刘武周围城紧迫，请求唐帝赶紧发兵救援。

唐帝召来瓦岗众将，说道："晋阳是中原咽喉，不可有失。但宋金刚部下有一员猛将，名叫尉迟恭，骁勇绝伦，难以克敌。"说完指着李元吉带回来的画像，要众将过去看。

秦王带领徐世勣等人一齐到图像边，只见尉迟恭身长九尺，铁脸圆睛，长着髭须，双鼻高耸，手持一根竹节钢鞭，俨然一个黑煞天神。

徐世勣问道："这不就是个丑陋的猛将吗？有何可怕？"

秦琼对秦王说道："这丑奴的画像放在这里，亵渎大唐朝廷，让臣把它涂掉。"说完拿过笔，把画像从上至下涂了一遍，这才上奏唐帝："臣愿领兵三千，赶到晋阳灭了此贼，如若不胜，愿受惩罚。"

唐帝大喜，连忙说道："你肯前去，必能成功。"于是任命徐世勣为讨房大元帅、秦琼为讨房大将军、王簿为正先锋、罗士信为副先锋、程咬金为催粮总管。秦王担任监军大使，带领唐将押后。众人连夜起行，朝并州奔去。

几日后，众将来到并州，统兵与刘武周交战，夺回了五六处郡县。大军来到柏壁关时，秦琼刚好碰上尉迟恭，两人大战了四五阵，不分胜负。

尉迟恭向来战无不胜，此次却遇到秦琼是个劲敌，两人厮杀日久，谁也无法取胜。宋金刚见尉迟恭打不下秦琼，心里怀疑他是故意的，便派人督战。

尉迟恭刚打了一阵，宋金刚的人又来催，只得下关去，又与秦琼大战了百余回合，还是杀了个平手。

　　秦王在阵前观看，既爱惜秦琼，又舍不得尉迟恭。看看天色已晚，他怕两人有失，便吩咐鸣金收兵。

　　秦琼杀得性起，哪里肯停下，吩咐军士点起火把，又要去夜战。秦王正要阻拦，忽然刘武周那边一声炮响，火把点得如同白昼，尉迟恭也在阵前大叫："快快出来厮杀！"

　　尉迟恭是刘武周手下猛将，长相丑陋，骁勇无敌。唐国众将前来讨伐，秦琼与尉迟恭大战多次，不分胜负

秦琼听见对方挑战，立刻换了马匹出阵，对尉迟恭说道："我今夜杀不了你，誓不回营！"

尉迟恭也说道："我今夜砍不了你的头颅，绝不回寨！"

双方抖擞精神，奔上去大战了百余回合，还是无法分出胜负。尉迟恭便笑道："我们的手段彼此都知道了，再斗也没用。你敢与我斗并力法么？"

秦琼疑惑道："什么是并力法？"

尉迟恭回答："你先让我打几鞭，我再给你打几铜，以定强弱，这就是并力法。"

秦琼笑道："你这么大个人，说的却是孩子话。这样开玩笑的事我不会答应的。"

尉迟恭心里想道："这话说得也是。一鞭两铜打下去，说不定就死了。就是打不死，也成了残疾。"于是放弃了并力法。

此时他转眼一瞥，看见旁边有两块大石，各有一二千斤重，便对秦琼说道："那两块石头差不多重，我跟你赌一下：我们各用兵器打，多打一下才碎的，就算输了。"

秦琼问道："你的兵器多重？"

尉迟恭回答："一百二十余斤。"

秦琼说道："我的铜一根有六十四斤，两根一起也重不了几斤。"

尉迟恭便说道："我用你的双铜打，你用我的单鞭打，大家交换用力，如果你打输了，你归降我们。如果我打输了，我投降你唐国。只打三下，决定谁强谁弱。"

秦琼答应了。两人一齐下马，尉迟恭把鞭递给秦琼，秦琼也把双铜递给他。只见尉迟恭怒目狰狞，用力打去，石头上竟一丝缝隙都没，又尽力打一下，石面上只陷下去二三寸。尉迟恭心中慌了，用尽平生之力打了第三下，只听"噗通"一声，大石裂开，化为两半。

尉迟恭非常高兴，笑道："怎样？轮到你打了。"

秦琼把袍袖扎起，看着石头，对天默祷："苍天在上，秦琼与胡奴在此比试，如果秦王能够一统天下，秦琼能够在此建功，请让我不需三下就把大石分开。"

祷告完毕，秦琼双手举鞭，尽力打去，石头露出了缝隙。又用力一下，石头已彻底分开。

秦琼欣喜不已，笑道："怎样？石头都分开了，如果是打在人身上，此刻恐怕就变成肉泥了！你打三下，我只用两鞭，算你输。"

尉迟恭立刻耍赖说道："我的兵器重，你的铜轻。"

两人正在争论，只见四五个小兵捧来一坛酒、一盘牛肉，说道："殿下怕二位将军用力太过，献上一樽酒补充体力。"

尉迟恭一听这话，勃然大怒，说道："谁要吃你家的东西，我要再厮杀！"

两人各自交回兵器，上马就要再次厮杀，谁知唐军里忽然响起鸣金声，秦琼只得拨转马头回寨去了。

尉迟恭回到营中，几个小兵兴高采烈地把阵前赌赛一事报告宋金刚。谁知宋金刚大怒不已，骂道："尉迟恭在阵前赌赛饮酒，如此儿戏！分明是私通敌人，怠战贪玩，泄露军情！"于是上奏刘武周。

刘武周信以为真，勃然大怒，命令把尉迟恭斩了。众将再三求情，刘武周便另派大将寻相去守关，把尉迟恭贬到介休去看守粮草。

徐世勣打听到刘武周那边的情况，十分高兴，立刻点选众将，分头攻打柏壁关。柏壁关守将寻相早已有心归唐，如今看见唐国兵多将勇，知道此关守不住了，干脆献关降唐。

李密手下将士个个想要建功，顺势杀得宋金刚的人马十去其八，只剩二三千人逃走。刘武周十分惊慌，连忙移兵转北。

徐世勣得知尉迟恭被派往介休守护粮草，便定下了计策，吩咐罗士信与王簿先到介休去。秦王大队人马随后慢慢追赶。

话说尉迟恭侥幸活命，带领一队人马离了柏壁关，向介休进发。来到安封，只见一批人马押着粮草前来，尉迟恭过去查点，粮食总共三千石，草有一万余束，车上各插小黄旗为号。

此时天色已暗，尉迟恭命令军士将粮草围在中间，众兵结成野营，在外驻扎。尉迟恭不脱衣甲，独自警惕地坐在营中。

过了一阵子，忽然前方吵闹起来，军人报告："有贼来劫营了！"尉迟恭连忙提鞭跨马，走了二三里，只听一声炮响，喊杀连天。

一队人马忽然出现，为首一将杀向前来。尉迟恭问道："你是何人？"

来将回答："我乃大唐徐元帅手下大将王簿，奉元帅将令，特来取你家的粮草。"

尉迟恭骂道："泼贼，你认得我么？"

王簿笑道:"我老爷怎不认得你这个杀不死的贼!"

尉迟恭勃然大怒,举起手中的鞭,劈面砍来。王簿连忙举枪迎住。两人一来一往,战了五六十回合,王簿败了下去。

尉迟恭紧追不放,忽然耳边喊声震天,往后一看,只见一派火光,上下通红。尉迟恭放弃了王簿,勒回马去看,只听霹雳声响,一时间粮草都被罗士信带领唐兵烧了。

尉迟恭见粮草被烧尽,心中烦闷,又怕王簿夺了介休城,只好连夜赶到介休,正遇见王簿与罗士信,又杀了一阵。罗士信和王簿杀不过尉迟恭,只得放他进介休城去。

秦王与徐世勣大军到来,将城池包围起来。寻相进城去劝说尉迟恭投降。尉迟恭回答:"要我降唐,除非刘武周死了,如果他没死,杀了我也不投降!"

寻相把尉迟恭的话回复秦王。秦王听了之后,心中烦闷。忽然总管刘世让回来,把刘武周与宋金刚的首级献上。

秦王又惊又喜,忙问道:"两人的首级从何得来?"

原来徐世勣先前已经定下了计策,让刘世让带着礼物去献给西突厥的曷娑那可汗,请他一起攻打刘武周。曷娑那可汗大喜,说道:"我正在这里恼恨刘武周,他请我们来帮忙攻打唐国,没想到却自己先行,所破郡县,子女财物都被他取去,却让我们在后面当支援。如今你家唐主既然来和好,我就起兵来会,先问了刘武周之罪,再与你们去讨伐王世充。"

过了两天,刘世让还在对方营中,刘武周与宋金刚被唐军杀败,竟跑来曷娑那可汗这里。曷娑那可汗便用计杀了两人,吩咐刘世让带着首级,前往献给唐帝。

秦王李世民听了这事,大喜说道:"这是天赐我成功啊!"

立刻吩咐寻相带着刘武周、宋金刚两颗首级，再进介休城去。

寻相奉命进城，尉迟恭看见两颗首级，呼天抢地大哭，无奈人已死去，只好备礼祭献，然后按照约定，开城降唐。

秦王十分敬重尉迟恭，立刻上奏朝廷，唐帝封尉迟恭为左府统将军。

● **人物点睛**

刘武周

隋末群雄之一，出生于豪富之家，年轻时骁勇善射，喜欢结交英雄。刘武周曾随军攻打高丽，得到提拔，后来趁天下大乱，夺了城池起兵，依附突厥，图谋帝业。在与唐国交战中，刘武周曾大破李元吉，席卷唐国的发祥地晋阳，震动大唐。可惜不久便惨败于秦王李世民。

● **名家点睛**

武周始为鼠窃，偶恣鸱张，不用君璋之谋，竟为突厥所杀。(《旧唐书》)

大意：刘武周窃夺了城池起兵，偶然得势，十分嚣张，不用君璋的谋略，最后兵败被突厥杀了。

● **网友点睛**

秦琼大战尉迟恭，也是一场好戏。古代的"穿越迷"们喜欢想象"关公战秦琼"的精彩，看来是两大"门神"太过和气了，不好拿彼此来厮杀，只好直奔战神关公去了。勇将们在一旁厮杀，谋臣们在场下设局，看来看去，怎么觉得还是徐世勣最厉害？不愧是与李靖势均力敌的人物啊！(网友：三少爷的剑)

第三十四回 尉迟恭勇救秦王

[中国古典名著]
青少年趣评版

　　曷娑那可汗杀了刘武周、宋金刚，秦王请他助唐伐郑，因此拔寨往河南进发。几千人马到了一个叫盐刚的地方，山前冲出一队军马来。

　　曷娑那可汗派人去问是何人，来将答道："我乃夏王窦建德手下大将范愿。"

　　原来勇安公主窦线娘要到华州西岳进香，窦建德派范愿领兵保护。此时香已进过，正在回来途中。范愿得知对方是曷娑那可汗，便说道："你们是西突厥，到我中国来做什么？"

　　曷娑那可汗回答："大唐请我们来帮助伐郑。"

　　范愿听了大怒，说道："唐与郑都是隋朝臣子，你们这些贼人守着北边的疆界就是了，为什么要帮别人侵犯别国？"

　　曷娑那可汗也勃然大怒，说道："你家窦建德是买卖私盐的贼子，窝着你们这班强盗，成得什么大事，还要饶舌！"

　　范愿与手下众人当初确实是强盗，被对方说到了旧病，个个怒目狰狞，冲向曷娑那可汗的人马，一顿乱砍，杀得蛮兵们夺路而逃。

　　曷娑那可汗一路逃走，手下将领拼命抵挡，谁知斜刺里冲出无数女兵，见了敌人就地一滚，如落叶翻飞，蝴蝶飞舞，瞬间拖走了一个高大的将官。

　　窦线娘命人把将官押上来，将官说道："公主若是肯放了我，以后相见，也许能相报。"

　　窦线娘勃然大怒："一派胡言，给我押出去砍了！"

　　五六个女兵便来拥他出去，汉子口里大喊："我老齐不怕死，只可惜有负罗小将军之托，不曾见得孙安祖一面。"

　　窦线娘连忙把他叫回来，问道："你说什么罗小将军与孙安

祖，是哪个孙安祖？"

汉子回答："孙安祖只有一个，就在你郑国做官。"

窦线娘便叫人去了捆绑，赐他坐下，又问他叫什么名字，与孙安祖如何相识。汉子回答："我名叫齐国远，与你家主上是相知，与孙安祖是好朋友。"

原来李密杀了翟让之后，齐国远与李如珪两人便弃了瓦岗，去投奔柴绍，此后便为唐国效力。幽州刺史张公谨要过五十寿诞，柴绍先前与他是八拜之交，于是请齐国远去走一趟。齐国远到了幽州，恰好遇见幽州总管罗公的儿子罗成。罗成知道他与秦琼是知交好友，便写信交托给齐国远，要他带给秦琼。

窦线娘听了这段来由，便问："你刚才说什么罗小将军，又是什么人？"

齐国远回答："就是幽州总管罗艺之子罗成。他与秦大哥是表兄弟，他有一桩亲事，要秦大哥转求单雄信玉成。"

窦线娘听了这话，顿了一顿，这才问道："哪有人的婚姻大事，托朋友千里奔求的？"

齐国远见她不信，便把书信拿出来给她看。窦线娘接过去后，塞入自己靴子内，说道："罗小将军的书信暂留在此，等你到我国会过了孙司马，再交还你吧。"齐国远没办法，只得答应，随范愿去了。

窦线娘见他走了，心中想道："齐国远说罗郎有一桩亲事，不知他看上了何人，等我拆开来，看看他写了什么。"于是拆开看了一下，这才知道杨义臣已经去世了，罗成只好转而求单雄信帮忙，要向窦家求亲。

窦线娘看了信，双泪交流，想道："原来杨义臣死了。我说罗郎怎么不去求他，反而要求别人呢。"

她把信从头到尾看完，又不禁叹道："罗郎，你有心于我，却不知我这里事出两难。如果杨老将军不死，父皇还肯听他的话，如今他去世了，就是单二员外来请求此事，父皇也不可能答应了。"想到这里，不禁哭了起来。

窦线娘哭了半天，又暗自叹道："罢了，这段姻缘只好来生再结了，何苦为了我耽误了罗郎的青春。当初我住在二贤庄时，单家的爱莲小姐十分有情义，我与她曾结为姐妹。罗郎要去求叔宝帮忙，不如将他的书信改上几句，就叫叔宝去求单小姐的亲事，单员外一定会答应。如此一来，岂不两全其美？"打算完毕，窦线娘便悄悄地将信改了，重新封好。

第二天，一行人正要拔寨起行，只见四五匹马飞跑而来，禀告勇安公主："主公有令，请公主快点回国。王世充被唐兵杀败，派人来求救，主公要亲自去救援。"

窦线娘听了这话，忙将昨晚的书信取出，仍然交回给齐国远，自己带着手下女兵作前队，范愿作后队，急忙赶回。

齐国远知道夏国要出兵，便不去见孙安祖了，径直找秦琼去。

秦王与徐世勣灭了刘武周后，军威大振。徐世勣对秦王说道："王世充自从灭了魏公李密之后，得了许多地方，增了许多人马，声势非比昔日。如果现在不除，日后更难剿灭。"

秦王认为说得对，于是徐世勣调兵遣将：史万宝自宜阳进兵，取龙门一带；刘德威自太行山攻取河内；王君廓自洛口断绝王世充粮道；黄君汉自河阴攻回洛城；屈突通、窦轨驻扎在

　　勇安公主窦线娘看到罗成的书信，十分感动。她把信的内容改了，想让罗成去娶单雄信的女儿

中路埋伏，接应各处缓急；王簿同程咬金等人前往黎阳收复以前的魏国土地；罗士信与寻相去夺取千金堡和虎牢。徐世勣自己则与秦王、秦琼、尉迟恭挺进河南，前往鸿沟界口与李靖会合。

诸将奉了元帅将令，分头领兵去了。秦王统领一班将士进入河南。此时李靖已杀败了朱粲，将兵马屯扎在鸿沟界口，专等秦王来进兵。

秦王来到鸿沟界口，与李靖见过了，问道："王世充处声势如何？"李靖回答："臣已派人细细打听，他们得知大唐统兵来征伐，各处分外严备，尽遣弟兄子侄把守。"

秦王笑道："王世充真是愚人，哪有国家功业都让自己亲人占尽，难道他自己家的子弟都是贤智之士？"于是下令将士直奔洛阳。

王世充点选二万人马，与唐兵对阵。秦王派秦琼、尉迟恭冲入王世充前阵，自己带领史岳、王常等人，抄到王世充背后去。众人混杀一阵，王世充退入城中。

第二天，秦王与徐世勣到寨外游玩，只见二三十名猎户走过。秦王叫人带他们过来问问。

猎户们跪下禀道："魏宣武陵上昨日有只凤鸟飞来，停在陵树上，我们想去抓捕。"

秦王问道："魏宣武陵有多远？"

猎户回答："一二十里地。"

秦王便想过去看看。徐世勣劝道："不可，魏宣武陵逼近王世充后寨，如果有伏兵怎么办？"

秦王却说道："王世充刚大败，哪敢出来挑战？"于是带领五百铁骑前去。

众人来到一个平坦之地，只见四周广阔，山林远照。左有飞来峰，右有瀑涧泉，怪兽来往，正是魏宣武陵所在地。

秦王左顾右盼，赞叹不已。忽然众猎户喊道："那飞来的不是凤鸟么？"

秦王定睛一看，只见一只大鸟五色彩羽，后边跟随着七八十只小鸟，正站在一棵大树上。秦王笑道："这是海外的野鸾，怎么把它错认为凤鸟？"

众猎户正要张网，只听一人喊道："那边又有兵马来，不好了！"

众猎户顿时一哄而散。徐世勣赶紧催促秦王返回。秦王忙取出一支箭，拽满弓，向那只野鸾射去，正中其翅，野鸾带箭飞出谷口去了。

秦王纵马也出了谷口，只见外边尽是郑国旗号，一将飞马前来，口中喊道："李世民，我郑国大将燕伊来拿你了！"

秦王见势不妙，忙跑进涧去，带住马，一箭射去，正中燕伊咽喉。再看那野鸾时，只见正在树上整理羽毛呢。

秦王左右一看，前面是断涧，后面是郑国兵马，徐世勣又落在后边。秦王只得加鞭纵马跳去，越过了一个三四丈宽的深涧。

秦王听见对岸金鼓之声鼎沸，心里慌张，对着野鸾说道："灵鸟，灵鸟，你如果能救我脱难，便向我啼叫三声。"那鸟儿竟真的向秦王连叫三声。

秦王看涧旁山路崎岖，便离鞍下马，把马系在树上，自己随鸟进山，攀藤附葛而行。到了山顶上远望对岸，只见一将凶煞神一般，快马跑来，竟是单雄信。后边又有一将，也纵马赶来，却是徐世勣。

秦王正呆看，忽然灵鸟又叫了一声，秦王便随灵鸟走去，只见一个石室，外边站着一名老僧，相貌端严。老僧把手向灵鸟一招，鸟儿便飞入掌中，老僧走进石室去了。

秦王十分惊奇，连忙也走进石室，只见老僧盘膝而坐。秦王知道这是圣僧，便恭敬地问道："请问圣僧，我今日能脱难么？"老僧叫他躲在自己背后稳睡。

单雄信熟悉地形，知道此谷名为五虎谷，洞名是断魂涧，没有出路，便策马绕谷而行。后边一骑马飞奔前来，高声叫道："单二哥，不要伤害我家主公！"正是徐世勣。

徐世勣赶向前，扯住单雄信衣襟，说道："单二哥别来无恙，请不要逼我家主公。"

单雄信回答："以前大家相聚一处，便是兄弟。如今已各事其主，只是仇敌。雄信一定要诛灭李世民，以报兄长之灵，以尽臣子之道。"说完拔出佩刀，割断衣襟，又去找寻。

徐世勣见事势危急，连忙勒马奔回，大喊："主公有难！"

此时尉迟恭正在洛水湾中洗马，忽然看见东北角上一骑马飞奔前来，定睛一看，原来是徐世勣。只听徐世勣口中大喊大叫："主公被单雄信追至五虎谷口，快快去救！"

尉迟恭听了这话，不及披挂，跨上马便飞跑而去。

单雄信四下一望，并无秦王踪迹。他把坐骑一提，跳过涧来各处寻觅，也无踪影。单雄信下马走上山顶，往石洞看去，

287

发现一只斑斓猛虎蹲在里面。

他吃了一惊，心想："李世民想必被虎吃了，等我去下面看看。"于是跨上马，来到涧边。忽然山坡那边一员大将出现，来人面如浑铁，声若巨雷，大叫："勿伤吾主，尉迟恭在此！"说完也跳过涧来。

单雄信举槊来刺，被尉迟恭把身一侧，一鞭打去，正中手腕。尉迟恭将鞭放下，趁势来夺单雄信手中的槊。单雄信虽然勇猛，但毕竟抵挡不住尉迟恭的神力，两人相互扯了四五下，单雄信一条槊已被尉迟恭夺去。单雄信只得跳过涧去，逃走了。

秦王躲在洞内，只听耳边传来一片杀喊声。过了一会儿，老僧合掌念了一句："阿弥陀佛，灾星已过，救兵已来，君王可以出洞去了。"

秦王起身道谢，问道："不知圣僧是何法号？我回太原之后，一定派人来供养。"

老僧回答："贫僧叫作唐三藏。供养不必，但愿你能做一个好皇帝，便足够了。"说完瞑目入定去了。

秦王走下山去，只见尉迟恭飞马前来，问道："殿下没有受惊么？"

秦王回答："没有，雄信这强徒呢？"

尉迟恭说道："逃出谷外去了。此地不是久站之所，快同臣出谷去。"

两骑马纵过了深涧，直至五虎谷口，刚好遇到郑将樊佑、陈智略，尉迟恭二话不说，一鞭一个，把二将都打倒了。

尉迟恭杀开一条血路，冲出重围，只见秦琼、徐世勣领着诸将，正与王世充后队交战。

尉迟恭对李靖说道:"你保护殿下回寨,我再去杀贼!"说完赶到郑军中去。

郑家兵将虽多,却不是秦琼和尉迟恭的对手,被他俩一条鞭、两根铜打杀了许多人。

尉迟恭猛抬头一看,只见一人冲天翅、蟒袍玉带,骑马在高处观战,正是王世充。尉迟恭连忙撇下众将,提鞭直奔而去,吓得王世充勒马便逃。

尉迟恭直追到新城才转了回来。徐世勣下令鸣金收回人马,到秦王寨中来。

秦王笑道:"如果没有尉迟恭奋力向前,我们差点被困住。"从此对尉迟恭更加欣赏。

王世充见唐将厉害,不敢出来对垒了,如此相持了数日。一天,秦王正与众将商量破敌之策,只见各处捷报雪片般飞来。

原来各路人马都已攻城略地,郑国土地已收了三分之二。

徐世勣说道:"虎牢与千金堡是各州县咽喉之所,这两个地方不收,其他地方纵然夺取了,也难以守住,臣亲自去走一遭。"于是徐世勣别了秦王,连夜带领精兵一千,朝虎牢进发。

● 人物点睛

尉迟恭

唐朝名将,字敬德,原本是刘武周手下猛将。尉迟恭骁勇绝伦,一生驰骋沙场,屡立奇功,后来被封为鄂国公,是凌烟阁二十四功臣之一。

尉迟恭面如黑炭,长相吓人,在民间传说中,他和秦琼一起成为门神。

● 名家点睛

　　敬德如此行藏，且在李卫公之上矣，世徒以万人敌称之也。（明·张燧）

　　大意：尉迟恭如此举止，高明处还在李靖之上，世人却只用"万人敌"来形容他，真是小看了他。

● 网友点睛

　　唐三藏此时便是个老僧人，还救了李世民一命，后来怎么反倒成为著名的"唐御弟"，这脑洞也开得太大了吧？还是说唐三藏越活越年轻，最后返老还童，当了御弟，去西天取经了？《隋唐演义》跟《西游记》这可对不上呀，好吧，一个是神怪传说，一个是英雄传奇，大家各讲各的。（网友：小宁子）

隋唐英雄演义

第三十五回 窦建德兵败被俘

王世充将重要的城池都交托给自家子弟，结果被唐将势如破竹地攻克。王世充赶紧派人去向夏王窦建德求救。

徐世勣怕罗士信打不下千金堡，亲自赶来，哪知罗士信已用计破了城，把城内军民不分老弱都杀了，徐世勣知道之后，叹息不已。

虎牢城也被唐将用计攻克。两处要害之地都落入大唐手中，徐世勣十分欣喜。

郑国的长孙安世奉了王世充之命，带了许多金帛来到夏国都城乐寿，将宝物馈送夏国诸将。众将都领受了，只有凌敬不肯收，大将曹旦也派人把礼物送回。

第二天，长孙安世来见夏王，恳求夏国出兵救郑国。夏王问众人的意思，一帮收了贿赂的人纷纷赞成出兵相助，凌敬连忙劝道："如今唐国势盛，占据要塞，我们要发多少兵力才能对付？不如先发大军取了怀州河阳，收取河东之地。秦王知我军入境，必定引兵来救，郑国之围也能解开。"

众将纷纷反对："救兵如救火，这样迂回曲折，郑国万一撑不住被灭了，夏国就真的唇亡齿寒了。到时主公还会失信于天下。"

窦建德看众人意见纷纭，争论不休，便走进宫去。曹后连忙迎接，问他出了什么事。窦建德把郑国求救的事和众人的意见说了一遍，曹后说道："凌敬之计很好，陛下应该听从。"

窦建德却反驳道："这是迂阔之论。"

第二天，窦建德任命曹旦为先锋、刘黑闼为行军总管，自己与孙安祖为后队，起十五万人马，朝着虎牢进发。勇安公主自从那夜见了罗成的书信后，伤感成疾，无法出征，便与凌敬、曹后等人守国。

唐将听说窦建德来救，怕腹背受敌，都很忧虑，只有秦王十分喜悦。李靖也笑道："没想到殿下此番出师，一箭竟能射双雕。"

秦王便问有何计策。李靖说道："洛阳很快便可攻破，我军分兵围困，殿下亲自带领精锐之师占领成皋，养精蓄锐，以逸待劳，用奇计一举破了窦建德。窦建德破了，王世充必定投降。"秦王十分开心，便让李靖负责围困洛阳，其他人按计而行。

秦王带了秦琼、尉迟恭二将，统领五千玄甲兵，赶到虎牢，与徐世勣等人相会了。秦王问徐世勣："据说夏兵共有十万前来，不知是否真实？"

徐世勣回答："不用管他多少兵马，臣今夜只需三千人，便可吓他一个心胆俱碎。"说完把计策告知秦王，秦王连声称妙。

徐世勣取来令箭一支，吩咐罗士信与副将高甑生带领一千人马，即刻起身，悄悄前往南方鹊山埋伏。又取令箭一支，对秦琼和副将梁建方说道："二位将军领一千兵，到汜水东北上一个土山埋伏，速去预备。"秦琼与梁建方领计去了。

徐世勣又取令箭，吩咐尉迟恭和副将白士让："二位将军就在虎牢西角上，依计行事。如果杀到鹊山遇到了罗士信，不论胜败，都即刻杀转来。"尉迟恭、白士让领计去了。

徐世勣又叫军士在正南山上竖起一个高竿，让一将带二千玄甲兵守护着。

夏国的先锋曹旦到了虎牢，结营一二十里。他派人每日到唐营挑战，谁知无人应战。

这天晚上，兵士们解甲安睡，只听一声大炮响，喊声震天。曹旦忙跨马赶出寨来，只见无数火枪，掩着一个黑脸大汉杀来，正是尉迟恭。

曹旦举枪来刺，尉迟恭一鞭打向胸膛，曹旦忙把身子一侧，火枪早已打在脸上，把胡子都烧掉了，只好败回阵中。尉迟恭领一千兵，东冲西突，无人敢来拦阻。

尉迟恭一直杀到将近鹊山时，忽闻第二个大炮响了，只见罗士信马上尽是红灯响铃，好像有几千人马杀来。

夏军第二队高雅贤领兵马来接应，却抵挡不住罗士信。高雅贤便对刘黑闼说道："南山上的红灯一定是唐家暗号，我们射了它，那些兵马自然就散乱了。"

刘黑闼立刻扯满弓，一箭射去，正中目标，红灯落了下来。谁知另一灯又挂起来了。高雅贤正要再射，忽然一声炮响，无数火球从半天里飞下来。

一员大将冲杀出来，大声喊道："秦叔宝在此，看锏！"

高雅贤赶紧迎敌，被秦琼拨开枪，一锏打下马去。梁建方正要去刺他，刘黑闼赶紧救了，退了下去。

秦琼与尉迟恭、罗士信会合了三千兵，看上去倒像几万人马，东冲西砍，杀得夏军如落花流水。正在高兴时，忽然唐军鸣金，只得勒马回营。

徐世勣说道："此举不过是送个信给他们，要他们知道唐国将士的厉害。明日一阵，各位就都要努力了，成败只在此举！"

窦建德被偷袭了一场，便让刘黑闼改为前队，曹旦改为中营，来到牛口谷。他分派将士，北边到河，南边到鹊山，排了二十多里。唐军按兵不动，窦建德便派三百士兵渡过汜水。

294

秦王与徐世勣上了一个高丘，立马遥望。徐世勣说道："窦建德自从山东起兵以来，不过攻些小小贼寇，未逢大敌，如今虽然结成大阵，但是部伍不整，纪律不严，还是易破。"

此时两人望见郑国的代王琬带了亲随兵马，正站在阵后监战。只见他戴着束发金冠，穿着锦袍金甲，骑了隋炀帝的坐骑，是一匹从大宛国进贡的青鬃马。

秦王赞道："这小将骑的好一匹良马！"

尉迟恭正在旁边，立刻说道："殿下说此马好，等我取来献上。"

秦王连忙说："不可，不可！"尉迟恭两腿把马一夹，已经奔进夏军中去。旁边两个将官高甑生、梁建方怕他有闪失，也拍马跟去。

代王琬按着缰，正在那里看战，只听得耳朵里一声大喝："哪里走！"早已像提小鸡一般，被尉迟恭提过马去。此时高甑生已到，带上青鬃马一起回唐阵。

夏兵见唐将如此勇猛，全都大惊失色，无心恋战，慌忙退回。

徐世勣见时机成熟，立刻大声喊道："此时不趁势杀贼，更待何时！"说完亲自擂起军鼓，唐将白士让、杨武威、王簿、陶武钦带领许多精兵，一拥而进。

秦王带领轻骑，同尉迟恭、秦琼、罗士信过了汜水，从夏阵背后杀过去，扯起大唐旗号，前后夹攻。

夏国将士见势大惊，只得且战且退。唐兵追赶了三十余里，杀了无数敌兵。窦建德亲自来决战，却遇到柴绍夫妻领了一队娘子军，勇不可当。窦建德当先来战，立刻中了一枪，忙叫来护驾将士，谁知将士们多已逃散。

窦建德大惊失色，慌乱中见旁边芦柴茂密，赶紧连马一起往里钻，娘子军没有发现，一直杀向前边去了。

窦建德身上的金甲十分闪亮，车骑将军白士让、杨武威发现之后，知道芦草中藏了敌人，立刻纵马赶来，往芦草中乱刺。窦建德只得大叫："我是夏王，将军若能相救，我与你们平分河北，共享富贵。"

杨武威停手说道："你先出来，我们便救你。"窦建德跳了出来，结果被他们一把抢来，瞬间捆住了，押回到大寨去。

此时尉迟恭杀了刘黑闼，王簿杀了范愿，罗士信活捉了郑国使臣长孙安世。夏国十几万雄兵，或死或伤或逃，一战便散尽了。只有孙安祖带了二三十名小卒，逃回乐寿。

秦王见窦建德被押了进来，便笑道："我征讨王世充，与你何干？你竟越境而来，犯我兵锋？"

窦建德回答："现在我不来，以后你也会去找我。"秦王听了这话，又笑了起来。

窦建德手下被抓的有五万余人。秦王说道："杀之可惜，不如放他们回归乡里。"

众将怕放了之后他们还会与唐国为敌。徐世勣却说道："窦建德也是草泽英雄，手下有二十万人马，却败亡至此，以后谁还敢来与我们对抗？放了他们正是要借这些人传殿下恩威，山东河北可不战而下。"诸将听了这话，这才心服。

秦王大获全胜，带领人马前往夏国都城乐寿。徐世勣传令：军士们不许杀戮一人，不许搅扰百姓，违者立斩。

乐寿城中百姓看唐军秋毫无犯，市井老幼都欢喜不已，纷纷前来迎接。徐世勣进城将府库打开，查点明白，又将仓廒尽开，召来几个耆老，叫他们领了官粮，赈济穷民。

五六个耆老伏地哭泣，说道："夏王治国，节用爱人，保护赤子，百姓广受恩泽。如今一旦失国，我辈小民如丧考妣，安忍分其储蓄？将军安抚黎民，秋毫无犯，百姓十分感激。希望留此积蓄，以充军饷。"

徐世勣点头称善，便将仓库照旧封好，来到窦建德宫中。只见朝堂上一个官员面色如生，却已吊死在梁上，旁边的墙上题着绝句："几年肝胆奉辛勤，一着全输事业倾。早向泉台报知己，青山何处吊孤魂。"诗后写着"祭酒凌敬"的名字。

徐世勣读了这诗句，知道凌敬一片忠心，十分感叹，便叫军士备棺木厚葬。

他走到内宫，发现宫中窗户尽开，铺设宛然。面南处一位凤冠龙帔的妇女也悬梁自杀了，两旁四个宫奴同样自缢而死，正是曹后和随身宫女。徐世勣忙让人备了棺木，好好盛殓。

宫中只剩下十来个老宫奴。勇安公主窦线娘不知去向。徐世勣叹道："窦建德外有良臣，内有贤助，齐家治国，无奈天命不归，一朝被灭，真是可叹啊！"

徐世勣想请一个能人来治理乐寿，听说附近有个名为西贝生的人，大有才干，以前曾在魏公手下，后来归隐于此。

徐世勣便去探访西贝生，想请他来治理乐寿。他来到西贝生居住的地方，进门一看，面前竟然是贾润甫！

两人相见，百感交集。贾润甫笑了一笑，说道："自从魏公变故，我此心如同槁木死灰，久绝名利，想觅一山水之间，渔

隶
唐
英
雄
演
义

徐世勣寻访西贝生，没想到西贝生就是贾润甫。贾润甫此
时已看破名利，隐居山野

樵过活。不想碰到一位奇人，授以先天数学，可济人利物。我便想借此度过余生，不想又被你访着。"

徐世勣说道："贾兄的才识，我一向十分佩服。但星数之学，不知何人传授？"

贾润甫回答："当初有个隋朝老将杨义臣，胸藏韬略，学究天人。因隋主昏乱，他不肯出仕，隐居在雷夏泽中。"

徐世勣说道："杨义臣我也曾会过，还曾得到他的教导，莫非星数之学是他传的？"

贾润甫摇头道："非也。他有个外甥女，名叫袁紫烟，好观天象，一应天文经纬度数，无不明晓。前年我来到雷泽居住，与杨公比邻，得她传授此学术。"

徐世勣打听到杨义臣已去世，便想去看一看他的陵墓，贾润甫带他步行过去。只见几亩荒丘，一抔浅土。徐世勣叹息道："英雄结局，也不过如此啊！"

杨义臣的外甥女袁紫烟就在此处守墓，徐世勣请求见她一面。袁紫烟也不拘束，素妆淡服出来拜见。徐世勣注目而视，见她端庄沉静，毫无一点轻佻冶艳之态，早已心醉神飞。

两人告别出来，徐世勣便对贾润甫说道："小弟浪走江湖，因志向未遂，尚未成家。今天得见此女，实在称心合意，请贾兄为之玉成，不知可否？"

贾润甫忙说："如此美事，何敢辞劳？"

贾润甫很快便去见袁紫烟，不久就高兴地回来回复消息。原来袁紫烟要徐世勣答应几个条件，第一是要为杨义臣守孝完毕，第二是请徐世勣答应抚养杨义臣的儿子长大成人，第三是要他帮忙安置好隋炀帝的嫔妃。

徐世勣十分欣喜，立刻答应了。他连忙让人取来银子、彩缎，又从身上解下一块佩玉，请贾润甫转交给袁紫烟。

此时天色已晚，只见许多车仗来接徐世勣，两人只得分手。第二天，徐世勣派人送乐寿的印信文书去给贾润甫，差官却去而复返，原来贾润甫已经踪影全无。

徐世勣大吃一惊，连忙来到贾润甫家，果然是铁将军把门。询问邻居，这才得知贾润甫昨夜五更起身，一家都走了。

徐世勣叹道："贾兄何以如此绝情？"他心里疑惑，连忙又去杨公墓，还好袁紫烟没有消失。徐世勣叮咛几句，然后上马登程，往洛阳进发。

● **人物点睛**

杨义臣

隋朝将领，鲜卑族，本姓尉迟，后被隋文帝赐姓杨。杨义臣能征善战，曾出征吐谷浑、高句丽，后来败张金称，灭高士达，是镇压叛军的主将之一。隋炀帝听信谗言，将他调走，结果叛军复盛，隋朝被灭。徐世勣的妻子袁紫烟是杨义臣的外甥女。

● **名家点睛**

唐之李靖、李勣（徐世勣），贤将也。（宋·苏洵）

● **网友点睛**

李靖有个红拂女，徐世勣便有个袁紫烟，卫公、英公齐名，果然谁都不甘落后啊。红拂是个奇女子，袁紫烟是世外高人，这是要比妻子的节奏么？贾润甫直接从马匹商人晋升为隐居的奇人，深藏不露啊！（网友：云上的日子）

第三十六回　单雄信慷慨就义

徐世勣往洛阳进发，此时王世充困守洛阳孤城，被李靖的兵马围得水泄不通。城内将士日夜巡视，个个神倦力疲，而且粮草久缺，大半将士都希望献城投降。

单雄信却誓死不投降，坚守住南门。

一天黄昏时候，有队兵马来到城边，高声喊道："快快开城，夏国的勇安公主在此！"城上兵士忙报知单雄信。单雄信到城上往外一望，只见无数女兵打着夏国旗号，中间拥着一位公主，手持方天画戟，坐在马上。

单雄信连忙吩咐开城迎接。女兵们进了城，突然挥刀冲杀起来，郑兵顿时大乱。原来进城的不是勇安公主窦线娘，而是柴绍夫妻和娘子军。

单雄信见上了当，连忙来战，被屈突通、殷开山、寻相一干大将团团围住。单雄信正力敌众将，不想女兵们突然滚到马前，砍翻了坐骑，单雄信瞬间掉下马去，束手就擒。

柴绍夫妻刚要进宫杀了王世充，只见王世充捧了舆图国玺，正走出宫来投降。

李靖吩咐将王世充一族都押上囚车，一面晓谕安民。正在忙乱时，秦王李世民刚好来到，对李靖说道："上次前往虎牢时，你说过灭了许、夏二国之后，郑国也会灭亡，果然如此。"

李靖连忙说："王世充防守甚严，幸亏柴郡主来哄开城门。"秦王十分高兴，命诸将去检点仓库，放了狱囚，自己则赶紧去与柴绍夫妻相见。

王世充上了囚车，见窦建德也在旁边的囚车内，顿时落下泪来，叫道："夏王，是寡人误了你了！"

窦建德闭着双眼，并不开口。旁边的代王琬叫道："叔父，

隋唐英雄演义

请您想想办法救我！"

王世充看了他一眼，泪如泉涌地说道："我如果救得了你，我就先自救了。"说完又指着身旁车内的太子说，"你兄弟也因在此，我们好歹还在一起，不知宫中你的婶娘和众姐妹又会怎样呢！"说着不禁大哭不止。

窦建德看见这情形，心里厌恶，大声叹道："我要是知道你们是一班脓包坏子，就不来救援了！大丈夫生于天地间，何苦学女人的样子，毫无丈夫气概！"说完对旁边的唐兵说道，"你把我的车拉远一些，省得听他们聒噪，污了我的耳朵！"

此时众百姓正在围观，纷纷指着窦建德说道："听说夏王在乐寿时极为爱惜百姓，为人清正，比我们的郑王好了十万倍。没想到为了郑王，把一个江山弄丢了，真是可惜啊。"

秦琼见洛阳城已破，心里记挂着单雄信，赶紧进城来，刚好看见王世充一族在囚车中，却不见单雄信，查问军士，说是见过了秦王，程咬金拉他往东边去了。

秦琼忙又寻到东街来，正好遇到了程咬金手下一个小卒，忙叫住问道："你们老爷呢？"小卒低声说："同单二爷在土地庙里。"

秦琼赶紧来到庙中，只见程咬金与单雄信两人相对坐着，单雄信脖子上还戴着锁链。秦琼见了，连忙上前抱住痛哭。

单雄信说道："不必悲伤。秦王讨伐郑国时，我就已把死生置之度外。"

秦琼说道："单二哥怎么这样说话？我们一干兄弟，原本约定患难相从，死生与共，不想魏公、伯当先亡，其余散在四方，剩下我们数人，岂有不相顾之理？"

正说着，外边一人推门进来，单雄信定睛一看，却是单全，便说道："你不在家中照顾，到此做什么？"

单全回答："今天五更时分，润甫贾爷到来，说是老爷的主意，请夫人小姐立刻动身，往秦太太处去。"

单雄信对秦琼、程咬金二人说道："我与润甫久已不曾相会，这话从何说起？"

秦琼说道："贾兄是个有义气的人，一定会替兄长安顿妥当。"

单雄信便让单全仍然赶去照管家眷。单全拭泪而去。秦琼对单雄信说道："此地住不得，请二哥到我那里去。"

单雄信回答："我是犯人，应该在此。"程咬金一听此话，立刻大喊起来："什么贵人犯人！单二哥你是个豪杰，为什么把我们两个当作外人看！"说完把单雄信脖子上的链子除下来，秦琼双手挽着单雄信，三人出了庙门。

秦琼和程咬金到李靖处，只见他正忙着安抚百姓、赈济贫民。此时屈突通奔进来，对秦琼说道："秦将军，单雄信在何处？秦王有旨，点犯人入狱，发兵看守，却不见了雄信。"

秦琼问道："旨在何处？"屈突通从袖中取出来，秦琼接过去看，只见上面果然写着："单雄信、杨公卿、郭士衡、张金童、郭善才一干人，暂时下狱，点兵看守。"

秦琼蹙着眉头，暂时没说话，程咬金却开口了："屈将军，雄信是我们两个的好弟兄，在我们那里，不必叫他入狱中去。等到了长安，交还你一个单雄信就是了。"

屈突通犹豫不决，李如珪不胜忿怒，说道："我们众兄弟在这里血战成功，难道连一个犯人也担当不起？"

屈突通只好说道："我也是奉王命来查，既然众位将军担当，我何妨用情？"说完便去了。

秦王班师回长安，唐帝十分高兴，命令百官到郊外迎接，随即摆宴庆功，封赏各位将领。

唐帝吩咐将王世充贬为庶人，王世充的兄弟子侄都流放朔方，王世充连忙谢恩出朝。后来王世充又纠合了邴元真，用计杀了罗士信，占了三四个城池，叛变大唐，结果被秦琼的儿子秦怀玉剿灭，此是后话了。

唐帝正要派人去拿窦建德见驾，只见黄门官前来奏道："有一名女子跪在朝门外，求见陛下。"唐帝觉得奇怪，便命人押进来。

不一会儿，只见那女子绑着身子，口中衔着利刀，跪到了下面。唐帝一眼望去，看她自带一种英秀之气，光彩夺目，便命内侍拿走女子口中的刀，问道："你是何处人氏？为何这个样子来见朕？"

女子回答："小女窦线娘，是窦建德之女。父亲建德触犯天条，小女愿以身代受刑罚。"

唐帝问道："窦建德难道没有子侄或臣子，要你一个小女子来替他受罚？"

窦线娘回答："忠臣良将都已尽节捐躯。小女的父亲只生小女一人，父恩深重，在所必报。皇恩浩荡，请皇上赦免我父之罪，小女愿代为受刑！"

此时窦建德已被拿进朝，唐帝便对他说道："你助党为虐，本该斩首。但你女儿甘以身代，朕不忍加诛，连你之罪一起赦免。"

窦建德到了此时,名利之心已经雪化冰消,情愿落发为僧。唐帝很高兴,让他去当圣僧的徒弟。

秦王的母亲窦后听说窦线娘为父求情之事,十分赞赏,便让人请她入宫去见面。窦后问线娘年纪多大,可曾婚配。线娘羞涩未答,随从的女子已经替她说道:"已许配幽州总管罗艺之子罗成。"

窦后很高兴,说道:"罗艺归唐后屡建奇功,圣上已封他为燕郡王,镇守幽州。听说他儿子英雄了得,你若嫁他,终身有托了。你深明孝义,我姓窦,你也姓窦,我就把你算作侄女儿吧。"窦线娘连忙跪下谢恩。

窦建德落了发,改了僧装,唐帝把窦后认线娘为侄女,许配罗艺之子罗成的事告诉他,窦建德以为是皇后赐婚,于是谢恩出朝。

窦建德出了朝门,只见有一僧挑着行李,已经在等候自己,定睛一看,竟然是孙安祖。

窦建德大吃一惊,问道:"你为何也要遁入空门?"

孙安祖回答:"主公当初好好住在二贤庄,是我劝您出来起义,现在功业不成,自然也要在一处修身。如果以盛衰易志,便不是好男子。"

窦建德感叹不已,两人一起走了。

唐帝发放了窦建德,吩咐将王世充臣下段达、单雄信、杨公卿、郭士衡等人押赴市曹斩首。徐世勣、秦琼、程咬金三人得知旨意,飞奔到西府,恳请秦王救单雄信。

秦王说道："军令已出，不可有违。"

徐世勣连忙劝说："臣等都是从异国投降而来，今日杀了雄信，谁还会来降？"

秦王说道："雄信必不为我所用，断不可留，就如猛虎在押，今日不除，以后一定后悔。"

三将叩头哀求，愿纳还三人官诰，以赎单雄信一死。秦琼更是涕泣如雨，愿以身代死。秦王口中不说出，但毕竟记得宣武陵被追杀一事，心中不快，于是说道："众将军所请，终究是私情，国法却不能废。既然如此，传旨下去，单雄信尸首可由亲友收葬，家属不必流放，其他人的家属都流放岭外。"三人只得谢恩出府。

徐世勣对秦琼说道："单二哥家眷在你家，你赶紧回去，吩咐家里人不可走漏消息，省得单二哥家眷知道消息，寻死觅活。我再去找徐立本，让他求女儿惠妃去说情，或者有回天之力，也未可知。"

单雄信在狱中，已知自己只有死路一条，反倒放下愁烦，坦然等待。这天，程咬金叫人抬了酒肴进来，单雄信心中已料到结局了。

程咬金让单雄信坐了，说道："昨晚我同秦大哥要来看二哥，却不得闲，因此没有来。"

单雄信说道："昨晚幸亏有窦建德在此叙谈，如今他也走了。"

程咬金便叹道："细想起来，反不如在山东时与众兄弟时常相聚，欢呼畅饮，倒自由自主。如今几个弟兄七零八落，动不动朝廷的法度，岂不是恼人！"说完看着单雄信，忽然落下泪来。单雄信却不开口，只是喝酒。

过了一会儿，秦琼也走进来，单雄信问道："你们都有公务在身，何苦又来看我？"

秦琼回答："二哥说什么话，人生在世，相逢一刻，多么难得。只恨我们无能为力，又不能以身相代，否则何惜此身。"说完满满斟上一大杯酒，递给单雄信，眼眶里也落下泪来。

一会儿，徐世勣喘吁吁地走进来坐下，秦琼和程咬金都看着他，徐世勣摇摇头，起身向单雄信敬了两大杯酒。

单雄信忽然大笑起来，说道："既承三位美情，取大碗来，待我喝上三大碗，兄弟们也饮三大杯。今日与你们喝酒，明日要寻李密兄、伯当兄喝酒了！"

秦琼三人哽哽咽咽，一杯酒喝不下去，单雄信却已喝了四五碗了。此时外边刽子手已经进来提人，秦琼三人都大哭起来。

单雄信止住道："大丈夫视死如归，不必作此儿女之态，贻笑于人。"徐世勣与秦琼只好酒泪先出了狱门，上马来到法场。只见段达等一干人犯早已斩首，尸骸横地。

此时单雄信的女儿在秦琼家中，因单全走漏了消息，爱莲小姐寻死觅活，要见父亲一面。秦母放心不下，只得与张夫人一起，陪着单雄信的家眷前来。

单雄信牵着程咬金的手，大踏步往前走。秦琼扶了母亲，来到单雄信跟前，垂泪说道："单二哥，你是个有恩有义的人，望你早早升天。"说完同夫人一起跪下去，单雄信也忙跪下，女儿爱莲在旁边赶紧还礼。

拜完之后，爱莲与母亲走上前，哭得天昏地惨。此时不要说秦、程、徐三人，连观看的百姓也无不坠泪。

秦琼叫人抬过火盆来，各人从身边取出佩刀，轮流把自己腿上的肉割下来，在火上烤熟了，递给单雄信，说道："弟兄们誓同生死，今日却不能相从，如果以后食言，不能照顾兄长的家属，当如此肉，为人炮炙屠割。"

单雄信听了这话，接过去便吃了。秦琼垂泪叫道："二哥，省得你放心不下。"便叫儿子怀玉过来吩咐，"你拜了岳父。"

秦怀玉谨遵父命，恭恭敬敬朝着单雄信拜了四拜。单雄信把眼睁了几睁，哈哈大笑道："快哉，真是我的好女婿！我去了，你们快动手！"说完引颈受刑，众人又大哭起来。

只见人丛里突然钻出一人，蓬头垢面，摸着尸首大哭大喊："老爷慢去，单全来送老爷了！"说着便向腰间取出一把刀，向脖子抹去。幸好程咬金早已看见，连忙上前夺了。

徐世勣劝道："你何苦如此，单家还有许多事要你照管，怎么能寻此短见？"说完命人赶紧扶他下去。

话说罗成自从写了信请齐国远转交给秦琼后，杳无音信，心中一直挂念。这天，下人来报，有个美貌书生带了书信要见罗公子。

罗成忙偷偷出去见他，原来是窦线娘那边的人女扮男装，前来投信。来人从靴子里取出信，罗公子接过去，看旁边外人太多，不便拆开，便先回去了。

罗成回到府里，罗太夫人说道："孩儿，你先前说那窦建德的女儿，倒是有胆有智的。她甘愿以身代父行刑，是个大孝女，皇后娘娘已经认她为侄女。以前是敌国，现在是一家。你父亲要差官去进贺表，顺便娶她过来。"

罗成说道："刚才孩儿出城打猎，正好遇到一个乐寿来的人，孩儿细问了一下，才知道是窦公主托他带信来。"罗太夫人便问书信在哪里，罗成取来书信，母子二人拆开一看，竟是一封绝婚书。

罗成顿时大哭起来，做出小孩子模样，倒在老夫人怀里哭个不停。老夫人只生此子，爱如珍宝，见此光景，忙抱住他叫道："孩儿你莫哭，那做媒的是何人？"

公子带泪答道："就是父亲的好友杨义臣老将军，建德往日最看重他的人品。线娘原本叫孩儿去求他。几年来因四方多事，孩儿不曾去寻找，杨公又音信杳然，也许正因此她才写信来回绝孩儿，这是孩儿负她，不是她负孩儿。"说完又哭起来。

罗公刚好进来，忙问发生了什么事。老夫人把公子与窦线娘定婚，如今窦线娘却寄信来绝婚的事细说了一遍。罗公笑道："痴儿，此事何难？等我将你定婚的始末写成一道表章，上奏圣上，皇后既认她为侄女，决不肯让她许配庸人。天子见了表章必然欢喜，赐你为婚，她哪里还会不肯呢？"罗成见父母如此说，这才又欢喜起来，准备起程去长安。

罗成与张公谨一行人连夜兼程进发，不到二十日已赶到长安。秦琼听说罗成与张公谨到来，连忙同儿子秦怀玉骑马来接。

秦母见了甥儿，欢喜不已，忙问他父母身体如何，罗成一一回答了。

秦琼说道："前日表弟来信，托我去求单小姐的姻亲，无奈单二哥被朝廷治罪，我与他有生死之盟，就将怀玉许他为婿，与爱莲小姐为配，单二哥方才放心。我想姑夫声势赫赫，表弟青年英雄，不愁没有公侯大族结亲，这两天正要写回信告知，不想你就亲自到来了。"

罗成疑惑不已，说道："我什么时候请表兄去求单家小姐的亲了？"于是把当年见到窦线娘，两人一见钟情的事说了。

秦琼也十分惊讶，忙把罗成的原信拿来，罗成接过去一看，却不是自己的笔迹，不禁怀疑起来："我当面交给齐国远的，难道他捉弄我不成？"秦琼忙去请齐国远来相会。

齐国远把遇到窦线娘的事说了一遍，又说道："窦公主把信接过去，那丫头看来是不识字的，仔细看了一回，呆了半晌，就塞进靴子里去了，第二天才还我。"

众人恍然大悟，这才明白信被窦线娘改过了。

秦琼笑道："此女多智多能，正好与表弟为配。"

李如珪也哈哈大笑："如此说来，窦公主是罗兄的夫人了，刚才齐兄夹七夹八地乱说什么不识字，岂不是唐突罗兄？"齐国远听了这话，连忙上前赔礼，众人鼓掌大笑。

唐帝收到罗艺的奏章，得知了窦线娘和罗成两人亲事的波折，又见秦怀玉与单爱莲定亲，徐世勣要娶袁紫烟，皇恩浩荡，即便下旨，让三对新人奉旨成亲。

● **人物点睛**

孙安祖

隋末农民起义首领，曾在高鸡泊起义，自号将军，又鼓动窦建德起义，建立夏国，一直是窦建德的心腹。本书虚构窦建德出家之后孙安祖也追随而去的情节，其实孙安祖此时早已去世。

● 名家点睛

　　伪郑单雄信，挺槊追秦王。伪汉张定边，直犯明祖航。彼皆万人敌，瞋目莫敢当。使其事真主，戮力鏖疆场。功岂后褒鄂，名应并徐常。惜哉失所依，草贼同陆梁。（清·赵翼）

　　大意：单雄信和张定边都是力敌万人的猛将，如果得到了真主来辅佐，一定能建功沙场，扬名后世。但两人错失真主，结果都跟盗贼一样。

● 网友点睛

　　自从唐公李渊误杀单雄信的哥哥时起，单雄信跟大唐便已注定没有缘分了。可惜唐国最终成为正统，单雄信也只能成为悲剧。威名赫赫的一代绿林领袖，多少结交的兄弟都成为开国功臣，自己却独自成为悲剧英雄，也是可叹啊。单雄信负责悲壮，秦琼负责逆袭，李靖负责神奇，徐世勣负责谋略，秦王李世民负责啥——难道是负责被英雄勇救？（网友：零之春）

第三十七回 开元风流艳事

光阴荏苒，转眼间唐朝的开国将相们，已化作凌烟阁二十四功臣图，徐世勣、秦琼、尉迟恭、程咬金、张公谨、殷开山、屈突通、柴绍、魏征、杜如晦等人都在上面。

秦王李世民发动玄武门之变，杀了兄弟李建成、李元吉，登基为帝，即为唐太宗。唐太宗励精图治，唐朝国势鼎盛，没想到晚年出了个武则天。

武则天削发为僧后，又被唐高宗李治接回宫，立为皇后，后来竟篡夺唐朝，自立为帝，建立了武周。幸好武周寿命不长，不久江山仍归回李氏，李治和武则天的儿子李哲恢复唐朝，登基为唐中宗。此后又有唐玄宗开创盛世。

此间英雄辈出，将相纷纭。薛仁贵、马周、狄仁杰等，都是功绩显赫，流芳百世。

话说闽中兴化县珍珠村有一秀才，名为江仲逊，年过三旬，夫人廖氏只生一女，小名阿珍，九岁能诵《诗经》，出语惊人："我虽然是女子，也希望以此为志。"

江仲逊十分惊奇，便取《诗经》篇名，为她取名江采蘋。江采蘋长大后，生得花容月貌，恍如月宫仙女，而且文才渊博，诸子百家、琴棋书画，样样皆通。

江采蘋年方二八，美貌无双，被选入宫中，唐玄宗十分喜欢，将她立为妃子。江采蘋性喜梅花，玄宗便命令宫中各处都种梅，好让她朝夕游玩，又赐名梅妃。

好景不长，后来唐玄宗见寿王的妃子杨玉环有倾国之色，便招进宫中，封为贵妃，为寿王另娶左卫将军韦昭训之女为妃。杨贵妃受封后，杨氏一门权倾天下。

梅妃见皇上多日不来，便召高力士来问，这才知道皇上宠幸杨妃之事。梅妃不觉两泪交流，说道："我初入宫之时，便怀疑皇上会喜新厌旧，果然如此。"于是来见玄宗，请求会会杨妃，想看看她究竟有何姿色。

玄宗答应了，让杨妃出来向梅妃叩头。玄宗看两位妃子都是绝色佳人，十分高兴，于是兴致勃勃地说道："梅妃才华过人，就像谢道韫一样，可否作一首诗来赞赞杨妃？"

梅妃心里很不高兴，但推辞不了，只得提笔写下七绝一首："撇却巫山下楚云，南宫一夜玉楼春。冰肌月貌谁能似？锦绣江天半为君。"

梅妃写完赞诗，呈给玄宗过目，玄宗看了之后连声赞美。杨妃接过去看了一遍，顿时很不高兴，暗想："这诗文辞虽好，却满是讥讽。她说'撇却巫山下楚云'，是笑我从寿王府而来；'锦绣江天半为君'，是笑我肥胖。等我也回她几句，看她怎么说。"

于是杨妃对梅妃说道："娘娘美艳之姿，绝世无双，让我回赞一首如何？"

梅妃不便推辞，于是杨妃也取笔写道："美艳何曾减却春，梅花雪里亦清真。总教借得春风早，不与凡花斗色新。"

玄宗见杨妃很快写完，赞不绝口："妃子真是才思敏捷啊！"梅妃取来一看，心里暗想："她说'梅花雪里亦清真'，是笑我瘦弱；'不与凡花斗色新'，是笑我过时了。"顿时脸色不好看起来。

高力士看两位妃子脸色都不好看了，连忙建议玄宗带她们一起去饮酒作乐，玄宗便拉了二妃的手，一起回宫。

杨妃恃宠而骄，十分泼辣，而梅妃生性温柔，根本不是她的对手，后来竟被彻底冷落，贬到了上阳东宫。

一天，玄宗闲步梅园，忽然想起梅妃来，便让高力士密召梅妃到翠花西阁一叙，又吩咐不可让杨妃知道。

梅妃骑马而来，到了阁前，玄宗抱她下马，怜惜地说道："爱卿，我没一日不想你来。"说完忙命宫女摆酒。梅妃饮至半醉，玄宗双手捧着她面庞细看，说道："妃子花容更加消瘦了。"

梅妃回答："如此情怀，怎能不消瘦？"玄宗说道："瘦便瘦，却越觉清雅了。"梅妃笑道："只怕还是肥的好啊!"玄宗只好笑道："各有好处。"

杨妃在宫中没见到玄宗的人影，一问之下才知道他召见了梅妃，顿时大怒起来，直冲翠花西阁。

内侍飞报玄宗："杨娘娘已到阁前。"玄宗连忙披衣起来，把梅妃抱去藏在夹幞间。

杨妃走到里面见礼，问道："陛下为何起得这么迟？"玄宗回答："是妃子来得早。"

杨妃说道："听说梅精在此，特来相望。"玄宗连忙回答："她在东楼。"杨妃便说："今日宣来，同至温泉一乐。"

玄宗看着左右，并不回答。杨妃见状大怒，问道："昨夜是何人侍寝，竟欢睡到日出还不上朝，是何体统？"

玄宗十分惭愧，抱住被子又向内睡下，说道："今日有疾，不能上朝。"杨妃大怒，抓起枕边的金钗翠钿，一把扔到地上，转身就走了。

玄宗见杨妃已去，便想找梅妃再聚，没想到小黄门见杨妃来势凶猛，已经送梅妃回宫去了。玄宗勃然大怒，把小黄门斩了，亲自拾起金钗翠钿包好，又取来国外进贡的一斛珍珠，派人送去给梅妃。

使者来到梅妃宫中，梅妃问道："圣上为何弃我如此之深？"

来人回答："万岁非弃娘娘，只是因为杨娘娘性子太恶。"

梅妃惨笑道："怕因为我而惹恼这肥婢，不是弃我是什么？"于是把珍珠退回，又让来人带一首诗给玄宗。

玄宗看梅妃的诗十分悲凉，心中怅然不乐，但他又十分喜欢此诗之妙，便令乐府谱成新歌，名为《一斛珠》。杨妃知道此事后，更想找机会害了梅妃。

此时乃是开元年间，某年，朝廷开科取士，榜上第一名是秦国桢，第五名是秦国桢的哥哥秦国模，二人都是秦琼的后代，少年有才，兄弟同时考中。

到了殿试之日，二人入朝对策，时至中午便交卷出朝，家人在外接着。

一行人走到集庆坊，只听锣鼓声喧，原来是走太平会的。转眼间，看热闹的百姓蜂拥而来，竟把兄弟二人挤散了。等到太平会过了，秦国桢发现哥哥不见了，家人们也都不见影子，只得独自往前走去。

正走时，忽有一童子叫道："相公，我家老爷有请，正在花园中相候。"

秦国桢问是哪个老爷。童子回答："相公到了便知。"

国桢不知对方是何人，不敢推却。童子引他来到一个所在，只见绿树参差，红英绚烂。一条小径全是白石砌成。前面有一池，两岸种着桃花杨柳，池畔彩鸳白鹤成对儿游戏。池上有一桥，童子带秦国桢走去。

两人又进一重门，童子带国桢进去后，将门锁了。只见里面一带长廊，庭中修竹幽雅。转进去是一座亭子，匾额上题着"四虚亭"三字，又写着"西州李白题"。亭后是一带高墙，两扇石门紧紧闭着。

童子说道："相公在此坐下，主人很快就出来。"说完飞跑而去了。

国桢想道："这是谁家？园亭真不错。"正在犹疑，只见石门忽然开启，走出来两名青衣侍女。两人看了国桢一眼，笑吟吟地说："主人请相公到内楼相见。"

国桢问道："你家主人是谁，为何让侍女来相邀？"侍女也不回答，只是笑着，把国桢引入石门。只见画楼高耸，楼前花卉争妍，楼上又走下两个侍女来，把国桢簇拥上楼。只听得檐前一只鹦鹉叫道："有客来了。"

国桢举目看楼上，只见排设极其华美，琉璃屏，水晶帘，照耀得满楼光亮。桌上博山炉内热着龙涎香，氤氲扑鼻，却不见主人。忽闻侍女传呼夫人来，只见左边一群女侍拥着一个美人，徐步而出。

国桢急忙要退避，侍女却拉住他说道："夫人正要相会呢。"国桢赶紧说道："小生何人，哪敢与夫人会面？"

夫人开口说道："正是，郎君是什么人，还请告知。"

国桢惊疑不已，不敢实说，只好将秦字和桢字拆开，说道："我姓余名贞木，刚才因为春游，被一童子误引入府，请夫人恕罪。"说完深深一揖。

夫人还礼，一双俏眼细细看着国桢，见他仪容俊雅，礼貌谦恭，便移步向前，伸出一只手，扯着国桢留坐。国桢不敢坐，夫人便说道："我昨夜梦见一青鸾飞来小楼，今日郎君至此，正应吉兆。郎君将来必定大贵，何必过谦。"

国桢只得坐下，侍女献完茶，国桢起身告辞。夫人笑道："这里并无外人，只管住下。何况重门深锁，郎君要怎样去？"

国桢便说："请问夫人姓氏？尊夫何官？"

夫人笑道："郎君有缘至此，美人陪伴足以怡情，何必多问。"

国桢自己也不曾说出真名字，便也不再问。两人一杯一杯地喝酒，直喝到日暮，彼此酒已半酣。国桢又请求告辞，夫人却说道："春兴正浓，为何要走？如此良宵，怎能虚度？"

第二天，夫人还是不肯放国桢出去，国桢也恋恋不舍，于是一连逗留了四五日。

恰好殿试放榜，秦国桢状元及第，秦国模中二甲第一。众进士都来了，单单不见一个状元，礼部连忙上奏，请求派人寻觅。

唐玄宗听说秦国模是秦国桢兄长，便传旨："国桢既然没到，便改秦国模为状元，即日赴琼林宴。"

秦国模却不肯冒领弟弟的功名，上奏请求暂缓琼林宴，然后带人去寻找弟弟。高力士率人在集庆坊一带挨街挨巷查访状元秦国桢。

状元失踪的奇事轰动京城，早有人传入夫人耳中。夫人不知真相，竟把此事当作趣闻，跟秦国桢说了。秦国桢吃了一惊，这才说出自己的真名。

夫人呆了半晌，说道："原来相公就是秦国桢，如今朝廷寻找得很急，我不便再留你了。"说完落下泪来。

　　秦琼的后代有个叫秦国桢的公子，少年有才，相貌出众，被一位神秘的夫人留在了府中，没想到秦国桢已考中了状元

隋唐英雄演义

秦国桢说道："圣上派高太监来找我，这事弄大了，如果问起来，如何是好？"

夫人想了一想，说道："不妨，我有计在此。"便叫侍女取出一幅画图，展开与秦国桢看，只见上面五色灿然，画着许多楼台亭阁，又画一美人凭栏看花。

夫人指着画图说道："皇上若问起，你只说遇到一个老妇，老妇说自己奉仙女之命召你，引到这个地方，见了这样一个美人，被她相留数日，不肯说自己姓名，也不问你姓名，今日才放你出来。你如此上奏，包管无事。"国桢答应了。

夫人亲送国桢出门，却不是来时的路了，另从一曲径开小门而出。

秦国桢出了门，不久便遇到高力士。高力士连忙带他去见唐玄宗。玄宗果然追问他这几日去了哪儿。秦国桢按着那夫人的话讲，玄宗听了这样的奇事，竟微笑说道："看来你是真的遇到仙女了，此事不必深究。"

原来当时杨贵妃有姐妹三人，都是绝色美女，玄宗将她们封为韩国夫人、虢国夫人、秦国夫人。虢国夫人风流倜傥，与玄宗十分亲密，玄宗经常赐她宫中的器物，又另赐一所宅子在集庆坊那里。虢国夫人常勾引少年子弟到宅中取乐，玄宗也不去管她。

那位神秘夫人赠送的画上，画中美人正是虢国夫人。秦国桢如此一说，玄宗竟以为是虢国夫人所为，不便追究，哪知却是别人的金蝉脱壳之法。

当下玄宗传旨，状元秦国桢既然到了，可即刻赴琼林宴。秦国模不领弟弟功名，品德过人，也赐状元及第。

● **人物点睛**

唐玄宗

　　唐朝皇帝，女皇武则天的孙子，名为李隆基。李隆基英俊高大，从小就很有大志，长大后多才多艺，精通音律，擅长书法，是个才子皇帝。

　　唐玄宗即位后励精图治，开创了开元盛世，后来宠爱杨贵妃，杨氏一门权倾天下，奸臣当政，导致唐朝开始衰落。

● **名家点睛**

　　杨家有女初长成，养在深闺人未识。天生丽质难自弃，一朝选在君王侧。回眸一笑百媚生，六宫粉黛无颜色……天长地久有时尽，此恨绵绵无绝期。(唐·白居易)

● **网友点睛**

　　《剑桥中国隋唐史》认为唐玄宗对杨贵妃的感情，是一种招致不幸和灾难的感情，这种带着悲剧性的感情，后来成为无数诗词、小说和戏剧的演绎内容。

　　唐玄宗本是个能干的人，也是个多才多艺的人，对于帝王来说，能干就行了，多才多艺干啥呢？纯粹是累赘啊。隋炀帝是才华横溢的人，陈后主也是才华横溢的人……好吧，唐玄宗比他们好多了，最多是差点亡国。(网友：竹子物语)

第三十八回 仙府因果奇缘

[中国古典名著]
青少年趣评版

唐玄宗与杨贵妃风流快活，转眼到了天宝年间，安禄山叛变，马嵬坡杨妃被缢，玄宗让位于儿子李亨，成为太上皇。

话说秦国模、秦国桢兄弟二人以前曾经上疏，极力劝说唐玄宗疏远安禄山，谁知唐玄宗看了奏章之后勃然大怒，竟将他俩贬斥了。兄弟俩自此隐居郊外，闭门不出。朋友过访也只是杯酒叙情，吟诗遣兴，绝口不谈朝政。

安禄山叛变的消息传来，秦氏兄弟拍案大怒，日夜商量征讨之策。不久圣旨传来，朝廷起复秦氏兄弟为官。秦国模、秦国桢即日入朝谢恩，参与讨贼。

只因这场战乱，又涌现众多忠肝义胆的英雄，如郭子仪等，最终平定了安史之乱。

大乱已定，唐肃宗命秦国模等人去迎接太上皇；命秦国桢为东京宣慰使，前往安抚将士和百姓；又命武部员外郎罗采为副使，一同往东京去。

罗采是罗成的后裔，与秦国桢有亲戚关系，两人作伴同行，相谈甚欢。路上，罗采告诉秦国桢，自己有个姑姑，名为素姑，在东京白云山一个修真观清修。

秦国桢说道："既然是兄长的姑姑，那便是小弟的表姑了。明日与兄长同往拜见。"

第二天，两人各备礼物，只带几个家人，骑马来到白云山前，询问土人。果然山中深僻处有一个修真观，名叫小蓬瀛，观中有个老妇在修行，人们都称她为白仙姑。

土人说道："仙姑年纪已老，不肯轻易见人，只恐二位未必能见。"

两人来到观前，只见里面出来一个婆婆，果然立刻拒客。

罗采忙告诉她，自己是观主的亲戚，前来拜访。

婆婆掩了观门，进内去通报。过了一会儿，只见素姑手持拂子，冉冉而出。罗采与秦国桢一齐上前拜见，素姑连忙答礼。

三人叙谈家事，罗采问道："安禄山叛乱之时，此地受惊了么？"

素姑回答："此地幽僻，当初留侯张良曾在此辟谷，居住于此可免除兵火。"于是带两人到处走走。只见回廊曲槛，浅沼深林，极其幽胜。

三人走到一处庭院，转出一小径，只见另有静室三间，门儿紧闭。正看时，忽然一阵扑鼻的梅花香传来。国桢问道："里边有梅树么？此时正是冬天，为何便有梅香？"

素姑微微而笑，指着那三间静室说道："梅花香从此室来，却不是这里生的，也不是树上开的。"

罗采说道："这就奇了，不是树上开的，是哪里来的？"

国桢也问道："室中既有梅花，可否一观？"

素姑回答："室中有人，不可轻进。"

二人忙问是何人。素姑说道："安禄山反叛，西京失守时，忽然有个女人，年约三十，淡素衣妆，骑着一匹白驴，跑进观来。我问那人来历，她只说：'我姓江，是李家之妇。'我便留她住在这静室中，不让外人知道。那女人足不出户，我便将观门掩闭，无事不许开。不想过了几日，又有个少年美貌的女子叩门进来要住。年轻女人是原任河南节度使达奚珣的族侄女，小字盈盈，其夫客死于外，父母又都亡故，只得依托达奚珣，随他到任所来。不想达奚珣没志气，竟投降了叛贼，盈盈知道必有后祸，立意要出家，竟到此地来。我便留她与那姓江的女子同居一室。”

秦、罗二人听了这经过，都十分惊讶。素姑又说道："两女曾获罗公远仙师四句诗：避世非避秦，秦人偏是亲。江流可共转，画景却成真。但见罗中采，还看水上蘋。主臣同遇合，旧好更相亲。"

二人听了都沉吟半晌，国桢笑道："我姓秦，这头两句倒像应在我身上，为何说非避秦，又说秦人偏是亲？"

素姑回答："当日达奚女得了这诗句，跟我说起在京师时，有个朝贵姓秦，与她曾有婚姻之约。"

罗采疑惑地说道："如今朝贵中姓秦的，只有表兄两人，不知当初曾与达奚女有亲么？"

国桢沉吟了一下，便请素姑去询问清楚。素姑起身入内，没过多久就出来了，原来那达奚盈盈正是当日秦国桢遇到的美妇。

国桢喜出望外，说道："几年忆念，不想重逢于此地！"连忙请她出来相见。

盈盈到关洞前相见，只露半身，并不出关。国桢见她丰姿依旧，道家妆束更如仙子临凡，十分怜惜。两人四目相视，默默无语。

当晚秦国桢、罗采在观中过夜。素姑挑灯煮茶，与二人叙谈，又谈到那八句诗。罗采低声说："江氏说是江家女李家妇，莫非是上皇的妃子江采蘋么？诗句中有江采蘋三字，而且那妃子性爱梅花，宫中称为梅妃。据说乱贼入宫时，梅妃已死，但又找不到尸身，莫非是遇到奇人，救到此处？"

素姑说道："如果真是江贵妃，侄儿到此，自然该奏报朝廷。"

于是素姑悄悄去见了盈盈，问她是否知道江氏女的来历。盈盈笑道："她一向不肯说，昨天方才说出，正是上皇当日宠幸的梅妃江采蘋啊。"

素姑赶紧回去告诉秦、罗二人。罗采即便飞疏上奏，肃宗一面派人报知上皇，一面派人迎请梅妃归宫。

此时杨妃已在马嵬坡去世，上皇与梅妃相见，悲喜交加。

原来上皇退位之后，居住在太极宫甘露殿，境况凄凉。他想起以前的往事，常常涕泪交流。如今梅妃回到身边，两人相依，上皇心里才稍为宽慰些。

不久，梅妃竟一病不起，先于上皇去世，上皇十分悲痛，召来方士杨通幽，要他请亡灵来会。

杨通幽作法一通，忽见缥缈之中，现出一所宫殿。通幽来到宫门前，只见写着"蕊珠宫"三字。进了宫门，通幽刚好遇到二位仙女，连忙询问，仙女告诉他：梅妃江采蘋本来是蕊珠宫仙女，两番谪落人间，现在才回来。她尘缘已尽，虽然在此，却不会再见凡人了。

通幽说道："梅妃不可见，至少得寻到杨妃踪迹，才好回复上皇，请仙女指示。"

仙女说道："你向东走去，自然有人指示你。"说完转步入宫去了。

通幽望东而行，来到一座高山上，遥见苍松翠柏之下，坐着三位仙翁，二仙对弈，一仙旁观。通幽上前鞠躬参见，叩问二仙姓氏，一仙翁说道："上皇已老，也该觉悟了，怎么又要你

来访求魂魄，如此不洒脱？"

通幽回答："弟子已知梅妃在蕊珠宫中，只是不知杨妃魂魄在何处，请仙师指示，好回去复命。"

仙师问道："你可知上皇与贵妃的前因后果么？"

通幽忙说："弟子愚昧，愿闻其详。"

仙师便讲道："上皇本来是元始孔升真人，与我辈是同道。某天他在太极宫中听讲，忽然与蕊珠宫女相视而笑，犯下戒律，于是被贬下凡，罚他托生为女子，成为帝王嫔妃，即隋炀帝的妃子朱贵儿。朱贵儿曾与隋炀帝立下誓言，约好来生再做夫妇。后来宇文化及作乱，朱贵儿忠于炀帝，骂贼而死。天庭最重忠义，看她与炀帝有约，便又让她转生为男子，便是玄宗李隆基了。"

通幽忙问："朱贵儿与隋炀帝有何宿缘？"

仙师回答："炀帝前身是终南山一只怪鼠，偷吃了九华宫皇甫真君的丹药，被真君绑在石室中一千三百年。他在石室潜心静修，立志做人，要享人间富贵。孔升真人偶然经过九华宫，看怪鼠被缚多年，可怜他潜修已久，便力劝皇甫真君放他往生人世，让他悔过修行。有此一劝，便结下宿缘。此时隋运将终，皇甫真人奏请将怪鼠托生为炀帝，以应劫运。恰好孔升真人被贬下凡，于是让他们在隋宫相聚。不想两人又有私约，孔升真人再次转生为唐天子，怪鼠便转生为杨妃了。怪鼠身为炀帝时，骄淫暴虐；身为杨妃时，又恃宠造孽，罪上加罪。如今其魂魄已被拘禁，你要到哪里找？"

通幽再三请求见一见杨妃魂魄，仙师让他去找刚才的仙女。通幽只得回转去，找到仙女。仙女带他到一所宅院，只见里面景象萧瑟，寒气逼人。

通幽走过了两重门，发现一妇人粗服蓬头，凭几而坐，正是杨妃的模样。通幽忙向前告知上皇思念之意，杨妃悲泣不止。

通幽临走时，杨妃拿出钗钿作为信物，交托他带去给上皇。

通幽正要再问，鬼卒却一直催促他快走。他不敢停留，只好赶紧出门，忽然一阵狂风吹来，把他吹到一个所在。定睛一看时，竟然就是刚才那座山，三仙依然在那里下棋，方才收局呢！

仙师说道："你见过了杨妃，回去吧！"又叮嘱他，"上皇不久也将归位，自然明白其中因果。你如果回奏，只说杨妃也是仙女，不必说她在地府受苦。还要劝上皇洗心忏悔，若能觉悟，临终时，我等会去接引他。"说完把袖子一挥，通幽惊醒过来，发现自己正在方台上，摸了摸衣袖内，真有杨妃作为信物的钗钿二物。

通幽便告诉上皇，梅妃、杨妃都是蕊珠宫仙女，梅妃未得一见，杨妃却曾见过，于是把信物拿出来。上皇看了之后，呜咽流涕，十分嗟叹。

后来白居易只根据杨通幽的谎话，作了《长恨歌》一诗，竟以为杨妃是仙女，居住在仙境，传为美谈，哪知完全弄错了。

上皇自此日夜念诵经书典籍，某天香汤沐浴，安然就寝，第二天，宫人来看时，发现他已经仙逝了。

● **人物点睛**

梅妃

　　玄宗妃子，"帝王后妃八大才女"之一。梅妃清秀绝伦，喜欢淡妆。她不仅擅长诗赋，还精通乐器，善歌舞。梅妃生性喜欢梅花，因此号称"梅妃"。她气节高洁，雅静温柔，得到后世好评。

● **名家点睛**

　　玄宗回马杨妃死，云雨难忘日月新。终是圣明天子事，景阳宫井又何人。（唐·郑畋）

● **网友点睛**

　　帝王妃后、将相英雄，最终都不免风流云散，徒留后代闲谈。

　　杨贵妃前世是隋炀帝，隋炀帝是怪鼠转世；唐玄宗前世是炀帝妃子朱贵儿，朱贵儿其实是孔升真人转世……

　　好一个脑洞大开，神怪乱入啊！人家隋炀帝最爱的其实是极品美人萧后啦！唐玄宗宠爱的杨贵妃，才不是什么隋炀帝转世，雷到了啊！明明是段将相传奇，最后竟添了个神话尾巴，文人真是爱奇想啊！（网友：去年买了个表）